我偏爱做梦的荒谬，

　　较胜于不做梦的荒谬。

# 理想主义罗曼史

王扬灵 / 著

**图书在版编目（CIP）数据**

理想主义罗曼史 / 王扬灵著 . —北京：中国民主法制出版社，2020.1

ISBN 978-7-5162-2040-5

Ⅰ . ①理…　Ⅱ . ①王…　Ⅲ . ①长篇小说—中国—当代　Ⅳ . ① I247.5

中国版本图书馆 CIP 数据核字（2019）第 144568 号

---

**图书出品人：** 刘海涛
**图 书 策 划：** 谭　军
**文 案 统 筹：** 高文鹏　崔　一
**责 任 编 辑：** 翟琰萍　王　宜

---

**书　名** / 理想主义罗曼史
**作　者** / 王扬灵 著

---

**出　版 · 发　行** / 中国民主法制出版社
**地　址** / 北京市丰台区右安门外玉林里 7 号（100069）
**电　话** / 010-63055259（总编室）　010-63057714（营销中心）
**传　真** / 010-63055259
**http:** //www.npcpub.com
**E-mail:** mzfz@ npcpub.com
**经　销** / 新华书店
**开　本** / 32 开　880mm × 1230mm
**印　张** / 7.375　**字数** / 177 千字
**版　本** / 2020 年 1 月第 1 版　2020 年 1 月第 1 次印刷
**印　刷** / 北京天宇万达印刷有限公司

---

**书　号** / ISBN 978-7-5162-2040-5
**定　价** / 39.00 元

# 目 录

# 第一章　她们重逢

窗边立着一个脸上有伤的女孩。发现有人看，她反倒把脸一昂。

这时展馆外北国正金秋，省书画协会副会长钟子璜被人簇拥着穿过旋转玻璃门，像一群华贵的鱼游入水晶缸。远雪收回眼光迎上去，钟子璜就给人介绍：帮我整理作品的小朋友。

钟老是成功的书画家，他身边的人也都是成功人士。听了介绍，“成功人士”有的敷衍地点点头，有的甚至头也不点，就把远雪放在眼外。以前曾经也有过男人盯她两眼，跟她套话，第二次见面就找机会送她回家，在路上动手动脚甚至直接提出要求。远雪大学刚毕业，整个人又薄又细又长，说不上漂亮，但被人赞“把书读到了脸上”。

这次却是个女处长，眼光上下一扫，眼皮顺势把她的脚轻轻一夹。

女处长高抬目光走过，留下远雪不自在。为参加这个举办在唐代宫苑遗址公园收费区的高规格画展，她特地穿了这件小黑裙。小黑裙总是不失礼的，虽然有点冷。可问题出在鞋上，太旧了，鞋帮磨出毛边。被女处长一瞟，她感觉自己的穷顿时浑身地破了绽。

远雪嘴角向下抿抿，拿出运动衫校服。成功的人群向前游去，远雪披上运动衫慢慢落后，目光又落回窗边那个女孩身上。女孩正仰脸看一幅兰花。这个角度可以看得很清楚……

“王欣淳？”远雪一下子认出女孩，女处长却替她叫了出来。

女孩回过头，对女处长一笑，爽朗地喊了声顾阿姨。

看到她左脸大块青紫，女处长满面惊诧：“哟，这脸怎么了？”

王欣淳昂首：“家暴。”

女处长一个愣怔，决定忽略："以后小心点……"嘴里含混着随众走了。

王欣淳一笑，有些坏又有些得意。这一笑就分明还是十三岁的那个笑，当她干了什么自以为的坏事时。远雪不由弯起嘴角。这时王欣淳才看到远雪，当然也认出来，脸上的笑容消失。

人群远去，兰花下留下两个女孩。彼此都想起十年前。

现在王欣淳穿着件又贵又厚又硬的白色连衣裙，因为实在年轻所以不显老气，胸前线条高抛陡落。远雪闷了一会儿，不知怎么低声笑道："果然可观啊。"

王欣淳本在尴尬，一听也忍不住笑了："你还是老样子啊。"

当年王欣淳是班上第一个穿文胸的女生，远雪好奇地从后面拉扯她的带子，并问她感觉好不好。

"好什么？"十三岁的王欣淳苦恼地说，"体育课颠来颠去都不敢跑快！"有次走路上被民工盯着胸看，还气哭了。远雪又拍又摸她后背的带子以示安慰。

远雪那时只需穿小背心，到现在仍是，身材十分挺拔玲珑。

兰花下的气氛因胸一下熟稔起来。王欣淳提议："走，喝点东西吧！"

两人到展馆隔壁的茶秀坐下，远雪看着价单略一犹疑，王欣淳已叫服务员："渴死了。"

冷萃上来，王欣淳咕咚咕咚喝掉大半，布满细密水珠的玻璃杯留下她椭圆的手指印。金秋阳光里，她没伤的那半边脸白里透粉，还有一层小绒毛。

"你的脸……"

王欣淳皱眉笑："说出来糟心，不过，是好事，不用担心。"

王欣淳从来不用人担心。初二挨个暗恋校篮球队队员，里面所有高三学长都是她心中的成熟男神。待他们高考完离校，王欣淳一次性失了好几场恋，把写着他们名字的日记本提到操场东北角去烧，边烧边苦情地挤泪，弄得远雪当场笑出来。王欣淳黑手抹着脸，也就笑了。

在那之前，一次学校典礼，区长在台上讲话，王欣淳在底下埋头吃辣条。她鬼鬼祟祟地左右一溜，正对上旁边远雪的眼睛——那瞳仁的反光碎碎而极亮，好像体内积蓄着不知什么力量，被皮肤抑制住了，抑制得紧绷绷，从眼睛点点迸出来。

王欣淳一愣，随即粉红着脸笑嘻嘻地交代："没事，那是我爸。"

远雪也一愣，忽然觉得这女孩真好，一点都不张扬不骄傲。虽然听说爱早恋到内心从没空窗期，人称花痴，但那也是性格热情的表现。她自己就没有。远雪抬手摸摸胸口，感觉里外一样贫瘠。她是个孤儿，从小在养父母家长大，亲姨妈姨父平均三年来看她一次。同为初中生，她的心当然比王欣淳的复杂。

远雪不禁朝王欣淳那边靠了靠。也许她其实并没有靠，只不过心里微动。但王欣淳手里拿着油汪汪半只辣条，嘴角还挂着一点红黄的辣椒籽，却恰好抓住了那点"动"。四目相对，事情就这样定了，互相就已经觉得很亲切了，可以交换任何秘密。

那时候夕照的阴影深蓝，玫红晚霞退得很缓，很慢，黄昏特长，最适合说和听。两颗黑发的头颅挨在一起，顶上伸出一根闪闪发亮的旗杆。

在旗杆下交换秘密，地方是王欣淳选的，方便看操场上打篮球的男生，她的秘密也全是关于男生；远雪的秘密才是真的秘密——关于孤儿的身世。

王欣淳听得激动，但不便露出笑容，只好使劲锁着眉。多稀罕哪，这哪是无聊生活里的事，根本是传奇！

故事发生在十几年前，甚至几千年前，一支匈奴部落里有一位公主，姓妫，念"龟"，不是"伪"，生了个女儿。女儿又生女儿，女儿又生女儿，一直生到新中国，把“妫”姓改成“远”姓，便是远雪的亲妈——远晴翠。

远晴翠是个护士。护士常常和医生结婚，在血淋淋的手术台上互相爱慕，就爱慕出了远雪。远雪之所以叫远雪，正因为她出生那天下着雪。远雪的医生亲爸正在某村卫生院下乡，听到消息连忙坐马车冒雪赶回。

“马车？”王欣淳脑海中浮现着画面。

“那时候嘛。”远雪忧郁地说。雪像鹅毛一样下着，亲爸和马车坠落悬崖。在那一瞬间，亲妈在血淋淋的手术台上生下了她。远晴翠作为公主后裔，自然高贵而娇弱，身怀“先天性心脏病”这种韩剧病，一听说爱人已死，登时发病去世，留下个远雪，只有小老鼠大。

“那你怎么不跟你爸爸姓？”

远雪更忧郁了：“我爸爸的家族觉得是我妈害死了我爸，不肯认我。”

“唉，”王欣淳扼腕叹息，“你可以写个故事，就写你亲爸妈的爱情悲剧。你看你名字多好，直接就像个笔名。我还得另外想笔名。”

“我不写爱情故事。”远雪高冷地说，“我要写《理想国》读后感。”

“那如果你不介意的话，我写？”王欣淳讨好地问。

远雪点点头允许：“你写吧。”

后来王欣淳写了一篇安妮宝贝体的琼瑶爱情故事，远雪写了《苏格拉底的回声》，一起参加新概念作文大赛，可最后都石沉大海。

得奖梦破灭，两人继续胡混。一切课堂都梦游，一切学习都仅发生在考试前。背政治，考完就忘干净；在“How do you do”下写“好毒又毒”、画阴险脸；语文课本发下来，头抵头读完有文学色彩的那几个单元就算学完。等语文老师耿老头用音乐分隔符把一段课文割裂解剖好，她俩的小纸条已传到第十回合。

升高中考试那天，远雪病了，没能考上她们说好的那所高中。分离后，虽然相距不远，但她们互相写信，写那种细琐敏感、情意绵绵的信，关于天气啦，心情啦，同桌啦，云啦，花啦。后来信便少了。一次远雪到王欣淳校门口等她，看见王欣淳笑得像葵花一样挽着个女孩。那女孩不但非常漂亮，而且一看就很聪明，校花级别的。远雪知道自己是被替代了，再后来信就很少写，终于不写了。

乍看起来，好像远雪只有王欣淳一个朋友，所以舍不得。其实恰恰相反，远雪的朋友从来都是很多的。她天生聪慧又经历复杂，少女间的争斗烦恼不过小菜一碟——对自己的身世，她深深失意，但绝不自卑。而且喜欢她的男孩子也不少，那个年纪就算早恋，男生女生之间也有隔膜，但很多男孩会给她说真实想法。

远雪，一个孤儿，反而有种，怎么说，类似"高贵"的感觉。假如能从她五六岁看起就会发现——从小，这孩子就自矜自恋，就能得到其他孩子的关注。

反而王欣淳一段时间只有一个朋友，而她的那一个朋友，往往早熟又优秀。也许正因为早熟又优秀，什么人都可以接受，所以才跟她做朋友吧。那一般人为什么不跟王欣淳做朋友？嗯，她那一副什么烦恼都没有、说什么事都不懂的样子就够让人讨厌了；再加上那颗硕大的粉红恋爱心，更让人恶心。

但这么多年过去，远雪始终没有忘掉她。和王欣淳在一起的日子，是云上的日子。蓬松的，甜蜜的，真少女的。不像王欣淳这种得到太多爱和关注的独生女，朋友不过是朋友，旧去新来。

"你要是有什么事，就给我打电话。"秋光下，远雪假装无视王欣淳的伤脸。

"没事！"王欣淳大咧咧的，又低声咕哝，"马上就全结束了。"不等远雪说话，她又昂脸笑嘻嘻地问，"你不给我号码，我怎么打给你？"

远雪忙掏出手机给她拨过去，同时发了自己的详细住址。那是师大旁一处中档小区。

“钟会长的，很便宜租给我。”远雪说。

王欣淳点点头：“你在这儿工作？”

“不是，”远雪微微一笑，“我给钟老师整理作品、书稿，也写书画评论。”远雪在大学学的是哲学，选修各种艺术欣赏、艺术理论课程。养父母在她高中时终于生了自己的小孩，还是儿子，她的大学学费就由姨妈出。随着养父母和姨妈的脸色同时越来越隐晦，渐渐两边她都不太去了。寒暑假就在外晃荡，像城市里的吉普赛人。晚上在学校宿舍、女性朋友、同学家之间流转，白天出门挣生活费。

毕业即失业，她对朝九晚五式的公司工作本来就抗拒，更没想过考公务员、事业单位之类，好像本来就是漂着的一个人，也就习惯地漂下去。

即使一肚子大事，王欣淳也看出远雪的脸蒙上了一层薄薄的尘土气。那是到处晃荡的不安定生活带来的，是整个城市的噪声、工地灰尘、汽车尾气沾染的——它们专找没有根的人沾染。它们使远雪的眼睛早早地开始憔悴，这种憔悴还体现在她干燥的手指上，运动衫起球的袖口、漆皮双肩包蜕皮的边角上。越奔波，憔悴得越快。

这些王欣淳当然不懂。她想问问远雪大学在哪里上的，现在过得怎么样，但即将要办的那件大事占据了她的心，把问题阻断了。

“你呢？”远雪问。

“什么？”王欣淳回神。

“在哪里工作？”远雪想王欣淳应该不用担心工作的问题。

不料王欣淳答：“家里蹲。”说完她看看腕表站起来，“我要回家了，有事儿。”

“路上小心。”

远雪目送王欣淳气势汹汹、踏得仿古木桥吱吱响地离去，想她什么事这样亢奋。这样的王欣淳远雪依然熟悉。还是那样，说风就是雨，带着一股天真混不吝的二劲（一般她这种状态去做的事都虎头蛇尾）。王欣淳白连衣裙的背影很快消失在金黄的树丛后。

远雪回展馆陪钟子璜见了几拨客人，晚饭就和其中一拨在公园内的“御宴宫”吃。席上人不多，五六个，但气势饱满，每个人发言都像包间的灯光一样充足宏亮。国家大政方针、民族文化流向、当前艺术学术空间等大词汇与觥筹齐飞。钟子璜低声嘱咐远雪做记录，过后出个新闻稿。远雪只好拿出小本记，那些人谈论得更热烈了。

搭公交回到住处已经快十点，楼下路灯的黄光里站着个手插裤兜的年轻男人。英俊好看的人仅一个剪影都英俊好看。远雪快步上前，那人回过头，果然是胡梵。

她不由嘴角上牵，步子却慢下来，手在运动衫兜里把衣角抻得长长，走到他下巴底下停住脚。

“又闹到现在，电话也不接。”胡梵搂过她的肩膀上楼。

电梯里，胡梵盯着前方不再说话。远雪想起前天的事，也不吭声。

她住城南，离钟老师近，胡梵住城北，离他工作的设计公司近。胡梵要她搬到城北同住，能够天天见面，也节约一份房租，反正她的工作不定时。远雪不肯，为此两人前天刚吵了架。

胡梵冲过澡在铺着毛毡的桌案前写书法。这桌案是钟老师原先的工作室退下来的，纯正仿明式家具，简雅大气，显得房子委屈了它。远雪看灯下的胡梵，湿漉漉黑得发青的短发和同样黑得发青的眉，好像也被委屈着，不禁说话软和了：“今天工作还那么忙？”

胡梵蘸墨疾书，仍不理她。远雪轻轻走近看，想他的书法确实又进步了，钟老师不虚夸人。这都归功于他的勤奋。

深夜两人躺在床上，远雪便说起遇见了王欣淳，又说到她脸上的伤。

昏暗里胡梵冷笑一声:“这种女人能有什么事！靠她爸不就行了。”

胡梵比她早毕业一年，就愤世嫉俗了一年。大学时的高傲当然早成了笑话。远雪没说话。这房子墙外紧挨着师大的花园，她听见几声秋虫的纤吟。

胡梵忽然有些烦躁地抱住她。

性一直让远雪觉得疑惑。和胡梵第一次的时候,她就开始疑惑了。

远雪大二时内陆房价刚起步,校园里同学之间贫富差距还不太大,官二代、富二代就那么几个。女生宿舍夜谈主要还是谈谁帅，就美术学院的胡梵帅。

一天胡梵拿作品给客座教授钟子璜看。这时书法欣赏课快开始了,一群女生鱼贯而入，胡梵一眼就把远雪筛了出来。她不是胡梵欣赏的类型，不够女性化，不够白，又没胸。但那张小脸有种倔强的书卷气，眼神不躲不闪，碎光熠熠，整体给人感觉清高不群。一群女生里，就她不像混学分的。

胡梵猜测远雪一定出身教师或医生家庭——猜得倒也没错——却不知那份清高是天生心气高和黑格尔、克尔凯郭尔、博尔赫斯、姜夔、冯延巳、《二十四诗品》之类赋予的。

他们互相注意，彼此都立刻感觉到了。也真奇怪，校园忽然变得很小，这里那里，几乎天天碰着。

胡梵，与其说热爱艺术，不如说是被艺术俘虏了。钟老师说他将来可以靠书法艺术生活，胡梵就真的相信。想相信的事情总是过于容易相信。其实钟子璜这样久处象牙塔的人,对社会的了解早已很有限。

远雪听了则张张嘴没说话，只微微一笑。

“无所谓，”胡梵说，“大不了做设计师养活自己。”结果真的只能做设计师。

钟老对这两个孩子的喜爱倒发自真心。一个颇有美术天分，一个写出的文字就像“极深的山涧中的鸟鸣”。他几乎有种当月老的愉快感。

开讲座，走出去弟子一左一右，金童玉女似的。

那是远雪、胡梵在象牙塔尖中的日子。生活几乎全被艺术占据着，远雪记得那种明洁和纯粹。等恋爱深入，胡梵了解了远雪的身世，又知道她姨妈是著名戏曲演员，姨夫开着高档连锁海鲜自助餐店身价数千万后，不禁骂："为富不仁！"又为远雪的气质找到一些出处。

"现在我已不再是一个人。我们在一起。"这话远雪并没说出来，但胡梵读出来了，在她倒映着宿舍楼的灯所以越发碎光熠熠的瞳仁里。

他们相识时，胡梵刚甩了个一年八十一节，节节要礼物的漂亮学妹，远雪的特别，一下就引起了他的兴趣。但他本来也不过随便对她好好，随便接接吻，顺便在她带有各种高级艺术理论词汇的赞赏里膨胀膨胀。性，他当然早想过的，但随着交往深入，反而有些患得患失，不敢妄为。是那双瞳仁，一瞬让他激动得不能自已，鬼使神差就把她带到秘密根据地——和朋友同租的民房画室里。

远雪一直记得那间画室的气味。墨味，宣纸味，颜料味，画布味，淡淡的霉味，还有一点厕所味。后来她去洗手间，发现马桶很脏，她给刷干净了——最后整间画室都被纳入她手，谁找东西都得问她。刷完马桶回到画室，窗外不知什么时候下了雨，城中村的红光绿线因为雨变得诗意朦胧。

微明的散射光里，屋内一切乱糟糟，但一切又都奇异地清楚。她感到自已像挖井，在最深最深的地方终于挖到了——爱。她也有爱，就像王欣淳一样有，一样情热。

对那个早春雨夜，胡梵也记忆深刻。当时他已经有过经验，出于对处女的怜惜，他很温柔。远雪带有书卷气的单薄，确实也给他一种冷而纯洁的感觉。过后他潜意识里希望看到远雪哭，以显示她重视贞操，就像他的初恋女友那样。但远雪没有，她躺在那里睁了一会儿眼睛，就踏踏实实睡着了。胡梵有点失望。

窗外又是几声冰凉的虫吟，从师大花园传来的。远雪洗澡回来，顺手给胡梵盖好被子，却被他呼地一掀。

“你今天到底怎么了？”远雪的声音有些冷。她这人平常最能忍耐容让，几乎从不发火，也从不大笑，总是很平静。但她一旦生气，就非常难哄。

胡梵蔫了，说：“我辞职了。”

“不是刚找的新工作吗？工资还可以。”远雪惊异。

“老板是傻逼。”胡梵一言蔽之。

远雪安静躺下，想至少租房的事是解决了，不用再吵架。

胡梵很快睡着。远雪拿出手机给王欣淳发个短信：“回家了吧？”

王欣淳确实已回家，但刚又从家里出来了。她把门在背后疯狂摔上，正死命乱按电梯。

王欣淳的妈，市儿童医院眼科元主任把门打开：“你还不给我回来？！”

电梯轰地关上。

王欣淳直奔地库，开出自己的白色现代SUV，看见倒视镜里元主任一身睡衣披头散发趿着拖鞋追上来。她又给了一脚油。

就在五个小时前，王欣淳完全没想到会这样。回到家，她抱着必胜的心态把头发高高扎起，正大光明地露出伤脸。

果不其然，片刻后元主任左手一大兜西红柿、黄瓜、鸡蛋、里脊肉，右手一捆芹菜、大葱并挎皮包，又匀出几根手指掏出钥匙进了门。她本人是风风火火和机智镇定的统一体，这天下午一直在忙一个厅级领导的孙子。

“妈！”王欣淳昂昂脸。

元主任愣了一瞬，换拖鞋走过来：“你怎么又回来了，脸怎么了？！”

“徐立栋打的！”王欣淳大声控诉，气沉丹田，“我要离婚！”

元主任倒吸口气，稳一稳。

“什么时候受的伤？昨下午不还好好的？”说话间洗手间门开门合，一条热毛巾已敷在王欣淳脸上，“到底怎么回事？上个月才办的婚礼，你们年轻人说的‘蜜月’还没过完，就闹成这样？”元主任嗓音有些劈叉，心渐渐突突乱跳。

“我跟他本来就不合适，现在还家暴！反正我要离婚！”王欣淳自从下定决心后就浑身是劲。

现在年轻人离婚的也多，但落到自己女儿头上，还是刚结婚一个月就离，事事没落过人后的元主任感到天已经塌了四分之一。她只会追问：“到底咋回事？”

王欣淳只会指着自己的脸：“他把我打了。我要离婚。”

元主任站起来到卧室换家居服。

换好出来，元主任犹豫迟疑，带了一丝颤抖低声问：“……他是不是嫌你不是处女？”

“妈！”王欣淳大喊一声。她现在倒还是处女呢，只不过这话说出来就长了，似乎容易混淆矛盾，便憋住了。

“不管怎么说，哪有刚结婚一个月就离婚的，啊？”元主任拼命压低声音，好像门外有人偷听似的，嗓子又劈叉了，她问了自己两遍，忽然又睁大眼问王欣淳，“你把人家小徐怎么了？他为什么和你动手？”

这一刻，王欣淳遇见了今晚第一个“想不到”。想不到挨打回家，亲妈倒问她错在哪。

“我把他怎么了他也不能动手吧。”愣半天后，王欣淳说。

元主任沉默一会儿说：“我给你爸打电话，叫他马上回家。让他拿主意……男的到底镇定。”

这是王欣淳的第二个“想不到”。因为二十三年来她第一次听见元主任说自己没主意，而且还要靠“镇定的男的”拿主意。家里的主意不是一向都由她来拿吗?

元主任还继续自语:“我当时就说你还小，刚毕业，还屁都不懂。你爸偏急着让你结婚。”说着满脸灰败。

“我怎么屁都不懂?”王欣淳气急地问。

这时门响，王局长自己回来了，还有司机小陈。小陈把一箱东西放在客厅，元主任马上站起来笑脸相送，小陈就点头虫一样走了。

王局长，即十年前的王区长，因为他自己说的“不会求人”，十年才升到市文化局局长。作为国家晚婚晚育的响应者，他今年已经五十三岁，仕途到顶。

王局长听了元主任的解说和王欣淳的控诉，穿着皮鞋在客厅踩了一圈，又踩一圈。元主任张张嘴没发飙，而是轻轻说:“要不，我上徐家问问?”

“你不要去。”王局长严肃地说道,“这个情况,你去就像兴师问罪。”

王局长到王欣淳对面坐下。他下午刚开过会,语气一时变不过来,仍像讲话:“如果这事发生在一个月前，婚没结，那二话不说，婚事就算了;但现在情况不同，你已经结婚。我现在就讲三点。”

从小只要王局长说“讲三点”，王欣淳头就发蒙，只得听着。

“第一，你们俩是自由恋爱结婚，不是包办婚姻。”

“我和他算自由恋爱?我……”王欣淳急忙分辩。

“你听我说完。”王局长大手一挥，“小徐的脾性你应该清楚，我也比较清楚。他是一时昏头，还是变态家暴狂，你应该有所判断。第二，你们的婚姻可以说门当户对。当然，你公公没有我级别高，只是个科级，但那是因为国税系统垂管，职数低，实际上老徐管的人也不少,所以不存在谁高攀谁低就。我这人也谦虚,不会看不起谁。综上,有感情基础、有社会基础，你们的婚姻没有理由出问题。”

期间王欣淳几次张嘴又闭上，这回终于说出来:“但现在已经出问题了。”说完扬扬脸。

王局长眼袋一跳，沉声道：“那你就说说小徐到底如何、因何打你的。”

王欣淳一紧张就说了实话：“我看他像要打我，我就躲，脚后面有个盆，一跤磕在浴缸沿子上……”

一语未了，王局长、元主任的神情都是一松。

王欣淳急忙挥舞双手申辩：“不是‘像’，是‘是’，他当时真的要打我！”

“你行了！”元主任说，“我还不知道你！”放下半颗心。

“我料小徐也没有这个胆！他把我放在哪里？”王局长也放下心。

王欣淳急得大叫：“你们不能因为不希望我离婚，就枉顾事实！他真的要打我！”

二老互相看看，都没说话。因为不希望女儿离婚，也不希望女儿挨打，那最好就算小徐没有打。

王欣淳见状气得声音又高了八度，头脑都有些乱：“我告诉你们，我就要离婚！那小徐连水都不会烧，问我冒多少泡算开！套被罩都找不到四个角……”

“这就是我要说的第三点！”王局长强势打断，“小徐不会烧水，你就会煮饭？你作为女人，作为妻子，做到了什么？你给他做饭、洗衣、关爱照顾了吗？再说，”王局长气势低下去，“你现在离婚怎么办？男人离婚可能再找个年轻的，女人离婚再找未婚的、没孩子的有多难！”

王欣淳就此遭遇第三个“想不到”。

“爸，你从小告诉我邓颖超说女人要‘五自’：自尊、自爱、自重、自立、自强。现在你又让我伺候老公？”王欣淳委屈。

“那你自立自强了没有？”王局长陡然大吼一声，像被戳到肺，“应届毕业生招公务员你为什么没考上？！”

这就说到另一件事上去了。王欣淳吓得一缩，心虚不敢出声。

换元主任挨近她："淳淳，你不能太任性、太强势了，女孩还是要温柔懂事。你看你爸的副手顾局，在外面多厉害，回家还不是给婆婆、孩子做饭？我就是太惯着你，这是我的错。"

王欣淳惊诧地看向亲妈，一向自信、雷厉风行的元主任忽然变成个讲婆婆经的居委会大妈。她又一次不敢置信。

"一个女人是一个家的灵魂。"元主任继续温柔地说，好像在传教，"男人都是孩子，女人要更早、更快成熟。"

王欣淳打个激灵："不是，妈，为什么呢？"她摇摇头，把男男女女的枝枝杈杈先扫出去，"主要我和小徐在一起从来就别扭，我从来都不爱他啊。"

这句话说完，王欣淳被自己醍醐灌顶。婚姻还是需要爱情的，谁说不需要啊？事实证明没有爱情不行啊！

"你谁不爱！"王局长又大吼，声震天花板，吓得王欣淳又一激灵。

元主任忙给丈夫使眼色："楼上住着人呢。"

王局长顺顺气："从小满脑子爱不爱，我都不想和你说话！生活是什么？是现实，不是《红楼梦》，一个阆苑仙葩一个美玉无瑕——其实都是寄生虫。婚姻是什么？还是现实！酒肉的朋友米面的夫妻，婚姻目的在联合，政治联合、经济联合，好在相对高的平台上生活！"

王局长虽上到经典名著下到通俗俚语都使将出来，无奈王欣淳油盐不进："我就要离婚，因为我不爱他。"

"你早干吗去了！"王局长这一声，终于让隔壁的阳台窗子哗地拉开了。元主任立刻透视墙壁，看见邻居刘淑琴正贴着纱窗听。

不待她阻拦，王局长又骂："你就是个猪脑子！"

王欣淳气哭："我早干吗去了？我结婚前一天不还说不结了吗？谁听我的？"

元主任劝劝这个劝劝那个，压下葫芦起来瓢，只得呼啸一嗓："都给我闭嘴！"

屋里一下静了，只剩下王欣淳每隔五秒一声的抽噎。

寂静良久之后，王欣淳再次幽幽启口：“反正我要离婚。”

刚平静的水面又炸了锅。王局长起立举手，被元主任一把给推了回去，王欣淳钻空就往门外跑。元主任忙去追，听见王局长在背后骂：“狗日的，叫她走！心掏出来给吃还嫌苦，没良心的祸水……”

女儿的车绝尘而去，元主任抱着胳膊慢慢往回走，她想，有日子没听见丈夫骂人了。当年王欣淳的外公成分高，地主家的崽子，老牌大学生，“文革”时很吃苦。当她把下乡认识的王局长，当时还只是公社王会计，带到父亲面前，落实政策后在医科大学教书的父亲对王局长说：“你可要想好！如果再来一次，你的孩子也成黑五类！”把二人都逗笑了。

当年元主任因家庭成分不好只能上大专，但婚后她边工作边生孩子边自考，两年通过医科大学文凭，马上又读研究生，一路变成元主任。王局长大学毕业被分配在区委组织部，没日没夜为党和国家效力，也变成了王局长。

但王局长到底还是农民家的孩子。王欣淳小时候的夏天，半夜王局长在灯下给领导写材料，边写，边一手伸进二道筋背心，搓出一些大泥丸种向地面。

身上的不干净和嘴里的不干净，都在漫长的婚姻中被元主任逐渐教化，今晚却又冒出来。

婚姻哪有十全十美的呢？几十年的磕磕绊绊，凑合着就过来了。结婚时，她对王局长的了解还不是只限于“有文化”和“老实”？什么情啊爱啊，都不是现实生活里的东西……王欣淳才二十三岁，哪懂得这个道理。

元主任慢慢想着，一只穿着橘色毛衣的小泰迪跑过来，后面跟着一双穿荧光粉运动鞋的脚。

“这么晚出来散步呀？”是刘淑琴，整个人笑眯眯的。

元主任回以微笑："你不也是？还遛狗，地库空气可不好。"

"欢欢要出来呀。"刘淑琴指狗，继续笑眯眯地上下打量元主任。

元主任笑着点头走掉，感觉背后刘淑琴的目光在说："出事儿了吧？我都知道。"

元主任和刘淑琴，互相知道的就太多。

# 第二章　南国北国

当年元主任和刘淑琴是卫校的同班加舍友，有一天元主任回到宿舍，发现刘淑琴服了毒。

当时正等待分配，元主任以为刘淑琴没分到好单位想不开，连忙一通抠嗓子灌盐水就往学校附属医院送。后来刘淑琴为感谢救命之恩，吞吞吐吐说了实情，原来是为一个男警察。

男警察迫于命悬于己的压力，很快娶了刘淑琴；学校迫于命悬于己的压力，把刘淑琴和最优秀的学生元主任分到同一家单位。

二三十年间时代大变，儿童医院职工越来越多，元主任和刘淑琴便不常见面。元主任没想到有朝一日会和刘淑琴做邻居，更没想到粉红圆脸、为爱轻生的刘淑琴有朝一日会变成眼神隐晦、以窥伺人为乐的刘淑琴。

这再次说明恋爱是年轻人胡闹的东西，有什么用？元主任想。刘淑琴现在连副高还没评上，儿子还是个艺术生。

如果只是她单方面窥破刘淑琴年轻时的糊涂事，还不要紧。因为元主任从不像其他女人那样叽叽喳喳讲八卦，就像她从不吃零食一样。她本可以泰然地在刘淑琴面前永远沉稳和要强，如果王欣淳不出逃的话。

不是这次出逃，而是四年前那次出逃。当时王欣淳刚高考完，她要学中文，王局长要她学法律，父女俩犟起来，最后还是王局长获胜。交志愿表的第二天，王欣淳就跑了。

当晚，王欣淳倒打电话来："我在海南，来看大海。"

元主任一句话没说上来，王局长夺过话筒颤半天发令：“你立刻马上立即给我回来！”嗓音也劈了叉。

那边静默了一下，啪嗒挂了。再打过去，一个男人接的，也听不懂，半天才弄明白，那是个卖椰子、莲雾、山竹和香蕉的水果摊，在三亚。

王局长在客厅山呼海啸。元主任慌乱又镇定地回卧室打开梳妆台下的小抽屉，拿出一个小本子，然后慌乱又镇定地到书房打开电脑，打开 QQ，输入她早已记下的王欣淳的密码。

不用细翻，好友“海洋传奇”在闪：“期待见面！”

元主任打开聊天记录，密密麻麻好几百页，网恋证据确凿。她正要静一静脑子想对策，身后传来王局长绝望的声音：“我女儿跟人私奔了。”

他的绝望打碎了元主任最后一点理智：“先报警！”

王局长鄙夷地缓缓摇头：“全国一年失踪人口多少？海南有多大？人生地不熟谁给你动用警力？”

元主任有些愣怔。王局长嫌恶地说：“你生的好女儿，花痴！”

“你说谁花痴！”元主任唰地立起来，眼瞪成牛铃，“女儿丢了不赶紧想办法，指责这个指责那个，有什么用！你就这点本事？”

诚然王欣淳两岁半就伸手向电视要宝哥哥，六岁热恋王志文，日记本当妈的都不稀得翻了，“爱的对象”走马灯一样换。但她元主任的女儿，就是作妖一些，学习也不赖，怎么就说成花痴？况且他王局长这些年，家长会没参加过一次，初中时连女儿几年级都记不清楚，现在好意思说谁？

王局长咬牙在书房走正步，走了二十分钟后，一字一句对元主任说：“这事先不要声张。一方面，你哪都不要去，就在家等王欣淳电话，了解情况，也许她玩一玩就回来了；另一方面，我和原来区上公安的熟人联系一下，预备两个人，不行就一起飞三亚。”

元主任点点头，黑洞一样的恐惧渐渐把她吞噬。女儿很可能现在跟个陌生男人在一起，那人很可能是流氓混混，或是人贩子，甚至是介绍卖淫的……

元主任两眼发花摸摸索索回卧室找王局长的降压药吃。刚躺到床上，电话铃响，待一个箭步蹿到客厅接起，却是催缴电话费的。元主任捂住脸号啕大哭起来。

而那时那刻，十八岁的王欣淳正在夜市上闲逛。到处是低低的灯，到处是穿花短裤的人，空气里弥漫着烤肉、海鲜、椰子糕的香味。

幸而她的网恋对象"海洋传奇"既不是人贩子，也不是拉皮条的，而是个海南大学的大学生，三亚人。但刚在机场一见面，王欣淳的心就凉了。长得倒不丑，只可惜又黑又黄又瘦，感觉和自己不是一个人种。

大学生看到王欣淳却很高兴，叫她小妹，然后变出一束红玫瑰。

接下来的几天，大学生带她逛了亚龙湾、天涯海角、鹿回头、南山寺，王欣淳第一次看见南中国海，开心得忘乎所以。心里当然也担心父母，又担心回去如何面对，但不开心的事当然少想为好，一冒头就被她用碧海蓝天压下去。

夜里大学生开了价格不菲的海景房，对王欣淳说"只摸一摸"。王欣淳想这么远来了，摸也不让摸似乎不好，就说那你摸吧。大学生果然就摸一摸，然后两人就都睡着了。白天也是玩得太累。

这样玩了好几天。一天的黄昏时分，王欣淳正对着椰林落日吃和乐蟹（吃饭两人互相请客），大学生对她说："你出来这么久，该给家里打个电话吧？"

王欣淳马上头大如斗，螃蟹都吃不下了。

大学生想想说："要不，我给你爸妈说？让他们别担心。"

王欣淳双眼发亮猛点头，螃蟹立刻又好吃了。

待大学生从公用电话亭回来，王欣淳苍蝇似的双手在胸口互相搓着问："我爸妈说什么？你按我的话说了吧？让他们别担心，我最迟后天回。"

当时橘红的灯光从大学生头顶洒下，再往上是美丽的南国夜色。大学生只笑笑说："没说什么，你就后天回吧。"

十五年后王欣淳追忆起来，大学生的脸已经模糊不清，但那个笑却在她脑海经久不散。那分明是个极其勉强、十分灰败、有些恐惧的笑容，她当时竟然没看出来。

她虽然不知道王局长在电话里跟大学生说了什么，但知道以他多年的从政经验，一定可以说出一段不带脏字、极其侮辱、完美恐吓的话。

因那句"没说什么，你就后天回吧"，王欣淳放开手脚毫无后顾之忧地又玩了两天。不知道大学生来年的学费已被她全部花光，在各回各家各找各妈后，两人都要挨一顿死骂。

这应该是她这辈子得到的最纯粹的爱情，不过这点，也要等十五年后才能被发现。

最终王欣淳当然没能上海南大学，也没能上中文系，而是在本城政法大学读法学。大学生坚持给她宿舍打了一年电话后，两人失去了联系。

在王局长恐吓大学生前，飞往三亚的机票已经备好。有王局长的，元主任的，两个民警的，还有一个派出所所长的——派出所所长就是刘淑琴当年为之自杀的男警察。

在元主任当面痛哭时，刘淑琴仿佛感到天道轮回：二十多年前她对元主任哭得鲜血淋漓，现在换元主任对她哭得鲜血淋漓。

又过了四年的此刻，地库里，刘淑琴笑眯眯地看元主任远去，睡衣襟一边高一边低。出大事了吧，刘淑琴想，匆忙跑出来睡衣扣子都系差，一路错到底。

远雪接到王欣淳电话，已经是一个月之后。

秋光渐衰，钟子璜所居的银杏坡已被金灿灿的落叶覆盖，树上只余几片小扇样的残叶风中招摇。

在明亮安静的居所，远雪、胡梵与钟老师聊了一会儿天，交上了钟老所需的一套资料，远雪就站起来告辞。

她看一眼朝南的那间画室，房门紧闭，知道钟老师的女儿在里面。钟子璜也未挽留，把他们送出玄关时，将一只米色信封交给远雪。

远雪一摸就知道超出自己劳动所得，连忙推让。钟子璜目光低垂，蔼然而坚决："不要说，不要让。"

远雪感激地收下，与胡梵对视一瞬，知道钟老已听说他们经济困难。门关上后，胡梵脸上渐渐逼起红肿的惭愧之色，再也压制不住。

一路踏着黄金遍地的银杏落叶，他们走出别墅区，上公交，逐渐远离这城市最有历史、最静美也最昂贵的区域。

王欣淳打的第一个电话远雪没接着。公交正路过某城中村，一个大趔趄进站，车上一片惊呼。远雪抓稳扶手看向窗外，各种路边小店像胡乱龇出、经年不刷的牙齿，天天朝外喷话："好消息！好消息！本店因经营不善即将倒闭，打折处理！"

阳光潦草涂抹着公交站。这块儿的阳光跟钟家附近的阳光，好像不是一个太阳照下的，候车的人个个面色苍黄，也像蒙着灰。远雪再细看，所有人还都皱着眉，仿佛在忍耐什么。

电话再次响起，这回远雪听见了。她费力掏出手机，说完挂掉，对胡梵道："王欣淳约我吃饭，她好像心情不好。待会儿你先回家。"说完把那只米色信封掏出交给他。这时远雪发现，胡梵也不自觉地紧锁着眉。

他接过信封抹头往车后门挤，远雪忙问："现在下？"

"我走回去。"胡梵这一个月都是如此，出门走路，回去看书写字画画刷网页，上一些愤青的论坛。远雪长长地出口气。

公交远了，胡梵很快走着，走到一半他掏出电话迅速拨出，张大嘴笑说："兄弟问你个事，那大傻逼还可能让我回去不？……哦，哦……小伙刚毕业？我靠那么低的工资他也干？行……行，哥们儿改天请你喝酒。”

挂了电话，胡梵脸上痞气的笑容立即凋落，换作一种梦游似的茫然。在路口站了一会儿，一辆私家车擦着他的衣角飞驰而过，他才惊醒般机械地迈步走开。

王欣淳看着比上次瘦了点。也不是瘦，就是气色不大好。她穿着鹅黄羊绒连衣裙，宝蓝色呢子大衣，扎着丸子头，露出整张圆脸，脸上的伤痕已消失无踪。

远雪看她一眼说:“你怎么啦？”

王欣淳慢慢捂住脸，十分颓废:“不知道从哪说起。”

远雪整理两人的餐具，倒上茶:“随便说呗。”

给远雪打电话前，王欣淳也先翻过手机内所有通讯录。翻了一个月，她惊诧地发现:无人倾诉。高中的校花闺蜜早就去新加坡了；大学压根就没交到什么朋友；和王局长饭局认识的几个二代？噗，还是算了吧，没那么熟。

王欣淳迎上远雪的目光。远雪的目光就是那样……碎光微微闪烁着，好像你还没说，她就已经了解；而且不管你说什么，她都不会惊讶。她从小就这样。不像有的女人，随时在做比较题，你说好事她嫉妒；你说坏事，她脸上的笑都藏不住。

“我要离婚。”王欣淳终于有气无力道。这四个字说太多，已经失去它惊涛骇浪的力度。

“你结婚了？”远雪有点惊诧，随即点点头，又问，“有照片吗？”

王欣淳丧着脸翻出一张结婚照。远雪拿过手机仔细看。

“怎么样？”王欣淳忍不住问。

远雪迟疑一下:“我又不认识。”

王欣淳嘿嘿笑:“像不像丸尾？”

远雪愣住，随即扑哧笑了。照片里西装革履、咬牙尴尬微笑的男人，脸长长圆圆，像一枚顶朝上的长款鸡蛋——真的神似《樱桃小丸子》里的丸尾同学。

“你不爱人家。”远雪说。

“我记得我很容易爱一个人啊。”王欣淳双手托腮，“也不知道为什么，就他不行。”

要是王欣淳听过“逼你爱一个人，保准你恨他”这句话，就不会有此一问。远雪没说话，看向窗外。两个女孩坐的卡座，橘红深蓝的条纹映在玻璃上，玻璃上还有初升的万家灯火。城市的地平线像鸡尾酒，层递紫檀，柠檬黄，灰蓝。又到黄昏，适合说和听的黄昏。

其实，王欣淳和徐立栋认识也就半年。王欣淳从幼儿园喜欢隔壁桌的小朋友开始，就没有过空窗期；谁料想上大学后，却迎来两年空窗期。大一与海南大学生煲电话粥不算，大二、大三竟然都没交到男朋友。这一是因为文科学校男生少，二是因为宿舍的人干什么都抱团出动，没机会认识男生。王欣淳习惯跟着人走，糊里糊涂就到大四。

虽然天天和舍友在一起，但其他几个天南海北聚拢来的女孩们并不真喜欢她。司机抱来大箱美国苹果放在王欣淳床下，王欣淳转头就忘了。全宿舍人心照不宣地静静等它们腐烂，没有一个人提醒。

大四全宿舍人都准备考研，剩下王欣淳无所事事。

王局长便对元主任说：“给你女儿找对象吧。”

元主任：“急什么？”

王局长冷哼一声：“等她给你领回一个四不像，你同意还是不同意？花——”王局长截住口，不耐烦地摇摇手，“我给找！你那眼光我还不放心。”

于是就找到徐立栋。太合适了，无论家庭、年龄、学历。而且徐家还有个别人家无法比拟的优点：徐立栋有弟弟。在独生子女时代，家有二子，将来照顾老人压力就小得多。王局长可以说料想得很周全了。

当时徐立栋读研三，两人就各奉父母之命谈恋爱。王欣淳常常找理由不见他。为了不见他，甚至和舍友一同上自习室准备考研。一月考完研，又准备四月考公务员。五月成绩出来，什么都没考上；七月毕业，九月就结婚了。

在王欣淳避而不见的时候，王局长和元主任就热情地邀请徐立栋到家里玩。三个人坐在一起看电视聊天。有时王欣淳回家看到这一幕，宁可少回家。

徐立栋研究生毕业后，也有心去北上广，但很快被父母挡下来。也行吧，他想。国税系统在一月招考，他笔试成绩不错。面试时，七个面试官有四个是看着他长大的，于是顺利拿到通知书。拿到通知书后，王局长和元主任难免叫他来家玩得更勤。

结婚的前一个月，未婚夫妇被父母们灌满道理：结婚是人生大事，人生迟早要结婚；外面找的会有各种矛盾，互相知根知底，门当户对才能幸福一生。

也行吧，徐立栋又想。徐立栋没正式谈过恋爱，因为一直认为自己值得更好的。从不多的接触来看，王欣淳和其他所有可爱的女孩子都差不多，且家庭与他相配。他甚至可以说很喜欢她，笑起来实在可爱。

王欣淳则感觉越来越冰冷，越来越绝望。但父母的话浑身是理，无法辩驳：先成家，然后在体制内找个工作，多安稳。

王欣淳没去过招聘会，但领略过舍友焦躁的脸色和整个毕业季惶惶不安的气氛。她所在的这个三流大学，法学学士毕业就失业的太多。对外面的世界，她害怕。

那就听他们的吧。

“所以就这样结婚了。”王欣淳绝望地总结。

远雪慢慢点头：“如果婚后好好相处的话，也不是不行。”

“肯定尽量好好相处呀，”王欣淳苦着脸，“但是不好好相处还好，好好相处就只剩吵架了呀。”

“你……”远雪叹口气，“那你真要离婚？”

“真。”王欣淳更重地叹口气，“但没想到，离婚比要命还难。”

“离婚也不是什么大事。”远雪平淡地说，然后忙又补充，“我的意思是说，我觉得生死之外，没有大事。”

王欣淳听了这话，心里倒安静些。她摇摇远雪的手：“我现在真的生不如死。求陪聊，求安慰！”

“我除了钟老师那边忙的时候，都有空。你给我打电话呗。”远雪坦诚道。

于是两人第二天紧接着又见面。

这天恰是周末，王欣淳找远雪时，远雪正陪胡梵在书院门附近买宣纸。王欣淳远远看见远雪，就觉得心里好受些，好像离婚这么沉的事分给了别人一半。

王欣淳跟在两人后头瞎走，买完纸又逛碑林博物馆，就到吃饭的时候了。王欣淳看见街对面一家装潢有腔调的店便要进，胡梵脸上隐隐显出尴尬。

“换一家吧。”远雪说。

这时胡梵电话响，他妈问他回不回家吃饭。胡梵想走，又不好扔下两个女孩，便说：“那你多做点，我和朋友都来。”

胡梵家离书院门不远，在紧靠着古城的老城区。几十年的老梧桐遮天蔽日，街道宽阔，但商店却稀少而破败，背靠着这爿最后的旧厂房。三人走进颇有年代感的厂门，到处灰扑扑的，阳光迟迟，大片树叶刷刷落下，仿佛渐渐走进冬天。

一行人来到最后一排水泥色单元楼的四楼，楼梯间狭窄昏暗，没有电梯，扶手积攒着陈年老灰，一摸陷下老深的指头印子。胡梵妈妈是个头发花白、身材高大臃肿的女人，满面含笑地开了防盗门。

房子很小，大概不到六十平方米，也分成两室一厅。王欣淳和远雪坐了仅有的两只单人沙发，胡梵和妈妈坐餐凳。王欣淳四下打量，好像进入八十年代电视剧里。海尔冰箱啊，塑料花纹杯垫啊，毛线勾的沙发套啊，每一样都褪了色。

在客厅可以直接看到胡梵的房间，除了铺着藏蓝床单的小床和旧书柜外别无长物。因为房间小，显得窗户很大，窗框框着大梧桐正落叶的繁密枝丫，倒有种朴素的美丽诗意。

胡梵妈妈把西红柿鸡蛋面端上来。最令王欣淳惊诧的是，胡家只有九根筷子。对，九根。在场五个人，其中一个人只好用勺子吃面。看来这个小家庭是极少来客的。

饭后，胡梵惬意地占据一只小沙发伸长双腿。他腿长，显得好像满客厅都是他的腿。远雪退坐餐凳。胡梵和妈妈、远雪随意聊到篆刻，王欣淳惊诧地发现，胡梵妈妈竟然是汉篆爱好者。

胡梵爸爸是个面色苍黑的瘦小男人，眉睫极浓，不大说话。王欣淳想，胡梵的相貌显然继承了父母双方的优点。

吃完饭王欣淳、远雪留下在厂门口买的水果篮告辞，胡梵也要一起走。胡梵妈妈送他们出门（一步就送到了）："常回家看看。"

胡梵不耐烦地一扬手。王欣淳临出门，忽然看见门旁洗手间里水龙头在滴答，就多嘴说："阿姨，你家水龙头没关紧。"

胡梵英俊的脸几乎痉挛。王欣淳这才发现洗手间水泥地上放着一只红色塑料桶，专门接那滴答的水。这样用水可以不走水表，她哪里知道？只好在胡梵臭脸的沉默里莫名其妙地下了楼。

回到师大隔壁的小区，胡梵就说："王欣淳这人，一身官二代的臭架子。"

远雪微微蹙眉："她啊，说她别的还行，架子她真没有。"

"她当生活是演偶像剧！和这种人来往，有什么意思？浪费你的生命。"胡梵心里仍不痛快。

远雪不说话。

几天后的中午，王欣淳与远雪约在满记甜品。杏汁莲子炖雪蛤膏上来，远雪先说："最近可能不能见面了。"

王欣淳现在有娘家不能回、没工作、没朋友，好不容易抓住个远雪，让她兵荒马乱的心有个倚靠，听了这话不禁愣住："怎么了？"

远雪说："我要跟胡梵去北京。"

"北京？"

"嗯。"

"去干吗？去多久？"

"还不太清楚。"远雪说。

"不清楚就决定去？"王欣淳更加吃惊。

就在三人一同吃饭的第二天，胡梵忽然说要去北京，因为一个哥们儿忽然叫他去北京，说有一个小剧场缺人。缺什么？编剧、场记、演员，什么都缺。

"你可以尝试编先锋剧，"胡梵说，"成天写些吹捧名流的书画评论，根本没有价值。"

"那你去了做什么？"远雪问。

胡梵答："这都不重要，重要的是我早就想去北京。我们省书画界压根是一潭死水，被钟子璜这类老家伙把持，表面高雅一尘不染，实际还不是靠在政商间钻营！谁会炒，谁就卖得贵！出了省，谁还理他们？而北京有宏一、李达、张炜，好多年轻书法家都是在那火起来的。"

远雪过了一会儿说："写得好在哪里都一样。"

胡梵几乎立刻说："你不去算了。"

远雪看他一眼。胡梵做出无所谓的神气，他总是那样。如果真的不去，一定有一场大闹。远雪虽然也不怕他闹，但她马上做了决定。

听到这里，王欣淳小心地说："他这话显得好像没多爱你似的。"

接着王欣淳趴近些，睁大眼睛："而且那天去他家，他父母好像不知道你是他的女朋友。”不等远雪回答，她又盯住天花板，“你去了北京，怎么吃怎么住？没有稳定的工作，万一生病怎么办？也没有社保。”

王欣淳难得替人着想，但她一严肃思考，就像在翻白眼，那眼睛又大，眼白像光净的瓷面。

远雪看着不禁弯起嘴角。她看向窗外，熙熙攘攘的人流车流，不远处是这城市的标志：一座明代钟楼。还有明代的城墙，唐代的塔，汉代的湖……这座古城，她觉得待够了，边边角角都已被她翻遍。陪钟老，她去过省委、市委以及最贵的会所；她自己也住过城郊最肮脏的城中村。远雪久已感到疲惫，但没找到疲惫的缘由。在胡梵提出要去北京时她才发现，她的疲惫源于这座灰尘扑扑的城。她想离开。

远雪沉默的侧影，在城楼五彩流光中显得有些迷离。那副样子，“为爱远行”，王欣淳心里冒出这个词。她不禁生出些自卑，忍不住问：“我这人是不是很俗？”又咕哝，“怎么有时候，我心里好像住着个元主任似的。”

“不会。你是真心替我着想。”远雪说。

“我们刚重逢你就又要走了，我忽然想——”王欣淳叹息。

“喝杯酒。”两人同时说。

两人就上楼找家韩国餐馆吃烤肉，喝苦涩的烧酒。她们也不是喝酒，是喝喝酒的感觉。两人后来回想起来，原来那就是青春的好处，吃过冷甜又能吃热辣的好胃口，还有面前无涯般的时间。时间无涯，本身就给人一种安全感，好像什么都不急，反正还来得及。

喝着喝着两个人说起初中同学的八卦，王欣淳所知甚少，远雪所知甚多。但远雪并不深谈，轻描淡写地说几样，就够王欣淳张大嘴吃惊地一连“哦哦哦”。

学霸赵纯北大毕业后，与清华的男友去了美国；学习好又会来事的班长考进交通厅；单亲家庭的李蕾蕾被准婆婆拒之门外；自不量力郑小斌去世了。

“去世了？！”王欣淳捂住嘴。郑小斌人称“自不量力郑小斌”，因为他穷而且丑，却专追各班班花。

远雪点点头：“他不是在湖南上大学嘛，听说为一个女生和人打架，出了事故。”过后有同学自发组织去看郑的父母，远雪当然也在被邀请之列。郑家在城郊，刚拆迁，已经变富有。屋里坐满人，他妈妈哭得由两人扶着才能走路。爸爸又悲伤又激动，因为小儿子的死使他这辈子头一次得到这么多关注——于是他的激动里几乎有些压抑不住的兴奋，甚至高兴。那张表情奇异的脸深深印在远雪记忆中。

“真没想到……”王欣淳为郑小斌感到惆怅，虽然她和郑小斌基本没说过话。

王欣淳回想起自己的初中时代。赵莼、班长这类聪明成熟、出类拔萃的孩子看她就像看智障，不屑跟她玩；家境不好的孩子出于自卑和自傲，也不和她玩，好在她也没什么好跟他们说的；韩蓓蓓、赵晶晶等平常女生虽然和她玩，却只是玩，王欣淳的心事她们一清二楚，她们的心事王欣淳却一无所知。

高中三年她天天混在校花身边，像个跟班，又像个喽啰，但要问校花究竟是个什么样的人，她比别人还模糊。比如有人说，校花很会利用人，会考前忽然跟暗恋她的物理课代表亲近起来，等会考拿A后，又忽然断绝来往。“他们是不是在谈恋爱？”有人问。王欣淳摇头说不知道。问话的人翻个白眼走了，哪里想得到她是真不知道。又比如前一阵有人跟她打听：“咱们校花找了个新加坡富豪？”结果王欣淳比人家还惊讶：“真的？！”来人索然，真是没话跟她说了。

大学就更不用提。

原来她只有远雪一个朋友。一直以来，只有远雪跟她交换秘密。

想到这，王欣淳心里一阵失落。

远雪见她情绪低落，就岔开话题问：“你的小说呢？还写不写了？”

她记得她的安妮宝贝体琼瑶故事。

“高中时还写的。”王欣淳长叹一口气。王欣淳有两颗心，除幼儿园就开启的少女心外，还有小学开启的文学少女心。小学三年级时，她立志要当作家。王局长说：“你应该想要当市长、局长，而不是当什么作家。”这一志向，王局长已自我实现。至于王欣淳嘛……

王欣淳的作品被王局长斥为狗屁。这倒无所谓，反正她的狗屁之处不止一个；关键上高中后，她认为大作家须在夜深人静时进行严肃创作，于是电脑每每在深夜被偷偷打开……

这点很快被元主任发现，开启了半夜巡视模式。于是只要听到拖鞋响，王欣淳就迅速关掉电脑，钻进被窝。有次关得太猛，没点保存，把一个刚完结的少女与送水工的爱情故事活活报销。更可恨的是，那次元主任却并非巡视，而是真的上厕所。

“从那以后，就伤心不写了。关键也高三了，总得学一年习考大学吧。”王欣淳叹息，“你呢？还写吗？”

远雪点点头：“我还写一点，主要是书画评论、诗歌，也写点儿小说，意识流的。”她随口说出两个本市艺术杂志的名字，“我也没投稿，朋友拿去，编辑就给刊登了。评论一篇两百块吧，小说一篇三百块，诗歌没稿费。”她不太在乎，寄来的杂志都没留。现在的艺术杂志，办的和读的几乎是同一批人，没多大意思。

但王欣淳吃一惊，因为她对“变成铅字”还有执念，心想远雪居然已经发表作品了！还那么不在乎！

“你居然这么厉害，我也要继续写。”王欣淳鼓舞自己，“到了北京，你会做编剧吗？”

“可能会吧。”远雪还是淡淡的，“有机会的话试试。”

“敬未来的编剧！”王欣淳兴奋地举杯。

“敬未来的作家。”远雪笑。

王欣淳苦笑，含混着接了句：“顺便祝未来的作家……离成婚。”

地铁站外，王欣淳目送远雪混入人流。她刚刚盖住耳垂的短直发，她的旧皮靴，她的旧风衣包裹的细长身躯，她孑然独行的姿态，把芸芸众生都模糊成背景。王欣淳想起陈珊妮的歌：我从来不是幽默的女生，不喜欢突然的一场雨……

这时手机响起，是徐立栋。他的声音在周围的噪声里显得单薄、空洞，还有些虚弱："徐立磊的媳妇生了，男孩。我爸叫人从老家把我奶奶也接来了，晚上叫你一起吃饭。"

王欣淳有气无力地哼一声，那边就挂了。

远雪已经看不见了。远雪要去北京，远雪要当编剧。而自己这里，婚姻名存而实从未存，"老公"的弟媳妇生儿子了。与远雪相比，这生活未免太泥土太庸俗。王欣淳几乎嫉妒了。

远雪在下地下通道前回头，看见王欣淳正接电话。

初冬冷风和闪烁霓虹里，王欣淳披着件雪白的大衣，锦衣玉食地立着，不知世事的样子，好像在拍爱情单曲 MV。拍完了，就可以回到一个稳固、干净、温暖的地方。远雪心里有些麻木的刺痛，转身走进通道。

吃吃喝喝可以让生活显得不那么严肃，可生活实际上总是很严肃。"未来作家"王欣淳越走近她与徐立栋的家，越感到垂头丧气。怎么办，怎么办，将来到底要怎么办！

王欣淳掏出钥匙开门，感到有人从里面把门打开。徐立栋垂手站在面前。王欣淳把玄关的灯按亮。

这是北方将供暖而未供暖的最后几天，精装修而毫无特色的房子内空气凝冻不流，感觉比室外更冷。房中罗列着新电视柜、新电视机、新冰箱、新空调、新沙发、新茶几、新餐桌、新餐椅，很满，但又很空——没有人气。电视柜上贴的"囍"字还在，发出冷亮的红光。

"直接过去吃饭吧？"徐立栋闷闷道。他是个个子高高的青年，身材比长相好看。

“哦，我去上个厕所。”王欣淳进次卧洗手间，反手锁上门。坐在马桶上，她长长地出口气。

等她出来，徐立栋已经穿上大衣，垂头立在玄关等。那大衣也是为新婚添置的，款式经典，深蓝色的羊绒发出幽光。因他长得太老实相，穿得讲究反而更显呆板。

王欣淳感到有些渴，就倒杯水喝。水又太烫，她噘嘴慢慢吹着，握杯子暖手。

徐立栋就默然坐到换鞋凳上，解开大衣扣子继续等。

这种时候王欣淳就会觉得自己在欺负人。徐立栋是那种从小老实的男孩子，幼儿园没有揪过邻座小女孩的辫子，小学没有推搡过队伍前面的女生，初高中没有闹早恋。

像许多家里的老大，他被机灵可爱的老二衬托得越长越呆。“这孩子老实”，亲戚都说。这话徐立栋最不爱听。

他考研究生、考国税，多少有些为跟父母宣告：我能行，我更优秀。娶王欣淳也起到同样作用：我能行，我更优秀。

弟弟徐立磊成绩不好，草草上了个三本。工作早、结婚早，弟媳钱小羽家是康大路摆摊子的。

对王欣淳的春光明媚，徐立栋十分满意，就暂且让一让她。

王欣淳能咬着牙和他结婚，一方面是承受不住王局长、元主任的压力，另一方面就是因为徐立栋让着她。但结婚后，她发现徐立栋不但不那么让人，还很拧、很倔。

新婚之夜，徐立栋喝醉了，呼噜震天响，王欣淳叫他去次卧睡，他竟然发脾气。王欣淳自己气鼓鼓地去了次卧。

第二天又为谁去买早饭，吵了一架。过后徐立栋服软，两人决定要好好沟通。王欣淳就说和他不熟，要求“有恋爱的感觉”后，再一起睡。徐立栋答应了。一是因为他觉得男人应该有这个自信和度量；

二是因为，他和王欣淳也不熟。

结果王欣淳就一直在次卧睡了下去。

期间也不是没有气氛粉红的机会，但都奇妙地化为乌有。比如有一次，两人出去吃了烛光西餐，回到家王欣淳期期艾艾："那就今晚吧。"毕竟都结婚了。

徐立栋就痴笑着伸手一捏她的胸。

王欣淳吓了一跳，后退抱住自己："你干吗？"

见徐立栋不解，王欣淳指责："难道不应该先拥抱、接吻、深情对视什么的吗？"

徐立栋脸上挂不住，辩解："都结婚了……"然后不情不愿地上前搂住她。

王欣淳感到有两片又紧又厚的蚌肉僵硬地乱吸她的嘴巴。幸亏这不是老子的初吻，王欣淳一把推开他，扭头回了次卧。

又有一次，两人在马尔代夫。碧海蓝天，王欣淳玩得很好，就是和徐立栋话不投机半句多。但那天气氛实在好，王欣淳喝了点香槟，满屋子玫瑰花和大海的味道，就柔声说："我后悔啦，今天午餐时不该跟你发脾气。"

徐立栋笑着说："过去的事有什么好后悔的，后悔也没用。比如你经常说后悔跟我结婚，但婚已经结了，还能怎么样。"

王欣淳愣了一刻，默然转身裹个毯子睡了。

好气氛时是如此，普通日常当然爆吵连连。徐立栋爱整洁，所有东西都有个固定的地方，地上不能有灰尘；王欣淳爱随意，所有的东西都随手乱扔，油瓶倒了都和她没关系。

徐立栋本来心里就憋着气，看见王欣淳这不对那不对，正好说她；王欣淳则最恨人说她，因为她就是被人说大的，外人再一说就冒火。

两人渐渐不说话，说话就说离婚。徐立栋刚工作，有心当青年才俊，无奈性格老实又非能说会道，总是落人一步。他的专业知识在公务员岗位上几乎无用，而勤谨、细致、踏实等好品质，又需要天长日久才能被发现。

总之他这类人只能当干活的，不能当领导的心头爱。偏偏徐立栋非要力争上游，非要当心头爱。于是他常常在领导、同事脸上看到敷衍的、微妙的微笑。

生活和工作双重夹击，有天早晨起来，徐立栋一摸头顶，竟然脱了一把头发。他不禁悲从中来，也怒从中来，起身就去质问王欣淳。

王欣淳正在马桶上，慌忙提起小熊睡裤，先质问徐立栋：为什么不用主卧的卫生间？

徐立栋反质问她：哪有你这样的妻子？

其实闹成这样，徐立栋也不再觉得王欣淳可爱。成天蓬头垢面在家刷韩剧，一言不合就掉脸，王欣淳那个长相，一笑还算甜美，掉脸简直丑而且蠢，哪里还可爱？他已经不是很想和她那个，但现在已经不是“事”的问题,而是“理”的问题。理就是他徐立栋哪里不如人，妻子要拒绝同房？

王欣淳不能被人说的体质立刻爆发，马上回敬：“你怎么不想哪有你这样的丈夫？跟你说句话，不是累死就是气死！”

“你跟我说话累死、气死，难道我跟你说话不累死、气死？”徐立栋不服。

“呵呵,恐怕不止我跟你说话累死、气死,所有人和你说话都累死、气死。”婚前王欣淳唯一还算喜欢徐立栋的一点，就是他话少。话少就有种酷的感觉，让人对理工科男生产生一种模糊的崇拜，好像他的头脑很清楚，他的世界很简洁，他人很MAN。谁知徐立栋话少，是因为他张嘴就能气死人。

王欣淳不禁又补上一句：“难道你的领导同事没说过吗？你说话真的让人好无语。”

徐立栋被戳到痛处，脑门上的筋猛跳，半晌道：“你再说一遍！”

这时候岂能认输，王欣淳一昂头："我说了怎么了？"

徐立栋感到自己的右手忽然活了，脱离左脑控制猛地抬起。

王欣淳尖叫一声后退，先踩翻一只昨晚洗完袜子乱丢在那里的盆，失去平衡，然后右手撑进浴缸哧溜一滑，脸颊就结结实实磕在浴缸边缘，承受了全身的重量。

那天王欣淳回了娘家，徐立栋便在街上走了一夜。离婚吧，一个小小的声音说，离婚吧。天亮回家，他以为岳父岳母一定在坐等自己兴师问罪，那就长痛不如短痛算了。谁知屋里一片安静。王欣淳一副霜打了的样子，也不说话。

那天后徐立栋又变回婚前那个让人的徐立栋。面对王局长、元主任若无其事的笑脸相迎，他只觉得心虚，还得再让王欣淳一点。这更让他感到绝望，无比黑暗的绝望。于是他的气质在呆之外，还加上丧。

# 第三章　失婚少女

徐立栋开他的大众SUV，王欣淳开她的现代SUV，两人先后回到徐立栋父母家。

一推开门，暖黄的灯光和厨房的爆炒声先裹住人，热烘烘香喷喷，还有一股微酸发甜的婴儿味。

徐奶奶一步上前，王欣淳感到自己被一只苍老的手扣住，干涩的皮包着骨和筋，居然力大无穷。那只手涩拉拉往上，溯游到她的手肘："哎哟，瘦得还没笤帚粗！能干啥？"

"奶奶好！"王欣淳笑，就高兴被人说瘦。

徐局长和徐太迎上来。徐局长作为区一级国税局局长，职位层次却只有科级。徐局长在家穿着鼓囊囊的保暖衬衣，西裤腰带上挂一串钥匙。对裤腰带挂钥匙的中老年男性，王欣淳没什么可说，叫了声爸；徐太手里端着一碗鸡蛋液，王欣淳也叫："阿……妈。"

徐太目光炯炯盯了徐立栋的脸一会儿，脸色便有些不好看："怎么搞的？王欣淳要是不会做饭你们回来吃，结婚还结瘦了！"

这话虽是说给徐立栋的，其实是冲着王欣淳。可惜王欣淳在走神。

一百四十多平方米的屋子感觉到处都是人。月嫂在厨房做饭，钱小羽在卧室坐月子，婴儿在小床上哼唧，徐立磊在书房打游戏。到处都有声音，到处都有味道，王欣淳和徐立栋在一起的紧张僵硬倒舒散了。这可能就是所谓家庭的温暖，王欣淳想，提出要看宝宝。

月嫂端着一大盘汤汤水水的月子餐笑道："我带你进去看。"

小婴儿那么小，红红的丑丑的，也看不出什么鼻子、眼睛。王欣淳以前见过钱小羽，这次一见吓一跳，没想到生完孩子变得那么丑，青黄不接的。

幽幽台灯照着钱小羽半边脸，她气若游丝：“他又哭。”

月嫂忙放下盘子去解婴儿的襁褓和尿不湿，天哪，黄绿一摊，屋内顿时弥漫一股屎饭混合味。王欣淳赶紧扭过头。徐太和奶奶则喜得心痒难耐，好像看到黄金：“哎哟，我们又拉了！这次拉得好！棒宝宝！”

棒宝宝拉完后，徐太一会儿指挥钱小羽先喂奶，一会儿指挥钱小羽先喝汤下奶再喂奶，一会儿指挥钱小羽还是先喂奶再喝汤下奶再喂奶。

钱小羽：“喝不动。”

徐太：“必须喝！你不是给你喝，你是给宝喝。要不然我不会管你喝不喝。”喜气洋洋中，徐太的气势安稳如一座大山。

您可真会说话，王欣淳心想，随即想到徐立栋。真是一根脐带上的亲母子啊。

王欣淳就搭讪甜甜地笑说：“钱小羽，你好好吃饭，恢复好了才能变辣妈哦。”

王欣淳以为自己只是说句客套话，不知道自己在招恨。等若干年后她自己生孩子，才知道新手妈妈的脆弱。

果然钱小羽只觉一阵堵。辣什么妈？婆婆、奶奶一天到晚不停地插嘴插手就算了，随便来个白痴一样的王欣淳也对她指手画脚。哦，所有人都要么天生奇才，要么满肚子经验秘籍，就她孕傻？

钱小羽一向不喜欢王欣淳。这位嫂子进门时她正孕中期，好不容易摆脱了孕吐，正是人见人关爱的好时候，偏偏来了王欣淳。王欣淳轻易不来婆家，一来就像也怀着孕，端端正正地在客厅沙发坐着，饭来张口茶来伸手。而且她比孕妇还热火吃香。婆婆在边上不住口地夸：长得招人喜欢，家庭好教养好，爱笑会说话。

王欣淳家庭好，那映射谁家庭不好？她钱小羽家虽然是康大路的，但好几家门面房待拆迁，包子有肉不在褶子上！婆婆对王欣淳的热络，反衬出当时对她的冷淡。她知道婆婆曾对人说："自己生的儿子，就算牵回来一头猪，不也得认了吗！"这句话，钱小羽决心要记一辈子。

面对婆婆的夸赞，王欣淳笑嘻嘻，对自己给孕妇带来的不快毫无察觉。对，优越感，不盛气但凌人。当被人赞比人好、比人强时，一点不意外：那不是应该的嘛。

于是当着王欣淳的面，钱小羽坚持不喝汤，偏要先喂奶。婆婆、奶奶迅速上前聚拢，点头数着："一、二、三、四、五……"

王欣淳看到这种不明操作，不禁纳闷。半晌才明白，她们是给婴儿数数呢，看喝了多少口。

"二十五口！"徐太高声宣布，并说宝宝必须喝三十口才饱；现在只有二十五口，都是不喝汤的原因。

王欣淳不禁骇笑，多五口少五口有什么关系？而且人又不是袋子，装进去多少，流出来多少……但看钱小羽，眨巴着眼睛，先前的倔劲没了，面露虚弱恐慌困惑，好像信了婆婆、奶奶的邪。

后来事实证明无论汤喝多满碗、多油腻，钱小羽的奶量都是那么少。

"又少还漏！"满月宴时，徐太向元主任抱怨。

元主任看婴儿包在羽绒被里热出一头疹子，欲说还休。王欣淳再看钱小羽，脸还是青黄不接，身体却吹气般变成个胖子。她看着都替她愁——这肥怎么减哟。

钱小羽很沉默。席间几个人因睡扁头还是睡圆头争论起来。钱小羽拎着筷子在餐盘前晃荡两下，虚弱、抱歉地对王欣淳说："我没力气，吃不动。"

可不敢吃了，王欣淳心想。王欣淳这阶段，只知道操心胖不胖。

事实证明她操心多余，因为一个月后钱小羽又漏气般变成个瘦子。

夜里钱小羽常睡不着，因为觉得婴儿随时会哭，心是警的。好容易睡着了，又常常惊醒去探婴儿的口鼻，看他是否还在呼吸。

有天她凌晨三点起来喂夜奶，整个小区都睡了，夜静得没有风。屋里只有她和孩子，徐立磊早搬到书房，钱小羽好像很久没见过他。从怀孕起，丈夫就渐渐消失，而婆婆渐渐出现，成为她孩子的共同抚养人——更强势、更正确的。

钱小羽走到窗边握住纱帘，好像要跟纱帘借点力才能站立。她觉得此刻全世界醒着的只有她一人。这时楼下忽然有响动，刺啦刺啦，一个男人拖着行李箱蹚过浓沉的夜色和黄澄澄的路灯光，然后停下掏出感应钥匙开楼门。

钱小羽立刻哭了。原来这世界并不止她一人！这个一闪而逝的陌生男人，竟让钱小羽感到从来未有的亲切。回到床上后，刚有点睡意，婴儿呢喃地咂个嘴，立刻又把她惊醒了。

要是老天把这个孩子收走就好了。

这念头使钱小羽悚然一惊。这是人想的？她木木地抬手打了自己一个耳光。声音并不大，但好像她的绝望之气把婴儿惊醒了，在静夜里哇地大哭起来。钱小羽脸颊热辣辣地抱紧婴儿，眼泪又直流下来。

徐太从隔壁赶来，见状又嫌弃又叹气："哭啥呀！当妈就是这样，都是这么过，你们年轻人太娇气了。我管娃你睡吧。"

婆婆把婴儿抱走，钱小羽一直哭到天亮，然后花一个月时间把自己瘦成人干。

"听说钱小羽天天在家哭。"一次王欣淳见了元主任，忙向她报告。王欣淳见了妈，常常变成小学生样。

元主任蹙眉："你婆婆那人，人倒不坏，就是别人一句话进去，她硬邦邦三句话出来，说话特别占地方。我不好开口，你给徐立栋说下，让徐立磊把人带到医院看看。产后抑郁很常见。”

“我和徐立栋不说话。”王欣淳嘟囔。

“胡说！”元主任顿时柳眉倒竖，气道，“我不管你。结过婚就是别人家的人，管你怎么样！”

“不准说我是别人家的人！”王欣淳嚷嚷，“我哪还有家呢？到哪都是别人家！你家、公婆家、徐立栋家！”

元主任口气软下来：“胡说，你应该想这都是你的家。”说着，伸手给王欣淳捋捋头发。好像昨天她还是小学生，早晨睡眼惺忪地要人给扎辫子，转眼就结婚了。再过两年，也要当妈。

王欣淳还在气，一摆脑袋：“丸子头就是要蓬松！弄那么紧是要当道姑吗？”

又一个月后，钱小羽下楼梯把腿摔断了。元主任忙把王欣淳叫回家：“你赶紧回你婆婆家看看。”

王欣淳满心不情愿。不是不想看钱小羽，是怕听徐太的茄子经。

“妈，你不知道我婆婆。”王欣淳两月前被徐太捉住教做饭，尤其详细分析红烧茄子的做法。

王欣淳学徐太，气势恢弘：“烧茄子，首先要买茄子。茄子要买海绵茄子。你去菜场看，有长细茄子、长圆茄子、浑圆茄子、扁圆茄子。你要买长圆茄子，但是长圆茄子也有吃起来嘴里发涩发苦的，里面全是籽。你要选紫黑发亮，摸上去不软不硬有弹性的长圆茄子……”而且这套茄子经一旦念起来，不是一遍两遍，而是三遍四遍。

元主任听得抿嘴笑：“你婆婆是贤惠人。”

王欣淳抱住亲妈胳膊：“我听得头都炸了！还是你好。”

元主任很爱听女儿笑话婆婆，嗔怪地戳戳她，忙又言归正传：“不管怎样你得回去看看，”说着把一堆补品推到王欣淳面前，都是从王局长的礼品柜里挑的，“礼物都给你备好了，懂点人事，啊？”

王欣淳领命，但死活拉着元主任一起去。

一进徐家门，气氛像在举丧。徐太唉声叹气。

元主任一问，徐太说："那天早晨起来我给宝冲奶，就摸着宝手冰冰的。我说要给加衣服，他妈非说穿多了。不让穿就不让穿。十点我带娃出去玩，要这要那还好好的，回来就不对，脸黄黄，手脚冰凉，肯定受了凉。我赶紧就把电热毯打开裹上，才感觉宝的脸有点红，我说叫她给宝冲奶，宝就嘴脸乌青抽抽开了，差点把我吓死！赶紧送医院，都上四十度，差点把我孙子命送了！一会儿不让多穿，一会儿不让多吃，一会儿不让吃抗生素，唉！现在的年轻人……我那会儿两个孩子一手带大，我啥不懂得……"

王欣淳没想到茄子经外，还有小儿发热经，但来都来了，只好忍着。

元主任安抚徐太一番，叮嘱她以后要先量体温再决定降温还是保温，又问钱小羽。王欣淳方想起自己此行的目的是看钱小羽，徐太说："还是年轻人，腿脚还不如我，幸亏没让她抱宝。"

原来婴儿高热惊厥全家一窝蜂赶往医院时，钱小羽也又惊又慌，下楼梯不慎摔断了腿。

徐太说这番话时，倒很低声，也没有怨媳妇的意思。原来当时都忙着顾孩子，全家都把孩子送儿科后，才转头送钱小羽。这时钱小羽的腿已经肿成缸了。

徐奶奶颠颠走过来坐下也叹口气："磊磊天天在家伺候媳妇。唉，别人也娶媳妇，我们也娶媳妇……"

元主任听了微笑，用王欣淳般天真的声音说："那他也是应该的，自己的媳妇。"徐太徐奶脸色微僵，元主任像王欣淳一般看不见。

说完元主任起身去看钱小羽。整个卧室紧遮密缝般没有一丝光，钱小羽盖着被子蛹一样缩在被子里。

"钱小羽，"元主任用儿科医生的愉快口吻叫她，"我帮你拉开窗帘好吗？”

钱小羽睁着眼一抖，不说话，眼泪静静直淌。原来她一直在哭。

元主任出来就说：“你们要带她看心理医生，不敢再耽误。”

徐太和徐奶的表情像保有某种难以启齿的秘密，半天才吞吞吐吐：“看了，产后抑郁。”

“那该吃药吃药，该疏导疏导。”

“怎么没吃？”徐太说，然后不甘地加上一句，“腿断也要吃药，抑郁也要吃药。宝彻底没奶吃了。”

抑郁症拖拖拉拉反反复复，王欣淳象征性地又去看几次，总也无法沟通。本来少女和妇女，生过和没生过，就分属两个阵营。慢慢的，大家几乎习惯家里有这么一个“神叨叨”的人。

这天看完钱小羽，徐立栋要回单位加班。徐局长求人把徐立栋借调到了省国税，但省局一时没有好位置，只能先在纳税人热线 12366 上接电话。徐立栋一个通讯专业的工科研究生，又不善言辞，每天平均接八十个电话解释问题、接受投诉。这工作可以说比原来的更让他头痛。

王欣淳也就回文化馆。王局长四处寻觅，求人送礼，无奈现在公务员逢进必考，只能先把王欣淳放在这个事业单位。

王欣淳现在最怕接王局长电话。因为王局长的电话不像王局长打的，倒像一只火气旺盛的复读机打的。

复读机通话通常从“你知不知道”开始。王欣淳心想，我能不知道吗？我知道我现在只是打工仔，没有正式编制，连事业编制也没有；我知道事业编制面临改革，不在体制保险箱内，而公务员的行政编一编难求；我知道公务员是这个社会的精英，公务员是制定政策的人啥时候都不会吃亏……

“你啥都知道怎么还没考上？！”王局长在电话那头怒吼。

王欣淳拿出一包薯片，铺开行政能力测试卷。

文化馆鄙旧的二层小楼窗外，北国春天已经来了。王欣淳一手托腮，一手往嘴里送薯片。这样旧的单位，计划经济时代的遗产，极高的白杨树，水泥长凳，无人打扫的花园。但王欣淳喜欢这里，像一只寄居蟹喜欢海螺壳，感觉非常安全。倒是王局长说对了，她就是一条满脑子才子佳人的寄生虫。

文化馆本来就没什么事，何况她一个一月领两千块钱的公益性岗位雇员，但王欣淳常在馆里待到晚上八九点。生锈的旧暖气片又大又笨又热，看书吃零食做题，好像还是上学时，好像她没有进入这场莫名的婚姻，也不必面对不可知的未来。

这一年全社会掀起大学生创业热潮，王欣淳同级的几个男生开外卖馆子，得到市委书记的赞赏和接见。考研成功的舍友读研，考研不成的舍友去了北上广。外面的世界，和王欣淳隔绝。

这年也是考公爆热的一年，全民都在督促自己大学毕业的孩子考公务员。

一场春雨下得从二环堵到三环。王欣淳没开车，出门等公交也等不到，一个摩的司机刷地停到她面前。

“走不小姑娘？”

“不走。”王欣淳才不坐摩的。

“刚毕业啊？找到工作没？”摩的司机似乎很闲。

“没。”王欣淳站开点。

“那你怎么不考公务员？”摩的司机陡然激动起来，“公务员一年几十万，还分房子！”

连摩的司机都这么说，看来她只能考公务员了。花几千块报某公某图的辅导班，做老厚一沓卷子，然而昏头涨脑地把春天过去。省考成绩一出，行测申论总共考了一百零五，和面试线差二十分。王欣淳哭了，她做了那么多题！

“再考！”这次王局长不复读，简洁地甩出两个字。

于是有天王欣淳早晨坐在马桶上一揉头，也是半把落发。

她提起小熊睡裤，坐在马桶盖上出神。

这时徐立栋要进来取洗衣粉，在外面敲门。王欣淳答应，待徐立栋一进来，她不禁向他射出求助的眼神。

这半年，王徐两人可说在磨合中建立了男女之间纯洁的友谊。在这个房子里，王欣淳只用次卧和次卫，每天直直穿过客厅，片叶不沾身，一尘不抖落；徐立栋则从不进入次卧和次卫，随她脏乱差，一个字也不说。

有时候徐立栋心情好说个屎尿屁的段子（他的笑话仅限于这种），王欣淳还会皱着眉毛边说“恶心”边笑。

双方父母都松口气，自为得佳儿佳妇。

殊不知饮食男女这两项上，二人已彻底绝望乃至绝缘。不但男女不到一块，还吃不到一块。徐立栋不吃辣，王欣淳无辣不欢——“不能一起吃火锅的人，连朋友都不能做！”徐立栋爱吃茄子，王欣淳看见茄子就反胃，再想想徐太的茄子经，还头疼。徐立栋吃面，王欣淳吃米。徐立栋喝奶茶要加双份珍珠，王欣淳不要珍珠。徐立栋吃红豆冰山，王欣淳拒绝一切豆。

这一刻，清早起来洗衣服的徐立栋看着坐在马桶盖上的王欣淳，手内虚虚握着半把头发。

这时的王欣淳，又小又可怜。徐立栋叹口气，不知怎么上前摸了她头一把。王欣淳就近闻见他怀里干净的洗衣粉味，不知怎么就忽视掉那尖鸡蛋形的头，伸手把他的腰搂住，脸挨在他肚子上。

她软弱地想，就冲这份谁都不幸福的共患难，要不就一起好好过算了。

谁知徐立栋低头对着王欣淳乱糟糟的脑袋说：“你终于也开始脱

头发了，我早就开始了。待会儿你要把地板捡干净呀，不然会被拖鞋带得满屋子到处都是。”

王欣淳慢慢松开手，恨不得马桶没有盖。如果马桶没有盖，她就能坐进去，再冲水，让水流把她漩进下水道，再也不用看到这个世界。

春去秋来，日子是每天八十个投诉电话，或每天一百道行政能力测试题。八十个和一百个之余，王欣淳和徐立栋竟然一起吃饭、刷韩剧、口头跑步。

能怎么办，王欣淳心里搁不住秘密，见人就忍不住要说，远雪走了，她只好少见人——也没心情见人。徐立栋本来就没几个吃喝玩的朋友,交心的朋友更一个没有——“男的还要说知心话？又不是女的”。原来的同学毕业后各自觅食，天南海北或城南城北，也见面不易。因此被捆在一起的两个人，只好和对方做朋友。

吃饭，吃不到一块，就你迁就我一回，我迁就你一回。原本徐立栋不肯：“我不吃辣，不吃姜，不吃菜花、西蓝花等乳头瘤状的蔬菜，你除了茄子什么都吃，那就跟我吃。”王欣淳才不干，要求平权。徐立栋只好答应。有次满额大汗地看着王欣淳往火锅里涮肉，他不禁感慨：“你消化肯定不好。”

王欣淳问怎么不好，徐立栋认真答：“照你这个吃法，你本该胖成两个王欣淳的。”

王欣淳夹个生肉丸丢过去，气得笑岔了气。

两个人又说看韩剧。先是王欣淳缓过味来，说电视是元主任买的，只因为放在客厅她就不能看，这不公平。然后她就吃着话梅刷剧——话梅是唯一徐立栋允许在客厅吃的东西，余下薯片可以在次卧吃，西瓜可以就着水池吃，瓜子在哪里都不能吃。

徐立栋开始只是监督她有没有把话梅核放在指定袋子里，偶尔往屏幕上溜两眼。不料溜着溜着，就被剧情吸引。王欣淳倒也不反对，因为沙发是徐太买的，不能不给她儿子坐。不料徐立栋要么不看，要么认真看。王欣淳还没见过用这种手法看韩剧的人，一句话没看清都要倒回去。

几次下来，王欣淳要疯，但在人地盘上不得不低头。她循循善诱："徐立栋，你知道看韩剧为什么叫'刷'韩剧？就是这么慢的剧情，唰唰地看就行了。"

徐立栋表示知道了，然而没过十分钟，又讪讪地把进度条拉回去："我没看清她妈刚才什么意思。"

"她妈不让她和男主在一起！"王欣淳抓狂。

"为什么？"

"因为男主的爸和女主的妈年轻时有一段情！你不是刚看了吗？"

徐立栋点点头："为什么他爸和她妈有过一段情？"

"剧情就那么设置的啊！"

"那为什么他爸和她妈有过一段情，她妈就不让她和他在一起？"

"因为……我不看了！"

"好吧好吧，我不跳了。"

于是每过一会儿，王欣淳就在徐立栋脸上看到大惑不解和憋住不动进度条的表情。

王欣淳估计这样看两天他就不看了，不料有天起夜，发现徐立栋不睡觉在补看。

"我没看懂啊！"徐立栋抱怨，"你把我拉到这个坑里的。"

那一年春天很粉，夏天很绿。没有好到逛公园、爬山、旅行的两人，周末只好窝在家刷韩剧，吃饭就叫外卖。

那好像是夏季的最后一天，黄昏昏黄，屋子里散乱着外卖的气味，屏幕上又穷又倒霉又无能的女主只靠善良就飞上高富帅爱的高枝。

再看现实，徐立栋尖尖头顶上的头发乱且出油，睡衣也有一周没洗，不知道从什么时候起，徐立栋渐渐没那么讲究个人卫生。王欣淳呢，脸上发干，眼泡发胀，发型扁塌，浑身倦怠。后来回想，他们两个是不约而同地用这种方式逃避北国光景明媚的春夏，逃避八十和一百，逃避一切不可理喻的现实。

在那一刻，屏幕上韩语仍在呜哩哇啦，而夕阳已隐没最后一线橘红的光。王欣淳的心仿佛渐渐被一根细丝勒紧，勒啊勒，勒到底，也是干涸，没有一滴血。

这天晚上，徐立栋蹲在电视柜前收拾什么。半夜王欣淳起来上厕所，发现他还蹲在那里，仔细一看，他不是收拾，只是发呆。这时王欣淳想起，似乎不是第一次看到徐立栋这样。

“你不睡觉干吗？”

徐立栋抬起疲倦的脸：“我也不知道，”他自己在知网搜过一些心理学论文，“我好像得强迫症了。”

“我也失眠多梦……”王欣淳感叹。多梦是真的，失眠倒没有。

“不能再这样下去了。”

两人便说好早晨一起跑步，要“自救”。

他们买房的小区绿化好，容积率低，晨跑的人不少。但这个计划最终沦为“嘴炮”。早晨不是这个起不来就是那个起不来，好不容易起来了，偏偏又刮风下雨。再后来王欣淳就没空了，因为省考虽远，但国考已来。

这次王欣淳真正使出了七分的力气，每天掐时间做卷子，做好事攒人品。哦对，王欣淳加入一个公考 QQ 群，因为公考竞争太激烈，简直不是靠努力就能胜出，于是大家在备考之外还要靠做好事来提升运气。

群里还有烧香拜佛、求神问卜的。王欣淳认为自己本身就是高素质好市民，从不乱扔垃圾、不插队，没做什么损人品的事。问题是她也没什么机会做好事，所以只好广行布施——每次过天桥都给乞丐钱。

也许因为那些乞丐其实并非真乞丐，国考成绩出来，王欣淳巧巧地差 0.5 分没进面试。

此一失利，王徐两家宴后座谈。

“哎呀，你再努把力嘛，不就是考试，能有多难。”徐太说。言下之意我儿子能一举中的，可见儿媳不如儿子。

“就是嘛，小徐你辅导辅导淳淳。她考的单位比考国税难一点。”元主任亲热笑回。言下之意女婿没尽到责任，且女儿不比女婿差，失利是因为卷子难。

“考试还要靠自己，别人都是闲的。”徐太马上说，“谁没考过试啊，以前我考试的时候，别人全都抄我的，我在我们班可老在前头。”

元主任笑而不言，心想中专毕业的人，好意思拿考试出来吹？

王欣淳垂头坐在婆婆、妈妈的暗流中间，一言不发。

王局长剔完牙总结：“差 0.5 分，说明你还有潜力。我的意见是，你必须再接再厉。”

王欣淳咬紧牙关，深深吸口气。不然呢，她还能干吗？既然世上除了考公务员没有别的活路，天下除了公务员没有其他工作，但是什么时候才能考上？王欣淳又深深吸口气，反正就是要考下去……

这时徐立栋忽然说：“我要辞职。”

所有人包括王欣淳都探灯般把目光投向他。王欣淳想：徐立栋，够意思，救我于水火呀。

谁知别说王局长和徐局长，连元主任和徐太都非常镇定。

“胡开啥玩笑。”

“辞啥职。”

“胡说啥。”

徐立栋便列出一二三点：上升缓慢，不能发挥所学，感觉苦闷，等。

王局长捏着牙签摇着头看着果盘：“你们年轻人，太幼稚，需要我们给你指点江山。什么叫上升缓慢？不从基层做起，现在就叫你当国家主席？什么叫不能发挥所学？学校里学的不过是书本的知识，用心用脑在工作中边学边干，自然就发挥个人的光和热。全国几百万公务员，从基层到中南海，这么大的舞台，这么广阔的奋斗空间，有什么苦闷？”

王局长的话往往无可辩驳。

徐局长搞税务，一辈子和数字打交道，没有如此口才，想了半天说：“我和几个处长都拉着关系，一有机会就给你提副科。你急啥？”

徐立栋想哭。他觉得把该说的都说了，但等于什么都没说。

王欣淳早拿出手机来玩。QQ 空间里，远雪发了一张照片。背景是艺术厂房，天空和野花，焦点是晒着太阳的两双旧运动鞋，一双大的，一双小的，上面都有长期步行的深痕，深痕里盛着首都的灰尘。

爱情。王欣淳心里涌现出两个字。这两个字跳出来又落回心上，滚烫的，比铅还沉，直沉没到底，把她的心熔出一个深涡，还继续往下沉。她感到一阵无穷无尽的失落。

回家路上，王欣淳和徐立栋都沉默着。进地库，出电梯，掏钥匙开门，开灯。每次灯光亮起，王欣淳都微微吃惊，为这间婚房的陌生吃惊，她为什么来这儿？

电视柜上落着一层薄灰。

两人懵懵懂懂地换鞋，分别到主卧和次卧上厕所，出来有些口渴，可是没有烧水。徐立栋到厨房打开净水器接水，净水器是他上月买的，因为他觉得这片地段水质不够清。这边龙头出清水，那边一根细管子出废水。废水慢慢旋转着流入下水道。

徐立栋忽然放下烧水壶，他竟然忘了电水壶底部最好不要碰水，而且也没关净水器走到客厅。王欣淳刚从次卧出来，裙角掖在裤袜里，表情也像梦游。

梦游的两个人一对视。相识结婚以来，第一次，两个人身无彩凤双飞翼，心有灵犀一点通——受够了。要把这个世界砸个稀烂，不如从这个狗屁的婚姻开始吧。

第二天，两人也稀有地一同在六点钟就起了床，一同开车去民政局。

离婚和结婚的门相差不远，一边喜气洋洋，一边横眉冷对。管离婚的工作人员对他俩说："走错了！去那边！"

两人说没走错，工作人员又说："今天没有本了，回去商量商量再来！"

"不商量了，"两人说，"不用商量，我们是真心诚意地来。要是没有本，回头我们可能会没有命。"

# 第四章　无后　离婚　辞掉公务员

王欣淳拖着行李箱离开那间婚房时，惊异于自己的行李那么少。怎么说都住了一年多，怎么就像旅了个游似的？

元主任买的那些电器、欧式大床、床头柜、衣柜、一床近万元的羽绒被、讨喜用的鎏金银碗筷，因为潜意识里觉得拿不动，都被王欣淳忘了。她倒没有忘记把徐家给的一克拉的钻戒留下。钻戒本来被放在客厅柚木餐桌上，像电影里那样，但想到回家时看到这一幕的男主角是徐立栋，王欣淳一下觉得变了味，好像小提琴拉着拉着变成了敲梆子。她把戒指丢进抽屉，并给徐立栋发短信说清楚，就走了。

随着她关门，电视柜上那张冷而亮的红“囍”字终于落下来，飘在地上。

去年正是这个时候，王欣淳斗志昂扬地决定离婚。当时她以为离婚水到渠成，谁知不成。就在她模模糊糊、糊里糊涂几乎要胡乱过下去时，却离成了。

王欣淳曾幻想过好多“离婚一身轻”的场景，光想都美都激动。比如她穿着漂亮衣裙昂首逛夜街，闪闪亮亮自带柔光，青春可爱用来给人看，小清傲用来告诉人只能看；又比如到日本旅行，在花吹雪中眼神深深略带忧郁，长发披散满肩；又比如上西藏，景物一半阳光一半阴影，她一半坚定一半柔软，笑如格桑花。

真是“想要的事物总会得到，可惜往往变了味道”。离成婚的王欣淳在短暂的如释重负后，心中莫名升腾起空落、紧张，甚至焦虑。也许因为走的人是她，拖着行李箱出来，丧家之犬似的，显得有点恓惶。她不禁羡慕徐立栋：假如这房子是她王欣淳的就好了，那她就不用离开，不用立刻面对接下来的事。

有一瞬她想不如真的去旅行，可惜真的没心情。她渴望立刻回父母家，回那个粉红的熟悉的房间，最好回到一年半前。一想到要给王局长、元主任交代离婚的事，她就怕。这份怕太大，以至于王欣淳感到心脏紧缩，头皮发紧，不觉间直咽唾沫。

为免吓出心脏病，王欣淳先随便进了一家咖啡简餐，门口的服务员小哥笑着为她拉开门。钱就是这点好，花个百八十块，就能得到欢迎。咖啡上的拉花，意大利面上的番茄肉酱，不管实质如何，表面都香喷喷地给人安慰。书架上的旧书，墙上的照片留言，又是文艺范儿的安慰。

王欣淳把一大杯咖啡和满盘意面都倒进胃里，好让自己踏实点，又拿出手机翻，捱一刻是一刻。这一翻，她发现自己好久没打开过QQ，以至于错过了远雪的信息：我回来了。

信息的发送日期是一周前。

远雪从北京回来，静悄悄地没有告诉任何人。她用QQ而不是用电话通知王欣淳，也是一种犹豫。

想到远雪近在同城，王欣淳顿时觉得心里一松。离婚这个秘密太沉，她迫不及待要找人卸掉一半。

远雪的号码拨出一半时，等等，王欣淳又想，离婚这事最需要交代的可不是远雪，而是王局长和元主任。要是徐立栋先告诉了徐局长和徐太，由徐局长和徐太告诉王局长和元主任，那王欣淳恐怕“小命不保”。那到底怎么给王局长跟元主任交代？问题又转了回来。

假如知道怎么交代，她王欣淳还会坐在这儿？

王欣淳急中生智，忽然想到可以先问徐立栋啊，如果他也怕交代，大家不就可以都不交代？

王欣淳忙给徐立栋打电话。徐立栋溜到厕所接通，告诉王欣淳：“我应该不会比你先说，因为我要先辞职，公务员辞职审批很慢的。”

王欣淳吐一口气，大大放下心。她理一理思路：公务员辞职审批至少要一两个月，而公务员录取考试三周后就举行。如果她能考上公务员，将功补过，那离婚的震级肯定能小一些。

王欣淳想：无后、离婚、辞掉公务员，徐立栋你太棒了。

接到王欣淳电话时，远雪刚好在附近一个朋友处，当下就约定在王欣淳所在的咖啡简餐见面。

一看到远雪，没有寒暄，王欣淳就说自己离婚了，不知怎么还带着点哭腔。远雪听罢稍微愣了一下。她的眼睛很亮，亮得好像里面燃烧着，把身体都烧得憔悴轻脆了，头发和衣角都带着长途跋涉的疲倦，好像她才刚刚下火车。

两人相对坐下，看着窗外渐渐暗下去的天色，远雪忽然想到自己已经一天没吃东西，竟难得地觉得饿了。

她问王欣淳现在想换个地方还是继续在这儿吃晚饭。王欣淳已对这个咖啡馆生出安全感，感觉挪动一下都会受到威胁，便直接又叫双份果汁和牛排。

远雪开始听她讲如何与徐立栋过不可理喻的生活，如何离婚；又看她把筋筋拽拽的劣质牛肉塞进嘴巴，连带把远雪吃不了的土豆泥也吃了，又喝掉两杯果汁。直讲了三个小时，才讲完。

远雪说：“离了就离了。将来遇见合适的，再结婚。”

王欣淳吐口气，点点头。

两人之间又出现了短暂的沉默。外面天早黑透了，路灯穿过梧桐树高大的穹顶，从咖啡馆小小的窗看出去，好像时间也暂停了。王欣淳说了太多话，简直有些缺氧，头昏昏然。

不远处摆着一盆肥绿的高大绿植，叶面泛着光。王欣淳吐口气没话找话：“那是真的吗？”

远雪看一眼说:“假的。”

王欣淳不信，上前摸了摸，又撕了撕，索然道:“真是假的。”

她又喝掉半杯冰水，才想起远雪是远道归来，才想起问胡梵:“你男朋友呢?”

“他没回来。”

远雪北京之行最美好的一幕，都已经浓缩在那张暖阳中野花下的男女运动鞋照片里。还有就是，刚到北京不久就下雪，她与胡梵看了一场雪中的故宫。那真是庄严又美丽的,远雪觉得自己永远不会忘记。两人一路轻微哆嗦着，不知是因为美还是因为冷。

从故宫出来，他们又兴奋又饿，但怕景点附近的饭贵，还是忍着乘地铁和公交摇回五环外。到朋友的小剧场已是深夜,屋内有男有女,都已经睡了。远雪从来没有那么饿，偏偏芜杂的厨房只有垃圾和空空的食品袋，和仅余的一盒杯面。两人就分食那杯面，互相谦让，一再续水，揣着一肚子面汤睡去。

然而最着急要来北京的是胡梵，最快骂娘后悔的也是胡梵。这一点远雪早有预料，等真的发生，她就皱着眉静静接受了。

原来那哥们喊胡梵来，并不是已经有了生产力，而是要靠他发展生产力,“人多力量大”。甚至喊他也只是随便一喊，反正喊了不少人,谁来就来，不来拉倒。

于是一群真文艺伪文艺青年聚到了一起，聊文学聊剧本。有的说要撇开市场写真正的灵魂文字,有的说要拥抱市场就像莎士比亚本人。要写灵魂文字的，张嘴加缪闭嘴博尔赫斯，好像已经著作等身;要拥抱市场的，好像已经搞定了冯小刚，搞定了高圆圆，拿到风投一个亿。

聊了半个月，还没拿出个像样的剧本创意。

水电费也不知道谁交的。不管谁买了饭大家就一块吃。

远雪只是静静地不耐烦，反正她的时间也不知道拿来干什么，就一起混着。后来一个偶尔来坐的神态沉稳、风韵犹存的女人对远雪表示兴趣，两人就聊了聊。她在这个小圈子里似乎颇有地位。

后来有人告诉远雪，那女人是个作家，光今年就出到第四本散文集了。一问书名，《心灵有香气的女子》。柔性鸡汤，远雪最不要看的那种，不过倒很有名。

假如你告诉王欣淳，十年后她的饭不知道在哪里，她一定很恐慌；但对远雪，她生命的底色就是虚无跟无常，所以十天后的事她都不想。因此这样在北京，她都能过得还算平静。

胡梵就不然，他一心想出名成家。他拿着作品和钟子璜弟子的名头拜会了一些京都书画圈的新老名家，得了不少好话，甚至得到一些看着唾手可得的机会，可惜最后却全是镜花水月。他又想到直接卖字画。没头苍蝇一样奔波了半月，最后才有个实在画商告诉他：一个北京，一个上海，艺术界早就论资排辈排得满满的，别说胡梵一个整人，就是一根头发也插不进去。

结果就是，千里迢迢赶到北京，不但没有“火”的迹象，而且还得去做设计；而且北京的老板，并不比原来的老板不傻逼。

地又生，生活成本又高，唯一的好处是住处不要钱，而且离公司近，近到可以回去吃午饭、晚饭。但也因为近，老板认为他加班很方便，于是天天加班，并没有多出时间用来画画写书法。

远雪也变得很忙。为了省钱，一天三顿饭都得她做。她和几个文艺青年合写一部先锋剧，经常被做饭打断。因为七八个人合用一间厨房，做饭就像打仗，早饭六点，午饭十点就得开始窥探，见缝插针。做早了饭凉，做迟了，胡梵会赶不及上下午的班。

胡梵总还有放假的日子能做点想做的事，而远雪除了晚上没有整块的时间。为了胡梵吃好一点，她又接了各种文字活儿。

于是北京的日子渐渐变得很辛苦。远雪走在地下通道赶去交一份稿件，人群如蚁，忽然感到自己如此渺小，渺小得什么都不算。熙熙攘攘的“什么都不算”各走各的，谁都不理睬谁。就这么冷漠。

第二年秋天，北京要开会，在天桥上，她被协警拦下查身份证。可能就在那一刻，远雪决定回来的。

在此之前，胡梵的作品已被通知没入全国书法篆刻作品展览。她天天听他大骂，骂国展已不是真正遴选艺术家的展览，而是伪劣“国展体”的颁奖台，简直狗屎不如；骂政府视艺术为无物，不会监管，而且以前入个国展文联书协还有所表彰，现在就算入了也没什么屁用。

后来胡梵的公司忽然搬迁，使他不得不每天花四个钟头在路上。他最后不耐烦地住在了公司，然后每天吃无照外卖得了肠胃炎。

胡梵再次辞职，然后那场病彻底花光他们所有的钱，还借了朋友的钱。

为照顾胡梵，远雪了结工作，朝夕侍药，检查大便，并忍受他越来越暴躁的脾气，包括各种无端指责、贬低，比如连毛巾的折法都不对。

远雪没想到穷可以把人变得这么恶，但她也没有多么伤心，因为从内心深处，她以为生活本来就是折磨人的。想到这儿，她再次确认了自己的悲观。

胡梵慢慢好像要把所有的不如意都发泄给远雪，几乎像在一次次试探，看她忍耐的底线。他心里也实在太苦闷了。有一天他说：“你知道吗，你这个人，真的暖和不起来，就连我们在学校时你也一样。跟你在一块，就像跟个冰块在一块一样。”

“那是因为你没能力让我温暖。”远雪冷冷道，转身走了出去。

她到一家小文化公司领八百块卖文钱，后续的五百不要了。过天桥，查身份证，远雪从协警手里收回身份证，下天桥，坐公交，到住处，告诉胡梵她要回去。

胡梵不耐烦：“要回你回。”他总是那样，不知道是不是太自信。

“好。”

胡梵看她："你要分手？"

远雪想一想："那分吧。"

胡梵愣了一会儿："发神经啊？"

远雪收拾东西。胡梵来拦，远雪扔下行李箱，指向墙上钉得乱七八糟的书法作品："你看你写的什么？"

胡梵又愣住，远雪继续说："虚荣，迫切，这字的嘴脸真不知道多丑恶！艺术有多残酷，别人一眼就看出来了。"

胡梵憋得脖子都红粗了："你他妈懂什么！"

远雪平静地，几近冷酷地说："你不会成名。"

屋里陡然很静，又好像有什么碎裂得很响亮。

远雪走时，除了胡梵大家都来送。胡梵的哥们儿，一个北京土著，可以"吃着瓦片爱文艺"的文艺青年，看了远雪留下的剧本，倒诚心留了留她。

回去上千里路，图便宜，也因为时间还无涯，远雪坐个慢火车慢慢摇着。说是回来，对她这种什么都没有也就不存在故乡的人，似乎也说不上什么回不回；而且，她还丢了胡梵，是爱人，也是亲人。

心一开始是木木的，渐渐钝痛，然后痛得难以忍受。痛了两个星期，王欣淳来了电话。

在咖啡简餐馆吃完说完，已经很晚。王欣淳说得多、吃得多，远雪说得少、吃得少。听到远雪分手，王欣淳叹口气："不要紧，我觉得，他本来没多爱你。"

远雪感觉心被抽了一下，再想，王欣淳倒是对的。他更爱艺术，更更爱艺术会带来的名气。

咖啡简餐馆渐渐有打烊的意思，服务生露出疲惫。远雪说："你怎么办？"

王欣淳一脸白纸。

远雪提议："要么你先在我那住一阵，等考完试回去自首。"

王欣淳拿起行李就走："我爱你。真的爱。"

远雪回来匆忙找的住处，像个狗笼。整个"小区"——如果那也能叫小区的话——也是一团乌漆麻黑，即使在白天也不会明亮多少。王欣淳看远雪锁上薄片一样的木门，回头两人就在玄关互撞了一下，地方太小，两个人转不开。

远雪掏出钥匙又开了左手旁一扇更薄的木门，小小一间屋里嵌着小小一扇窗，地上放着一张床，除此之外什么都没有，什么都要放在地上。

这时对面另一扇薄薄的木门打开，露出一张不算难看的年轻女孩的脸，神情冷漠；她背后，一个男人裸着上身坐在小凳子上，就着高凳吃一碗泡面。

"那个男人刚离婚从家里跑出来，跟那个女孩同居。"关上门，远雪悄悄告诉王欣淳。

王欣淳张大嘴点点头，然后扑到床上扒窗看。窗外只是一面墙。虽然只是一面墙，窗上却还装着铁栅栏，不知道防谁。

什么都小小的，像过家家，王欣淳草草洗漱完有点好玩地躺在床上，闻见床单洗衣粉的香味。

关灯安静了没两分钟，远雪听见王欣淳幽幽地说："我是个离婚女人了。"

远雪禁不住在黑暗里笑了。王欣淳，离婚女人，很好笑。

王欣淳感觉她的惶恐使意面、牛排、咖啡、果汁都顶到了嗓子眼。一个小时后，她又感到胃痛，额头冒冷汗。这叫除了感冒没得过别的病的王欣淳更惶恐，她挣扎起来："远雪……"声音虚得像猫叫。

远雪睡眠警醒，一骨碌爬起来开灯，给王欣淳披衣服："怎么了？"

王欣淳推开她直奔厕所，一边讶异竟然有这么小的马桶，一边把所有吃下的都吐了出来。

第二天睡醒，王欣淳发现吐脏的睡衣和换下的内衣裤都被远雪洗了。远雪洗衣服一定很狠，睡衣都被她洗薄了，胸罩给拧得变了形，再也没法穿了。

文化馆那里请了假，白天王欣淳就去附近的大学自习，用“行测”和“申论”把各种恐慌压下去，从来没学得那么认真。有天回来，带着给远雪买的抹茶蛋糕，她没进门就听见沉默的声音。

按说沉默是没有声音的，但情绪的对峙却很分明，这让王欣淳心里一紧。

她在门口团团转了几圈，正犹豫要不要离开，却迎头撞见胡梵沉脸开门出来。他眼里有泪。

王欣淳慢慢挪进去，远雪看她一眼。那一眼让王欣淳感到她的心在流血。

“其实，”王欣淳努力措辞，“我看他好像哭了，说明还是爱你的。其实你们也没什么大矛盾……”

“以前好过，但现在不好了。”远雪没有流泪，就是声音有些异样，“不好了就没必要再在一起。”

王欣淳不禁感佩她的果断。如果是她，她知道自己一定无法不拖泥带水。

其实过后很久，远雪都需要下很大力气制止自己去找胡梵。她心里更害怕胡梵再来找她，因为她也不知道自己还能不能再果断。她曾经那么珍视那个在书案前执笔挥洒的男孩，是他让她知道，她也有爱。

这天钟老通过一个朋友喊她去吃饭，许久不见，也因为必须有点事做，远雪面色惨淡地去了。地点在古城墙护城河边一家漂亮的会所，往窗外看去，能看到水月分辉。饭毕，钟老被人接走，有个四十多岁的外形还算儒雅的商人便提出送她回家。

远雪灌了两杯酒，心里堵得难受，拍拍胸口艰难地说："那走。"男女之间不需多话，通过空气就可以传达暧昧信息。路上红绿灯时，那商人伸过头吻她。远雪麻木地一动不动让他吻。那人口气不太好。

结果两人刚到酒店房间时，远雪发现自己来了例假。她就直说了。

商人有些尴尬，掩饰住摊开手说："我可以送你回家，或者你陪我说说话。我看过你写的文章，文笔不错。"

远雪就任性使气，说了很多怪话，倒逗得商人笑了一夜。第二天天一亮，商人就要认远雪做干妹妹。远雪撇嘴一笑，不置可否。

他们在晨光淡青的阳台吃早餐时，服务员进去打扫卧室，看到床上远雪不慎留下的经血，脸上便露出隐秘难言要笑不笑的表情。远雪胡闹一夜，这时陡然脸红得像猪血，感到羞耻像一只熊猛扑上来，把她扑倒在地。她站起来告别干兄长，从此再没有见过面。

回到家王欣淳还在睡，迷迷糊糊地问她上哪儿去了。

远雪把头抵在王欣淳胳膊上说："我得管住自己，再不做这种无聊的事。"

王欣淳考试这天，感到哀兵必胜，考完就福至心灵：这次考上了。刚出考场，就见元主任站在那里等。元主任的脸色，难以形容。

王欣淳惴惴地走到跟前，元主任也不废话："回家。"

回到家，王局长也在。

王局的脸很黑，真的黑，当然神情气色也黑。

半天没有人说话。

王欣淳料到东窗事发，手心冒汗。

"你把父母当什么了？"王局长终于沉沉发言。

离婚的事，王局长两天前就知道了，知道得很被动，很不堪。

王欣淳只知道公务员辞职审批需要一两个月，却不知道徐立栋的报告刚打上去，徐局长就收到耳报。徐局长一方面立刻叫回徐立栋问话，一方面连忙求人灭火。

徐立栋回家表示：绝不撤回辞职报告。

徐局长气得直摸秃头："为什么呀？为什么呀？"

徐立栋梗着脖子不说话。

一家人呆坐了一夜，最后徐太昂首咬牙说："不怕！男人到哪里都有饭吃，何况我儿子！"

徐立栋差点哭出来。多么幸福，有这样的妈。

徐太已发话，徐局长长叹一口气，说："你辞职，王欣淳知道吗？岳父母知道吗？"他担心儿子在婚姻的天平上立刻失重。

"王欣淳自己都没工作！"徐太叫嚷。

徐局长："王卫平能让女儿没工作？一个局级干部白混了。"

徐太："局级咋了？现在可不像前两年。"

徐立栋："我和王欣淳离婚了。"

徐局长："哎，你不知道，咋没有安排的。你没看谁谁……"

屋里忽然一静。

离婚？离啥婚？

徐立栋："她没看上我，我现在也看不上她。"

徐局长、徐太："她咋没看上你？！"

徐局长和徐太把徐立磊从书房沙发上提起来赶回卧室，锁上门压住徐立栋细细往外掏话。尽管出于男人的自尊心，某些情况难以启齿，但徐局长和徐太还是难以置信地领悟了全部事实。

徐局长气得一边脸通红一边脸雪白，好像被人当面扇了几十个耳光，心脏跳得全不按规律；徐太当即大哭大骂，把王局长的祖先都问候到了。

"不行（不饶）他，不行他，咱们不行他……"徐局长喃喃，像当初丢了女儿的王局长一样满屋子走正步。

徐太哭一会儿，号一会儿，最后眼泪一抹："当然不行他！"

不知道悲愤会化成多大的力量的人，不能想象小一月时间徐家办了多少事。一是通知所有叔叔姑姑舅舅姨姨，发挥聪明才智，达成对外抗侮与舆论准备的统一战线；二是帮徐立栋找到新工作。

这一切妥当后，徐局长带领徐立栋的一叔一伯，前去找王局长“不行他”。

王局长完全无法招架。一是对方早有预谋，句句利如飞镞，而他毫无防备，立时被射成马蜂窝；二是王局长还想，口角事小，离婚事大，不到万不得已不能真的一折两断，因此言语须留一点余地。

如此一来，局面自然一败再败，直到涂地。

待徐局长一行人走了，王局长面如紫肝，坐在沙发上半天喘不上气。当年从实权区长落到小小一个市文化局局长时，他也没这样。

当时市长笑说：“没给你安排好！”

他一边心里滴血一边还能笑回：“好着呢！”

现在，天王老子在面前，他都笑不出来。

回到家，看到元主任，王局长面无表情，只冷笑一声。

元主任把饭碗重重一放：“疯啦？”

待听完王局长的话，元主任怔怔道：“真的要疯了，遇见个投胎来讨债的。”马上就要给王欣淳打电话。

王局长一把夺了电话，咬牙忍辱负重：“我昨天刚打过，最近正复习呢。再说，找她有个屁用。”

于是哀兵王欣淳一下战场，便被带上刑场。

王局长和元主任对她进行男女混合双谈、男单谈、女单谈后，他们自己又关上门切磋良久。到最后，王局长抱头废然不语。

元主任快哭了：“怎么办？”

“怎么办？”王局长颤巍巍指外面，“先叫她滚，马上登报脱离父女关系！”

元主任哭了：“把你厉害的！这时候不要说这种话，有什么意义？”

王欣淳只想到离婚后爸妈会收拾她，没想到徐局长、徐太会收拾她爸妈；更没想到，离婚不仅仅是一拍两散，各找各妈，还要进行经济的交割。

王局长找亲家时只想到对方职级低，人性软，儿子多；没想到徐局长对内怀柔，对外刚硬，夫妻齐心，其利断金，一口价索赔三十万。

王局长："房子是你的，装修是我的。你就办个宴席，能要三十万？"

徐局长不说宴席，说房子："为结婚买的房子一百五十万卖给你，我嫌晦气。"

王局长："我有房，我要你的房？再说，你那房也不值一百五十万。"这件事将来王局长要后悔。因为不出几年，这房就涨到三百万。

不说宴席，也不说房子时，徐局长就咬住一句："既然不愿意，为啥和我儿结婚？"

王局长理亏。这时他发现，徐局长人性一点也不软，而且，一点也不怕他级别高。

元主任忍不住算细账，徐太连看都不看她："你们的东西都拿走，要不然，咱们到处讲理去。以前好多事我也听说了，我不嫌丢人！"

元主任冷笑一声："你我丢不丢人是闲事。你儿子将来要重娶，我女儿将来要再嫁，胡乱张扬对谁都没好处。"

反正不吃亏是不可能的。家具家电都要折旧，更别说还要赔钱。三十万太多，王局长和元主任合计，二十万顶天。

但要为这些钱来回磨，也有失面子和斯文。王局长再次废然长叹，指住王欣淳骂："白眼狼！真是白眼狼！"

王欣淳红着眼圈低下头："爸爸对不起。"

很快元主任发现女儿像换了个人，也不逛街，也不看电影，也不K歌，也不见朋友，天天关在房子里。她偷偷进去一看，在学《公务员面试》。

有天王欣淳洗完澡出来，元主任发现满瓷砖上都是头发。

再看女儿，水灵灵的一个孩子，一下子看着快三十岁了。她当晚就警告王局长："你以后不准再骂孩子！我告诉你，她要弄个抑郁症什么的，更有你难看！全家平安健康便是福，离了就离了，赔钱就赔钱。这事，也是我们办得太急。"

王局长耍赖："我没有三十万！要赔你给你女儿赔去。"

"我赔就我赔。"元主任冷笑。家里财政大权一总她手，王局长出门又不花钱，连工资卡在哪儿都找不到，银行门朝哪儿开也不晓得。离了她，简直就一智障。

但真磋商起来，三十万还是二十万，王徐两家还是各执一词，争执不下。一个说你们害我儿子二婚，一个说我女儿难道不是二婚？一个说怪你女儿不愿意，一个说怪你儿子没本事。两家人的体面，渐渐就要全撕破。

徐局长、徐太好恨；王局长、元主任又气又恨；王欣淳天天夜里睡不着，白天还要努力准备面试，又气又愧又恨。

这天早晨去上公务员面试班，路上竟遇见徐立栋。那个彻夜在大街上走，在屋里乱翻睡不着的徐立栋，离婚后倒是精神了许多。现在换王欣淳睡不着，又衰又憔悴。两人各负家仇，不便说话，谁也没理谁。

就在双方都烦透这场持久战时，忽然飞来一件事情，帮他们彻底把问题解决了。

那就是，钱小羽自杀了。

大儿子的离婚，使徐家都忽略了一个人。她哼哼唧唧不是一天两天；吃不动，睡不着，也不是一天两天。心理医生定期地看，药一把一把地吃。谁也没想到，一个很安静很安静的冬夜，钱小羽拉开纱帘，站上飘窗，打开窗户飞身一跃，跳向冷冽舒畅的空中，跳向金澄澄的路灯漫洒的水泥路面。

砰的一声巨响后，小区的人们包括徐家，都翻个身抱怨地皱皱眉又继续睡了。徐太不记得婴儿有没有哭。天还没亮，他们被物业砰砰的敲门声惊醒。

这时，钱小羽流出的血已经结成薄冰，即便如此，她也没有立刻死去。送到医院，经过抢救，在植物人与死亡之间徘徊了两天，才选择悄无声息地离开。

她是有所留恋，有所后悔吗？

徐太抱着宝宝哭得又痛又恨，一再申明：没亏待过她呀，为什么呀。众人只好一再安慰：抑郁症啊，没办法啊。

徐立磊垂头沉默。手机这个死物，再勾不起他任何兴趣。他在回忆，从第一次到最后一次见钱小羽。不知怎么，第一次的记忆很鲜明，钱小羽穿着个浅粉色的短裙，黄色小熊T恤，笑得很羞涩；越往近，记忆反而越模糊。到昨天白天，钱小羽就只剩个臃肿、枯涩、神叨叨的影子。

对了，钱小羽对他说的最后一句话是：“我也想吃。”

当时是下午三点钟左右，他和哥们儿约好开车去邻县杜邑县吃一家著名的包子，开车来回四个小时。听了钱小羽的话，徐立磊不耐烦地摆摆手：“行行行，给你带。”

但是他忘了。晚上回来迟，徐立磊洗漱完就进书房睡觉。

钱小羽似乎早已睡去，根本没出卧室门。

元主任把三十万给徐家拿了过去，顺便吊唁。元主任一边惋惜亡人，一边惋惜钱，这要她多少个月的工资，拿多少手术刀，看多少小眼珠啊。

王局长没去，在家望天。

“我从不打牌，就当打牌输了。”

“我女儿离婚也好。看他家，把儿媳妇都逼死了，以前还不知道怎么欺负我女儿呢。”

这么一想，那三十万给得更不值了。

王欣淳拿到公务员录取通知书那天，王局长受伤的老怀方才感到大慰。我这是积善之家必有余庆啊！

“好！”他拍了女儿薄薄的肩背一记，“新的长征开始，我要继续给你规划人生！”

# 第五章　没人在过想过的生活

考试时是冬天，待面试、体检、政审、公示流程走完，夏天都来了。程序的复杂、谨慎，似乎也给人一种安全感：这不就把你装进体制保险箱了吗？

远雪再见到王欣淳时，感觉她身上复活了一种确定无疑的安全感，还有些无聊的悠闲。这种气息，正是远雪打小就熟悉了的王欣淳的气息，前一阵怕是被离婚打断了。

可王欣淳对远雪讲起她的新工作、新同事时，却十分不以为然。

因为怕考不上，王欣淳没敢报市上省上，报的是刚刚升为杜邑区的杜邑县。

报到那天，王欣淳东瞅西看地开车摇到县——不，区政府。政府大楼外面倒气派，可是里面电梯坏了，吊顶洇水，洗手间没有镜子；不但没有镜子，门上还挂着白布帘，靠帘上的红人头区分男厕女厕。这让王欣淳觉得有些穿越。

就这样一座大楼，在本地却颇有名气。每当天气不好坐计程车时，都有司机问王欣淳：你们区政府还没搬走？不是说因为盖这楼抓了腐败分子吗？

真让她无语。

一下车，王欣淳乍站在区政府门口看，觉得来往的人都挺土的。

待上一个月后，发现这儿还是一张同气连枝的大网，大家开会办事都用杜邑县土话，叽叽喳喳好不热闹。

每到这时，王欣淳就与大美人对个眼色。大美人是王欣淳给同办公室的同事起的绰号，也是外来户，真身是市统战部一个领导的儿媳。大美人比王欣淳来得早，但原本考在乡镇，借调到区机关。

因为借调的矮人一头，大美人对所有人都格外亲热，除了小兵哥。小兵哥是杜邑本地人，90后，退伍后被爸妈设法安置在城管局，因嫌当城管不体面，也借调进机关。尽管他的父母如此含辛茹苦，小兵哥本人却是个“父母皆祸害”论者。王欣淳上班第一天他就诉苦：“今早我出门，我妈一言不合就把一盘菜扣在我头上。”

王欣淳不知道该不该笑，大美人已经笑得花枝乱颤，勾科长笑着骂他：“你就是个瓜 ×。”

说到勾科长，王欣淳发现杜邑区姓“勾”“袭”的很多。这个科长也非同常人，检查起相关工作来，到市容园林局，就要盆兰花；去卫生局，能免费中医按摩；下午下班回家，还能从办公室顺点纸杯。

这些都不说，最让王欣淳恶心的，是和他一起吃饭。

这时八项规定还未出台，单位经常聚餐，每次聚餐，勾科长都是众人灌酒的对象。为让领导高兴，科长们都要喝醉。

别人喝到吐是：呕……

勾科长喝到吐是：嗷——嗷——

那声音，绕梁不绝，真让人三月不知肉味。

说到这个王欣淳想起一事，忙告诉远雪说：“有次吃饭，我好像把大领导得罪了。”

“怎么得罪了？”远雪抿嘴笑。

“大领导说，年轻人，有任何思想上的疑问，都可以在党章中找到解释。”

“哈哈，你怎么说？”

王欣淳苦着脸：“我‘哈哈哈哈’啊。‘哈哈哈哈’完才发现，人家是认真的，并不是和我开玩笑。”

王欣淳能有什么思想上的疑问？她的疑问是衣柜里羊毛衫 A 搭

配牛仔裤B和鞋C时，穿格纹袜还是光脚踝；还有就是公务员的工资竟然那么低，一个月只够买两瓶LAMER面霜。而且公务员也不分房，和她一起考来的研究生房贷还有三十年。摩的司机的话，究竟不能当真。

“单位除了领导、勾科长、大美人、小兵哥以及多数普通正常同事外，还有个奇葩，中二土豪。”王欣淳在空中比个V。

远雪扑哧笑出来：“你把你单位说得像动物园似的！”

王欣淳猛点头：“比动物园还精彩。”

有天上班她停车，差点被旁边一辆金光闪闪的奔驰亮瞎眼，真是全部贴金，极其敞亮地表白中二土豪气质。

这时车窗缓缓降下，露出一张五官端正气质邪魅的脸：“妹妹，上班啊？”

这很像霸道总裁文里的场景，可惜到现实中，味道不对。

下面这件事，可以大概画出此中二土豪的形象。

有次他们几个聚餐，聚餐完了，又说K歌。K歌本来也花不了多少钱，但是中二土豪一坐定，就抽出一厚沓红一百，怕有小一万，直接往女服务生手里一摔：“照这整！剩下是你的！”女服务生欢天喜地收了，瞬时铺排开一桌的酒菜果盘。闹得小兵哥直抱他大腿：“哥，下次给我，让我整啊，我保证整得比这好！”

远雪听得抿嘴直笑：“这样的人怎么工作啊？”

王欣淳吸一口奶茶歇口气说：“不工作啊。前几天区长派人来说，叫他把车染回去，影响太坏。结果刚花十万块染回白的，人家又不想在政府上班了。本来就是编外应聘的，现在已经走人啦。”

如此工作了一个月，王欣淳越发苦恼，因为单位的大姐、阿姨，开始给她介绍对象。

一方面王欣淳一点也不想相亲；另一方面，“我离过婚”这句话她没法启齿。不过这个苦恼倒很快消失了，因为忽然某天起，所有热心人全数退散了。

几个月后，一位嘴快的阿姨才透露消息：“现在年轻人把离婚都不当什么，我侄子上月非把婚离了。咱们单位小王不也是？”

王欣淳恰站在她背后，不知该摆出什么表情。

阿姨回头看到她，脸色转了转，干脆一不做二不休：“小王，你年纪这么小，咋就离婚了呢？”

关你啥事？气得王欣淳无话可说。后来她才知道，自己离婚的事早被单位同事茶余饭后消遣，嚼成没味的渣滓吐了。最早吹出风的是大美人，因为王局长与徐局长的撕破脸，正是市政府风靡一时的谈资。

不管怎么说，头悬梁锥刺股般公考后，王欣淳度过了轻松的一年。勾科长一不在，她和大美人、小兵哥就轮着翘班。

远雪也找了新工作，在古城区一家小书画报社做编辑（现在大报都没人看了，她做书画报），工资很低，五险全无，但也可以翘班。

于是经常，王欣淳迫不及待地离开城乡接合部的杜邑区，到市中心旁的古城区与远雪会合。她们就像小时候逃课一样，为偷来的时光感到非常快活。

不到二十五岁的女孩子在一起，无非是吃喝买。王欣淳因为能跟元主任手心朝上，所以买得更爽快，但让她气恼的是，一些贵的、色调中性、剪裁高雅的衣服，只有远雪穿才好看。

雪亮的商场穿衣镜里，远雪细高挑地伫立，眼眸碎光熠熠，店员不住地在旁边夸赞：“太酷了，小姑娘你气质真能驾驭我家衣服！”

王欣淳就看见镜里另一个糯米圆子一样的自己，裹在粉红毛衣里，胸前还有颗爱心，要多甜俗有多甜俗，不禁气馁。

这时又进来一个漂亮女孩，非常年轻，巴掌大的脸，个子却有一米八，像是职业模特。她试也不试就让店员把远雪那一身包起来，赞许地对远雪微微一笑，倾国倾城地袅袅走了。

这一来，王欣淳心里更矮半截，越发抑郁不舒。

出了门店，远雪便安慰她："没事，我虽然穿着好看，但我又买不起。"

王欣淳还在抑郁："大胸怎么被时尚圈开除了啊？圆脸一点气质都没有啊？"她不知道，再过两年风靡性冷淡风，才彻底要把她排除在时尚圈外。

二人手挽手接着逛下一间门店，刚走进去，王欣淳腿扭个弯又出来了。

"不进去看吗？"远雪奇怪。

王欣淳脸红红的："不进去了——你快看，那个男孩好帅啊。"

远雪回头一看，一个年轻男孩背手站在店门口。

"人家请帅哥是招徕生意的，没见还把生意赶跑了。"远雪好笑。

王欣淳捂嘴说："上回买墨镜，店员也是个大帅哥。他一直给我推荐，可我都不好意思试戴，连忙逃走了。"

远雪觉得更好笑了，心想这样的离婚妇女，也是少见。

两人逛完街吃火锅，时间已经是晚上九点多了，但和远雪在一起就敞开吃算了，王欣淳决定。

吃着吃着王欣淳又说到工作，长叹一口气："公务员的工作，一点意思也没有。谁能想到，我会天天和数字打交道？高考数学都不及格。相比之下，你的工作有趣得多。"

远雪微笑："是有趣，不过，老板特别爱抽烟，弄得屋里很臭。而且，他说话时，老爱把手搭在我肩上。"

"告他性骚扰啊！"王欣淳一戳羊肉卷，"太过分啦！"

"所以，你的工作挺适合你的。"远雪说。

"唉，像我们这样的文艺女青年，又没什么特殊技能，可能只适合这样的工作。要不，你也考个公务员事业单位什么的，生活不愁，我们俩还能天天一起玩。"

远雪摇头。

王欣淳问为什么，远雪偏头仔细想一想，说：“我感觉我不属于某个固定的地方，我也不想定下来。”

“可是，”王欣淳严肃思考（翻白眼），“稳定的生活，难道不是必需的吗？”

远雪仍然偏着头：“嗯……我不觉得，没有什么是必需的。”

王欣淳被她那个表情打动。远雪目如寒星，眼角眉梢都薄而锐，嘴唇却丰柔微重，像层叠花蕾……把清冷之感和少女的脆弱稚嫩奇异地糅合。再过几年，远雪这个长相将越来越流行，号称“高级感”。

“我觉得你真的很漂亮……”王欣淳由衷地说道，忽然肩膀被人一拍：“谁漂亮？美女在哪儿？”

“中二……你呀。”王欣淳回头，竟然是中二土豪。

中二土豪笑嘻嘻的，拉开座椅招呼朋友：“来来来，一块吃，我请客！”

王欣淳愣愣地小声说：“不用啦。”

中二土豪已经伸到锅里夹了一筷子，倒是他的朋友，还微笑着犹豫地站在边上。

远雪就说：“不要紧，一起坐吧。”那个男孩才坐下来。

王欣淳忙对远雪使个眼色，意思说：这个男孩也挺帅啊！

男孩看见了，微微一笑，王欣淳不禁又闹了个大红脸。

中二土豪果然又添了一大桌子菜，却吃两口就不吃了，开始逗乐。看看远雪，不感兴趣，就对王欣淳说：“王欣淳，你跟我谈恋爱吧。”

“滚。”王欣淳嚼着牛肚。

“哎，真的，我找的我爸妈都看不上，我说那找你算了，他们说行。”

“我不行。”

“你再想想，跟我在一起，我爸妈高兴，咱们以后不缺钱花。”

“不要这么赤裸好吗！”王欣淳翻白眼。

“那你想找什么样的啊？”

王欣淳放下筷子：“我喜欢的。”

中二土豪惊诧：“我的天，你是要找爱情啊，那我不打扰了，你慢慢找吧。”作势躲老远。

王欣淳有些紧张地转脸问土豪的朋友：“你叫什么名字？”问完才觉得不好意思。但她不想再继续和中二土豪的话题，因为她知道他知道她离过婚。离婚，现在是王欣淳的隐秘和伤疤，不管在哪里总怕人揭发。

“我叫佴星宇。”男孩倒很温和地回答了。

“像言情小说里的名字啊。”王欣淳嘿嘿笑，男孩也微微一笑。

“你是90后吧？”王欣淳没话找话。他看起来年纪小，一笑的时候，还有点纯净和脆弱的感觉。

佴星宇点点头：“91年的。”

王欣淳挤挤远雪：“我们85后快成阿姨了。”

“他是我上方舟英语认识的。”中二土豪介绍，“他妈是黑心资本家！对了，我明年出国。”

“留学？”王欣淳问。

中二土豪嗤之以鼻：“学毛啊！我爸在那边开了个厂。”他拍拍佴星宇，“这位小朋友要留学。”

吃完火锅，见王欣淳没开车，中二土豪非要送她们。到地下车库看到他的奔驰又变得金灿灿光闪闪时，王欣淳惊呆：“你又贴回去了啊？”

车一路风驰电掣，改装过的引擎发出疯狗一样的吼声。后排的王欣淳默默系上了安全带。刚上二环，土豪忽然笑着指外面对佴星宇说：“快看，你妈的名字多大！”

王欣淳和远雪看时，只见高架桥下一路口上拉起的白横幅一闪而过：

侗星衡黑心资本家出尔反尔贪污工人赔偿款

侗星宇有点尴尬地垂下眼，灯光在他白皙的脸上变幻。

王欣淳打哈哈说：“你妈妈和你的名字真像姐弟俩。”

侗星宇没说话。

王欣淳又说：“咦，你怎么跟你妈姓啊？”说完就后悔了。

果然中二土豪大声宣布：“他就没爸！”

侗星宇垂了垂睫毛，还是没说话，也没有生气。

王欣淳尴尬地再不吭声了。

因为晚上要和远雪住，两人都在远雪租的小区门口下车。侗星宇也从副驾下来，先看着远雪说“再见”，又对王欣淳说：“再见。”

王欣淳感到他的第一个“再见”很熟稔,第二个“再见”很客气。

远雪点点头，似乎也深深地说：“再见。”

进了小区，王欣淳边摸黑上楼边不禁问：“你俩以前认识啊？”

远雪知道她说侗星宇：“不认识。”

“我觉得你们像早就认识似的。”王欣淳嘀咕。

不知是不是被侗星宇的年龄刺激到了，夜里躺在床上王欣淳叹口气：“真没想到，有天我会离婚；更没想到，我不但离婚，还成了大龄剩女。”

远雪安慰她：“你才多大。”

王欣淳翻个身支起肘子：“我，你，我们马上都要二十五岁了。”

远雪看着黑暗：“我记得一个日本诗人说过,二十五岁是个分水岭。在此之前，世界可以截然分为光亮与黑暗;在此之后，就混沌不清了。”

第二天是周六，王欣淳在远雪处待到下午才回，一开门就撞见王局长。

王欣淳有点发怵。本来她以为考上公务员，在工作这件事上就和王局长达成了一致，不必再受他的说教；谁知正像王局长说的，万里长征才刚刚开始。

还未报到，王局长就宴请了她的大领导和几个小领导；试用期时，就谋划定岗能否定成副科；定好没两个月，又折腾想把她放到街道办基层去锻炼。

王欣淳直发蒙，元主任不同意：“一个女孩子，你把她放在乡下和农民打交道？‘上山下乡’啊？”

“你懂个啥！”王局长说，“街办才升得快，过几年弄个副主任再调回市里，直接就是副处。”

元主任就笑：“哟，那会儿你都退休了，还操那么大心。”这就说到王局长最不爱听的两个字：退休。

“妇人之见！”他愤愤说。

“你把她放到农村，一周都回不了一次城，怎么解决个人问题？”元主任问他。

听了这话，王局长才放弃揠苗助长。

此时王局长看着刚进门的王欣淳，像看着什么没出息的小东西，忽然说：“我看你还是找个公务员好。”

王欣淳只防着王局长审她夜不归宿，听到这没头没脑的一句，莫名其妙，只得应一声“哦”，心里却想，我才不找公务员，钱少升职又慢。

到了晚饭桌上，元主任拿出手机，笨拙地一页页滑给王欣淳看：“妈妈都给你严格把关的。这个是我们院的体检科医生；这是刚回来的留学生；这是个公务员，古城区的……”

王欣淳看着那些陌生且毫无感觉的脸，才知道王局长那句话的来源。

王局长此刻又看她一眼，还是看她可怜似的。

元主任忽然把声音压得很低，尽管明亮的餐厅只有他们三个人：“你以前的事他们都知道。”

王欣淳忍不住高声：“我以前怎么了？不就离过婚吗？离婚怎

么了？”

王局长哼一声。

元主任摆摆手：“意思说你不用额外给人解释了！总之，个人问题一定要解决。从明天开始，一天见一个。”元主任的语气变得非常严肃，不容置疑。

于是，“离婚少女”王欣淳正式开始相亲之旅。

通过这一年的公务生涯，王欣淳被离婚和考公双重催熟的童颜又长了回来，出去常被认作大学生。这点让她在婚恋市场很占便宜，相亲对象们也都大松口气：以为要见到个沉闷离异妇女的，没想到竟然尚还萝莉啊。

体检科医生用起立表达他的欣喜之情。

这么一来，匆匆赶到的王欣淳刚好和他平视。这位医生是元主任千挑万选出来的，本身职业好，母亲是某区的妇联主席，三十一岁，还没有结过婚。

体检科医生把王欣淳让进火车式卡座，然后一屁股坐在她身旁而不是对面，小短胳膊再放在桌上，好像拥着王欣淳似的。王欣淳往里让一让，忍不住用余光比较他俩的腿谁短。

一番寒暄下来，医生打开话匣子，开始历数自己的前女友：大学毕业分手一个，研究生毕业分手一个，实习期分手一个，前一阵又分手一个。

“现代人压力太大，谈恋爱是愉快的事，能减压。”医生伸着公鸡样的脖子豪言壮语，历届女友都能给他的雄性特质背书。

“我虽然在医院，但工作不忙。有的男人不喜欢太黏人的女人，我说，这种男人就不懂得女人。我不怕黏。”医生又说。

“你以前谈恋爱什么情况啊？”见王欣淳不大说话，医生又问。

王欣淳感到自己的恋爱都拿不出手，不愿意输，就反问：“那你觉得，谈恋爱应该是什么样？”

“至少每天打两个电话，见一次面，不见面就视频。”医生笃定地回答。

“……打那么多电话干吗？”

“互相交代。现代社会，大家受到的诱惑都太多。”

果然一回家，医生就开始履行恋爱仪式，立刻给王欣淳发视频聊天。王欣淳没接，对方就发来一张（自以为的）帅照和一句话：“以我妈的级别，我结婚只能摆六桌。你爸呢？”

相较于和医生的见光死，王欣淳与留学生已经见了五六次。这位留学生算半个香蕉人，高中就出去的，现在回来入职 Intel，长得和王欣淳一样不着急，看去很青春，却和王欣淳一样，有过一段短暂婚史。

女方是某著名旅行杂志的记者，日常全球跑。两人偶尔在稻城亚丁相遇，一时冲动地结了婚，很快又离了婚。

“你为什么离婚？”可以畅谈离婚这个话题，让王欣淳觉得很自在。

“她说不爱了。”留学生眨眨眼，他的眼睛很大很水，一副少年的样子，“我感觉我也不爱了。”

“那你会爱我吗？”王欣淳脱口而出，继而尴尬地脸红了，“当然，我们才刚刚认识。我只是想问，将来你和我之间会不会，有爱情……”

留学生用那双很大很水的眼睛凝视她，莞尔一笑：“有可能啊，我感觉我还挺喜欢你的。你和她有点像。怎么说，就是都不接地气，不着调。”

王欣淳睁大眼，留学生忙摇摇手：“不是贬义。我其实是觉得，生命不是粗鄙的，生活有审美的需要。我不能想象自己找一个太实在的女人。我弹钢琴，她敲大镲，对吧？”

这是一间需要客人自己手磨咖啡的咖啡馆，间或悄无声息地走过两只白猫。留学生享受着对面女人的少女气质的“虚”与不接地气，王欣淳享受着留学生手中流出的咖啡豆的碎裂声、手工磨刺刺啦啦的转动声。这香喷喷的浪漫啊，真舒适。

不消多久，从小就在渴望爱的王欣淳开始常常期待见面，只可惜留学生工作太忙。后来她就巴巴地从城南跑到城北，在他公司楼下的星巴克等。不一会儿留学生挟着电脑飞快推门进来，托住她的脸“啵”地亲一口，然后打开程序让跑着，边聊天边工作。

每当检查出 bug 需要修整的时候，留学生少年式的圆脸就会微微下沉，满面严肃地处理问题。王欣淳满心飞着粉红泡泡，拿出一本《蒋勋说宋词》之类的书来读，进一步显示自己的“不着调”与“不接地气”。

外人看来，这是多么相称的一对：年轻，漂亮，衣着时尚，文雅可爱。那眼光让王欣淳像在温泉里荡漾，这才是青春啊。

可惜一切都在王欣淳二十五岁生日那天被打破。那天，留学生说好要与她一起庆祝，就约在“猫与手工咖啡”，那晚有部非常精彩（冗长沉闷）的文艺电影。看完电影还不算完，还要去古城护城河旁的“乐府”酒吧续摊，在民谣、轻摇滚里喝啤酒到天亮。

星光，月光，波光……王欣淳幻想得好得要命，好到她特地穿了一套蕾丝内衣“以防万一”。

不料那晚留学生到得很晚，那么长的文艺电影都已经放完。王欣淳被咖啡闹得舌根又酸又苦，但看到他那双很大很水的眼睛时，还是发不出脾气来。

“算了，原谅你了。”王欣淳气鼓鼓地说道。

留学生却继续道歉不迭，非常温柔、多情地凝视着她，告诉她就在几个小时前，自己遇见了前妻。那位旅行记者刚因工作原因来到古城，两人又像在稻城亚丁一样不经意地相遇。当时雁塔钟声不偏不倚地响起，隔着数千年岁月，好像是从命运深处传来的。

王欣淳的文学少女心很容易就幻想出那个场景，以古城落日为背景，昏黄的，多灰的，缭乱世间里的两人被命运的安排深深震惊，立刻，就觉得自己还爱着对方。

“我得谢谢你……如果不是给你过生日，我不会请假从城北赶过来，就不会……真的……很抱歉。”留学生继续深情款款。

王欣淳微微张着嘴巴，半晌没合上。她感到胸口有些憋闷，也许是新内衣太紧。她忽然有个疑问：“你是不是看谁，都用这样的眼神？”这样水汪汪、温柔多情的眼神。

留学生一怔，不禁回头看向门口。

一个短发，穿牛仔裤、黑 T 恤、外套红格子衬衣的女孩眯着眼睛回看过来。

是她。王欣淳脸腾地红了，用失败者的嫉妒眼光看过去，对方是那么自然洒脱，那么帅，而自己算什么，简直是只土鳖。王欣淳无地自容。

此后整整三个月，王欣淳都拒绝相亲。

“你不小了，都二十五岁了……明年就二十六，后年就二十七……”元主任渐渐变身，从机智冷静的元主任，变成愁苦烦忧的街道大妈。

再过不久，别人随便一句话，都能激起元主任对王欣淳孤苦晚年的想象。

“我是陪不了你一辈子。等你老了，可怎么办……”

王欣淳不想看到元主任之外的元主任，只好重启相亲生活。见见见，然而都不得意，无非她看不上人家，或人家看不上她。

这天王欣淳和远雪吃喝吐槽兼看电影回来，刚打开门就迎上王局长劈头暴喝：“你就是个猪脑子！”

王欣淳呆住，王局长像唱戏一样指着她，手还颤颤着。

坐在沙发上双手抱胸的元主任也跟着骂：“你让人怎么说你呢？我怎么生了你这么没脑子的人！”

王欣淳恨不得把脑子掏出来查查：“我脑子到底怎么啦？”

“你婚都离了，又跟人家处，你说你是不是猪脑子？”王局长睚眦欲裂，像要把她吃掉。

王欣淳怔了一下，想起来了。

大概一周前，她奉命去见了个公务员。这半年来，王欣淳见男人多了，对男性群体颇有认识，一眼就将他归为头脑简单、言语无味的那类。

“我好多同学一见面就‘公务员’怎样怎样，其实都是羡慕我，一辈子衣食无忧嘛。”公务员说。此公务员考的是古城区，算市中心，虽然还只是科员，但对自己工作的满意度可以与王局长比肩。

“我爸和我姐给我出了房子首付，明年再买个车，什么都有啦。”公务员继续说。不但工作，生活满意度也很高。

“我这人哪儿都不爱去，从幼儿园到大学都在本地，就去年出差去了趟成都。我感觉，哪儿都没有自家好。”反正就是满意。

“以前也有好几个女孩想跟我谈，我觉得谈恋爱不是游戏，要有责任感，宁缺毋滥。现在好多女孩，只知道花钱享受，不知道什么叫勤俭持家、什么叫洁身自爱。”公务员这时说着说着愤慨起来，终于有了不满意的地方，“我们中国很多传统美德，都被破坏了，所以当代才会出现剩女现象。洁身自爱、贤惠的女孩会剩下吗？剩女基本都是些不自爱的。”

“也不一定吧……”王欣淳软软地抗议。她已有模糊的自觉，将要当剩女。

“你是好女孩。”公务员盯着她，笃定地宣布。

王欣淳不解。

公务员眼露暧昧：“你的事情，我都——知道。”

那个“都”字被他加重。结合那种不当的亲昵表情，王欣淳立刻明白，元主任一定用某种尽量得体的方式告知了介绍人：我女儿的婚姻有名无实，她还是处女呢。

王欣淳再窝囊，此刻也被气得怒发冲冠。她掏出手机看看时间："不好意思，我有急事。"说完也不看公务员，抬脚就走。公务员完全蒙住，等反应过来，她已经出了门。

横冲直撞了半站路，王欣淳方才后悔，刚才怎么不骂他"关你屁事"呢？最近常有人"关怀"她的终身大事，她内心早有此问。

走啊走啊，愤怒过去，化作莫名的感伤和凄凉。她给自己鼓鼓劲：衣解千愁，包治百病，买买买吧！

不料刚走进商场，她便遇见了徐立栋。

徐立栋神情挺平静，看到她就给身旁穿橘红裙子的女孩说了句什么，女孩露出如释重负的表情扭头就走，长发和裙角一同转出个潇洒的弧线。王欣淳也扭头走，徐立栋追上来叫她。

"干吗？"王欣淳沉下脸，脚下更快。

徐立栋不再说话，手插在裤兜里不紧不慢地跟在她旁边。

"有病啊？！"王欣淳把刚才的愤怒一起发出。

徐立栋垂头说："有事。"

"什么事？！"王欣淳大吼。

徐立栋从卡包里小心翼翼地抽出一张卡："还你十万。"

王欣淳愣住。

"中午了，要不……吃个饭吧？"

"你请客？"王欣淳还是恶狠狠的。

火锅边，徐立栋一边擦汗一边说："我算了算，结婚总共花了二十万多点。"

王欣淳冷笑："谢谢你啊。"

吃饱后出来，王欣淳心情好了点。风一吹，身上、头发里还蓬勃着火锅的油味。

一个小婴儿被学步带牵着蹒跚走过，王欣淳和徐立栋一对视，都想起钱小羽。两人都沉默了。

“小孩子挺好的吧。”过一会儿，王欣淳说。

“挺好的，我妈管着。”徐立栋挠挠头，似乎想说什么，却另起话头问，“你工作怎么样？”

“就那样。”王欣淳意兴阑珊，想起自己为考公行善“攒人品”的事。早知道，那会儿还不如多陪陪钱小羽……

“你新工作怎么样？”王欣淳问。

“也就那样，其实工作都差不多，还是我个人有问题。”徐立栋慢慢道，“现在想想公务员的工作也挺好。”

王欣淳有些惊讶地点点头。徐立栋又挠挠头：“你下班都干吗？”

“相亲。”王欣淳没好气地回答。

徐立栋咧嘴苦笑：“一样一样。”

王欣淳想起刚才那个穿橘红裙子潇洒离开的女孩。徐立栋便说：“刚正相着呢，没感觉，两人都度秒如年，幸亏遇见你。”

“你还会说度秒如年。”王欣淳笑，徐立栋也笑。

她没看见，这时那位公务员正在马路对面。两天后王局长在路上遇见公务员的介绍人，那人要笑不笑地说：“王局长，咋回事呀？”

“咋啦？”

“你女儿有对象嘛，怎么还找对象？小胡说，一起坐不了两分钟她就急着要走。”

王局长一愣：“我怎么不知道？要有，就好了！这孩子。”

“还是国税老徐的儿子嘛！”介绍人阴阳怪气，大声把从公务员那受的埋怨还给王局长，“两个人一块吃饭逛街好得很！年轻人，谁不闹点意见，好了就好啊，啥时候复婚？你早说，我也不用操孩子这份心啦！”

王局长满脸涨红：“不可能！绝对没有的事！”

他跟徐局长已经闹成个笑话，现在，还要变成个更大的笑话？王局长越想越气，所以回家一看到王欣淳，差点一口吃了她。

王欣淳听罢责难，直着嗓子喊："吃个饭怎么啦？什么年代啦！"

王局长手点住她乱晃："换别人避都避不及，你就是个猪脑子！"

王欣淳振振有词："离婚了也可以做朋友！有小孩的，还得共同划出时间陪小孩，营造和谐友好的气氛。"

"你亲眼看见了？不知道在哪儿看的烂文章！孩子啊，社会不是你想的那样，"元主任苦口婆心，"多少夫妻离了婚，为一点儿抚养费闹得上法庭，恨不得我吃了你，你吃了我！"

王局长一口咬定："你就是个猪脑子！"

# 第六章　有一个

王欣淳把自己关在房里打电话吐槽。

“工作，相亲，父母，一切都这么拧巴……”

“其实没有人在过自己想过的生活，生活就是围城。”远雪在手机那头安慰她。

王欣淳吐口气：“没有一个人吗？那我就放心了。”又问，“也包括你？”

远雪苦笑：“过想过的生活何其难，从来不是我的目标，我最多不过不想过的生活罢了。”

但下次见面，远雪改了口。

她凝神说：“有一个人，应该算在过想过的生活。”又说，“今天我就带你去见她。”

古城区完整的明代城墙下，有个湘子门。门内青砖灰瓦，一带都是古玩书画店。它们是古城文化的侧脸，中国每个古城都有一个湘子门，各具情味。成都的悠闲，杭州的端方，苏州的姝丽，都脱不了一个“雅”字，收集着文明古国的吉光片羽。

在这个时代，它们也都门可罗雀，但一进去，一草一纸的价格都令人咋舌，真的是“三年不开张，开张吃三年”的样子。

王欣淳随远雪走进去。她很少来这里，感觉闹中取静，别有洞天。前头古槐树下立着一个人，仔细一认，不是侗星宇吗？没想到在这儿见着他。

古槐筛下碎影漂浮，风是那么静，侗星宇的微笑也一样安静。“温润君子”的白皙少年版，王欣淳心里冒出这个词。

她问远雪：“你说的就是他？”又问，“你们一直私下联系啊？都不带我？”

远雪脸上浮出侗星宇同款的微笑：“不是他，待会儿你就知道了。”

三人一行往古街深处走，走一会儿就路过一棵围起来的高大古树，上面挂着市政府的标牌，动辄七八百岁。两边书画古玩店之外，有静悄悄的茶舍、酒吧、私人订制衣馆、清水衙门，以及一座民国著名将军遗留下的公馆。王欣淳不由感叹，这儿的历史尘灰该有几尺深吧。

他们的目的地是间国画工作室，就在将军公馆旁边。从古式窗户望出去，恰是公馆小楼的飞檐。

远雪说的“过着想过的生活”的人，正是工作室主人，钟子璜的女儿钟修仪。

钟修仪亭亭从二楼屏风后转出时，王欣淳以为自己穿越了，瞬时给她起了个外号：钟仙姑。当时古城区毛茸茸的阳光给她的旗袍做了光圈，她的声音也像那太阳，有点儿懒，但很舒展：“你们来啦。”好像早是熟人一样。

一堂纯正明式家具，难以形容的好看的玩意儿这里那里到处都是。花瓶啦，小假山啦（其实是灵璧石），菖蒲啦，玉璞啦，瓦当啦，小姑娘懒得收似的——奇怪乱却乱得特有画意。墙倒是白的，只贴着一页好像刚写好的字：素月依林。

太清雅了。王欣淳有点儿拘谨地坐下，却见远雪与侗星宇早已随便坐下，神情自然，好像熟客。

钟仙姑慢悠悠地给大家泡茶。王欣淳偷偷细看她，年纪也不轻了，该是70后，但她是世上另一种人，跟普通人不同的。在她面前，王欣淳觉得自己打扮得很吵。

钟仙姑当然美。她的线条是柔润的，眼神也柔润，甚至还有些羞涩。

王欣淳讪讪地打开案几上的一卷画，各色美丽宣纸上，画着各色花卉。翻到一页海棠，她忍不住赞叹说："好美呀，这颜色。"

钟仙姑听了便说："你喜欢呀，那送给你吧。"

王欣淳连忙摆手，钟仙姑就笑盈盈道："我看到你也喜欢得很呀，我的画只送给喜欢的人。"

远雪笑："没事，你收着吧。"

王欣淳感激地小心翼翼收起，连连道谢："我回去裱起来放在床头，真的很喜欢。"

钟仙姑还是笑盈盈的，偏头看她一会儿："海棠很衬你。"

说完她转过脸对住侗星宇："你外婆好点儿没？"

王欣淳发现她和男性说话时，还带着点少女般的羞涩。

侗星宇点点头："还可以，又慢慢能走了。"

远雪低声告诉王欣淳："他外婆是省图书馆前任馆长，书法在全国都很有名，前几天下车时摔了一跤。"

钟仙姑忽然想到什么似的，回身拿出两本册子，对远雪说："这个是纪念馆送来的，这个是印刷厂送来的，你都看一遍，看有没有需要改动的。"

远雪接过看，王欣淳忙凑过去一起看，原来是封面一黑一白的两本画册。黑色的是钟仙姑的祖父母的作品集，他二人都于民国时期生于日本东京，又都在法国留学学习艺术，学成归来，应国民政府之聘保护文物——政府为两人修设的纪念馆也离这里不远。白色的一本是钟仙姑自己的画册，将先前在上海展出的作品编纂成集。每幅清丽脱俗的画作旁，都有短短的鉴赏文字，清空凛冽，且言之有物。

王欣淳一看就问远雪："是你写的？"

钟仙姑笑盈盈道："是小雪写的，大家都喜欢得不得了呢。"

王欣淳忙翻扉页找远雪的名字，却没有。远雪笑嘻嘻说："写着玩。这类画册上都不署名的。"

那么大概也没有稿费了，王欣淳暗想，这就是远雪。

这时楼下门响，不一会儿又上来两个男人。年长的是个音乐学院的教授，长得有点像日本明星渡部笃郎，气派优雅，仿佛被艺术和长年优渥的生活包了浆。年轻的斯文瘦长，眼睛总静静地看着人，沉默寡言。

钟仙姑抿唇笑盈盈的，照例带着点儿羞涩介绍，这是某教授，那是某某书的作者。

这书名让王欣淳觉得耳熟，想了半天猛然想起，前几天有个综艺节目，明星要当场曝光自己的包包，让大家看里面装着什么。那天请的是个文艺女星，包里除了手机、口红、粉饼、纸巾等物，还有一本散文——就是钟仙姑说的这本。

王欣淳不禁多看那笔名老木的年轻作家几眼。老木似乎感觉到了，也抬眼看看她，那是一双聪明的眼睛，里面很静，对王欣淳而言也很深。她脸很快红了。

下来大家就开始聊天。钟仙姑话不多，慢悠悠的，说起她奶奶穿旗袍爬古佛拍照差点下不来的笑话。侗星宇就接过话头，说起自己外婆和钟仙姑奶奶的世纪友谊，唯有一次为了某种善本书的真伪，两个人互不理睬了大半天。音乐教授就也说起自己父亲，跟钟仙姑爷爷在敦煌待过两年。

王欣淳感觉自己进了古城文化遗脉的会场，丝毫没有置喙的余地。她爸爸虽然是文化局局长，可爷爷却是个农民，有什么办法？

但远雪却自然自在，跟他们聊得很好，甚至妙语连珠，给教授和作家都留下深刻印象。教授尤其毫不掩饰地表现出对她的欣赏。

王欣淳不禁想起她“妫”姓公主的身世。现在她当然不会再当真，但远雪的高雅潇洒，深知世故，真像个落魄公主后裔。

聊到太阳西斜，钟仙姑起身送客。这年微信刚火，作为一种时尚的联系方式，大家互相搜索留名。

下了楼后，大家都往后院走，王欣淳傻傻跟着。出了月亮门是一间不算小的庭院，太湖石、藤萝花、修竹小池皆有。王欣淳知道在古城内，这样的院子价值千万还有价无市。

从庭院出去是条背静的小巷，原来大家的车都停在巷子里。钟仙姑的座驾是一辆白色奥迪，王欣淳感觉那四个圈都染上了她的仙气，变得与众不同。

侗星宇只开着一辆旧马自达，远雪很自然地招呼王欣淳上车。

侗星宇回头笑着问："粤菜？"

到了地方，发现也是很老的馆子，窗户对着夜幕下的古鼓楼。鼓楼屋檐里全是燕子窝，燕子就在晚风里来回飞舞。

一坐下，王欣淳就迫不及待表露出对钟仙姑的好奇，远雪便笑着给她细说。钟仙姑生在世家，少年成名，早就位列"全国最美的十大女画家"之一。

"我第一次看到这么不食人间烟火的人啊！"王欣淳感叹，"这样的人简直让人担心，怎么在这个时代活着？看了我都想保护她。"

远雪微微一笑："她活得很好，而且是个聪明人。"

就像一切俗人，王欣淳忙问她结婚了吗，老公是做什么的。

"她结婚很早，可能太早了。男方是她的高中同学。她上了美院，男方没考上大学，一直做生意。"

"做得好吗？"王欣淳忙问。做得好就有钱，在这个时代，钱可以跟美貌、才华……任何好东西相配。

远雪避而不答，只说："和她相比，她前夫是个普通人，几年前两人就离婚了。他们有一个孩子。"

王欣淳唏嘘。

远雪笑："大家都很唏嘘。"又加了一句，"尤其是，异性。"

侗星宇微微一笑。

王欣淳猛然发现，远雪当着侗星宇的面说八卦，还说得这样自然，显然两人的关系已经很亲密。

吃完饭倜星宇问远雪还想不想转转，远雪刚一摇头，他忙说:“那我送你们回家。”

王欣淳又发现，这不是第一次倜星宇对远雪言听计从。

回到远雪狗笼样的住处，王欣淳马上押住审她:“快说！什么时候的事？”

远雪抿嘴笑:“放开我！”

“招不招？”王欣淳胳肢她。

“我没有痒痒肉。”远雪很淡定。

“好呀，背着我交男朋友……”王欣淳袖手抱胸。

远雪见王欣淳真失落，忙说:“什么男朋友，就一小孩子，天天缠着我。”

王欣淳激动地一拍手，眉开眼笑:“可以呀远雪，搞姐弟恋——不要太时髦！我这边相亲各种奇葩,你倒好,一下子找着个英俊少年。”

说得远雪笑了。

王欣淳马上献计:“黑心资本家啊，他家条件应该不错。要是你也喜欢他，就把他收了吧。”她的小白手在空里一抓，好像要把谁套住似的。

“他才二十一岁，什么收不收，”远雪淡淡的，“而且他家情况挺复杂。”

“怎么复杂？”

“他妈妈是 ×× 的小女儿，以前本来在部队里，硬是和家里闹翻辞职，出来做房地产。现在虽然他外公不在了，家里还是挺复杂的。”

王欣淳睁大眼睛。×× 这个名字，大部分本省人都知道，是早年的某任省长。

“倜星宇居然是红三代啊！”王欣淳感叹，“我以为红三代都是钟仙姑那么大的年纪呢。”

“他是保姆看大的。他妈妈脾气倔强，和他爸爸——也是个军官，离婚后都不来往了。”

“那他爸爸呢？”

“现在在兰州军区吧，早另外结婚生子了。”

佴星宇与远雪，一开始就惺惺相惜。这类缺父少母的人，互相是闻得出来的。

佴星宇觉得，远雪就像一块沉沉的重彩玻璃，掂在手里冰凉的，转动间碎光炫目，但她的芯子是幽暗的，而且旧了，这里那里多有磨损。磨损和幽暗让她更神秘，更让人想要去破解。后来佴星宇知道，那磨损还是他的同款磨损，只是刻得更痛更深。

一发觉佴星宇有向“男女”上靠拢的意思，远雪马上就冷淡了。这让佴星宇颇受刺激，他拿出从来没有的无赖，偏偏跟着她，那份厚脸皮，把他自己都震惊了。

有次远雪从报社出来（整间书画报社占地三室一厅，在一座旧商业楼里），电梯一开，一个一脖子地中海式油腻长发的中年男人跟在她身边，正拍她肩膀说着什么。远雪往旁让一让，脸上是麻木的、吃了苍蝇般的厌恶。

待看到佴星宇，她脸猛往下一沉，转身大步流星地往外走。左拐右拐，弯弯曲曲的古城小巷里，佴星宇总尾巴一样跟着她。

远雪冷冷的脸渐渐染上薄怒，越走越快越走越快，佴星宇也跟着越走越快越走越快。

这时远雪一个猛刹回身，佴星宇险些撞上去。

“你干吗？”远雪厉声问，活像一只躬身奓毛的猫。

佴星宇被吓着了，远雪的眼神那么厉害，又那样防备和陌生，使尴尬像潮水一下淹没了他。

“我是不是太过分，又太可笑了？”侗星宇自问着，后退一步。

就在他决心放弃的这一瞬，远雪的旧包破了。

哗啦——破得很彻底，整个底都脱掉了。那块可笑的人造革，连同一把毛票、手账本、笔、保罗·策兰的诗集，以及廉价口红、快秃的眉笔、五毛钱一包的直掉粉的纸巾、半片包回去的口香糖、钥匙，叮叮当当甩了一地。

远雪的脸一下红了。她蹲下身，有些恶狠狠地把它们一样一样捡起来，搂到破包里。

侗星宇：“你……”

远雪蹲在那里猛抬头。那一瞬，侗星宇看出了远雪的窘迫，窘迫得都泛泪了。

这段时间的“跟踪”，他看到远雪住的“狗笼”，吃饭的脏破小面店，两身衣服轮流换，甚至闻到她头发上廉价的洗发水味（搞得他走过超市日化区都会心跳），还有她猥琐的雇主，庸凡的同事……但不管什么时候，在他看来，远雪的脸都保持着一种清高，也许她对他的防备、拒绝就是最大的清高。直到此刻侗星宇才抓住，窘迫，她是多么窘迫！

侗星宇一下生出了强大感。我要给这个女孩一切，他心里有个声音说。

很俗，但是……真好啊这感觉。在此前的二十一年，他都从来没有感到过强大，而此刻他太强大了，因为他要救一个人。

就在这一刻，他奠定了他们爱情的基调：救赎。侗星宇打算救远雪，但后来才明白，反而是远雪救了他。

远雪在羞愤中看着面前的男孩。他给人的感觉那么幼嫩，文从字顺的眉眼，皮肤又白又细，唇髭仿佛还是淡青色。就他这么一个人，除了有个显赫身世外没什么用的软弱的人，竟然在这儿同情她，可怜她。

远雪再一次转身就走。侗星宇仍然跟着，但这次他跟得很轻，像猫，好像知道错一样。好几次远雪都以为他走了，回头却见他还在。

直到她的气慢慢都走散了。

“喂……你，你想吃东西吗？”侗星宇终于小心翼翼地开口。

远雪最后一次转身，直视他的脸。那脸懵懵懂懂，好像刚被人叫醒似的，天真又温柔，远雪不禁心里一陷。

“我不想吃！”她还想做出恶声恶气的样子，但失败了，她觉得自己的声音简直有些撒娇。

在此之后的交往中，远雪感受最深的就是侗星宇的天真和温柔，他对她莫名其妙彻头彻尾地信任，她说怎样就怎样。一个人给你这样的信任，你如果还有良心，简直就不得不对他负起责任。

“你不上课啊？”

他马上拿出托福的书。

“别到我公司跟前。”

他就在一条马路外等。

“别给我买这些东西，我不喜欢。”

他马上把礼物收回去。礼物留在他手上，跟他人一起讪讪站着，等待发落似的。

“……算了，给我吧。”

有时候远雪给黏得不行，会忍耐地吐口气，摸摸他的头，像摸一只小狗：“乖，啊，你先回去。”

她的不耐烦和把他当个小狗，都让侗星宇不高兴，但慢慢的，他就不再像刚开始那么容易不高兴。因为他已经发现更多她的弱点，像个装备不太好的猎人，他专门捕捉她的脆弱和慌乱。这也许是几千年来男与女的游戏，他们也在这游戏中深入彼此。她善良，感性，在钱上糊涂，无依无恃，偏还那么倔强。他不救赎她都不行。

有次远雪拿排好的报纸打印稿去“总编室”请过目，推门进去，只见一个有三分姿色的细瘦女人坐在总编腿上，正推销一只“宋代莲花盏”。远雪一进去，那淡青的瓷盏便当啷落在老板桌上，没碎，但底下裂了一道纹。

女人立刻大呼小叫起来，要远雪赔。远雪忍耐说：“关我什么事。”

女人就说，你最少得负连带责任，这盏值五十万，你至少得赔偿三分之一。

远雪看了一眼盏说：“你这仿得太差，有了这道纹反而真一些。”

女人立刻炸了，和远雪大吵起来，主编好说歹说才把人劝走。他可能觉得居功至伟，阖上“总编室”门就直接把手搂在远雪肩上。

远雪一肘肘在人家胸口，然后主动失业了。

晚上侗星宇来找她，就看见一张臭脸，和翻倍的隐忍的不耐烦。

“不要紧，我帮你重找一个工作。”侗星宇说。

远雪：“不要！”

“看看行吗？就先看看。”侗星宇两只眼里全是小恳切。

远雪：“……”再说什么，都不像个人了。

侗星宇介绍的工作在一家小画廊，专卖刘文西的画，地址在钟仙姑工作室附近。这种画不像普通商品，从不在店铺里直接交易。远雪的工作就是坐在幽暗画作间的实木柜桌后，看日影迁移。

不光刘文西，这里能看到各种名家真迹。先待着吧，远雪心想，至少现在拒绝是做不到了。

“孤儿”这个词，在胡梵以及胡梵家人的眼里，远雪知道，是被蒙上一层轻视的，甚至可以说是好欺负的，可以任意对待的。有时远雪不无悲哀地想，如果她不是一个孤儿，也许他们的结局会不同。想完后，她感到整个人都悲哀成了灰色。

可是对侗星宇还有王欣淳，远雪知道，“孤儿”这个词却变了样子，有着哀婉的戏剧般的魔力。

佴星宇知道后就要格外对她好，甚至还高兴地说：那你就是我一个人的，我是你爸，我是你妈，我是你哥，我是你弟。

远雪瞪他："你就是我弟！"可心里一怔忡，随即泛起一阵温暖酸涩的沉滓。

那以后给别人介绍时，她就指佴星宇："这我弟。"

偶尔佴星宇会给她一个软软的不高兴的眼风："你叫佴星衡啊？"

远雪眼里冷光一闪。佴星衡，这个名字给她一种暗暗的压迫。那是怎样一个厉害的女人？远雪直觉，她与佴星宇再深入下去，这个名字一定会横亘进来，像巨石一样挡在她面前。

但她也不怕，她有她的血性，而且她也并不真想和这个小男孩怎么样。

王欣淳嫌佴星宇像小尾巴一样老跟在远雪后面，其实她自己就是另一条尾巴，她倒不觉得。

这天好不容易佴星宇不在，王欣淳和远雪进行了一场闺蜜式约会。逛吃逛吃完，正预备去看电影，远雪手机响了。

"佴星宇又要来啊？"王欣淳不高兴地问。佴星宇在，多影响她们亲密无间的聊天啊。

远雪一接，却是钟仙姑："啊，我和王欣淳在一起……车开着……嗯，可以。"

挂掉电话，远雪对王欣淳说："钟仙姑说麻烦我们帮她取一批画，下次到湘子门顺路带给她。"

王欣淳只得答应。两人一行到美院，在对面街上一家画廊取裱好的画。

远雪一一细细看过，笑说："你收好。"

王欣淳把那些卷轴、画框都放到后备箱："我就不挪动了，哪天去湘子门顺便给她。"

两人又按原计划去看电影，看完分手时远雪指指后备箱说：“这里面有钟老的画，还有仙姑自己的，她的画，大多有中国书协大腕的题词。你的后备箱现在等于放着至少两百万，小心别进水啊。”

王欣淳惊得眼珠子快掉出来：“啊？这么大的沉你让我担啊（这么大的责任你让我担啊）？怎么不早说？”

待回家躺下，王欣淳辗转反侧，到底克服懒癌下地库把画一一搬到客厅。

王局长和元主任问：“你要干啥？”

等王欣淳说了，王局长看着画酸溜溜道：“我怎么不知道钟子璜！现在书画市场都是胡搞，胡炒作，一定要整顿！一幅画值城市普通人一家财产！”

元主任笑：“这些画主要还不是供给商人和你们政府的人？要没有你们，他们也卖不上这个价钱。”

王局长更酸了，作为农家子弟他不大爱好这些，也有人给他送过画，但都没有这样的规格。

“这都是胡整！”他说。

元主任深知丈夫，安慰道：“咱们就图睡个踏实觉。你那同学去年不就进去了吗？一家人太太平平就好，占些古董字画又能咋，反而俗气。”

王局长酸得好了些。过了几天，元主任加班不在家，王局长自己下了两碗淡面，父女俩对坐用餐。

王欣淳嫌难吃，一根一根往嘴巴里挑着，忽听王局长说：“你其实是我和你妈爱情的结晶。”

王欣淳“噗”把面喷了一桌子。

“笑什么？”王局长说，“我们那会儿，啥都没有……你妈节省，烧菜油都不舍得多放，哪像你现在，大手大脚的。”元主任还在用欧莱雅，王欣淳已经用上海蓝之谜。

“那你对我妈好点儿呗！逢年过节，给她买点礼物啊、花啊什么的。”王欣淳有点愧疚。

王局长大手一挥：“我不弄那些事！咱家的钱都在你妈那儿，她想买啥还不就买啥？”但她不会乱买的，王局长很放心，要不然，当年也不会把财政大权交给她。

那些画在客厅怪绊人，一听说远雪要去湘子门，王欣淳忙把它们搬了去。

钟仙姑两手交握在小腹上，微微羞涩地笑着：“谢谢你们哦，谢谢你们。”她说话常是悠悠的，还有点儿幽幽的。

王欣淳洗手喝茶：“你也不怕我卷包跑了！”

钟仙姑抿嘴低头笑，手指交叉抵在下巴颏上，还是悠悠的：“那你就跑了吧……”那么不谙世事地没所谓。

远雪和王欣淳都笑了。

淡淡的笑和淡淡的太阳，这一方地方，飞尘不到，和外面的嘈杂世界完全分隔。

王欣淳和远雪头抵头看她的扇面，字是小楷，明清闺秀气，写着纳兰性德的词：急雪乍翻香阁絮，轻风吹到胆瓶梅。心字已成灰……

王欣淳感觉整个人都要溶掉了。

钟仙姑悠悠缓缓地洗茶，泡茶。

坐了一会儿，她悠悠启口：“欣淳啊，你和你爸熟吗？”

王欣淳扑哧笑了：“挺熟的吧。”

钟仙姑脸都红了，柔润的手指扣住脸颊：“我不会说话……”

“怎么啦？你说嘛。”王欣淳忙问。谁忍心为难她？

钟仙姑便说：“我从美院毕业后，本来可以进高校，但我当时去深圳找我前夫了，结果错过分配……后来我爸找人给我把工作挂在市文化馆。但我是不上班的，我觉得我的艺术比什么都重要……那些人，我和他们说不到一块儿。”她说话时认真看着你，眼睛像个孩子般诚实信赖。

王欣淳点点头：“嗯，我也在文化馆待过。”那些俗人，确实和仙姑不是一个风格。谁能和她一个风格？

钟仙姑继续说：“现在他们叫我回去上班，我就不去。又说要停工资，我就想，能不能找你爸给解决一下。”

“哦……”王欣淳拿出手机，“我把他电话给你吧，你说的事我也不太懂。”

远雪飞快地看王欣淳一眼。

几天后，王局长一回家，用稀有的柔和语气问王欣淳：“你和钟子璜的女儿，那个女画家，是朋友啊？”

王欣淳马上答：“是啊。”然后才想起来，“哦，她是不找你了？她说找你有事。”

解决吃空饷的事。

“嗯。”王局长点点头，脸上露出笑，有点儿暧昧，“你朋友长得挺好看，古典美人啊。”

王欣淳：“当然啦，听说好多男的喜欢她呢！”

回头王欣淳就给元主任告状：“我爸说我朋友好看，是古典美人！人老心不老呀！”

元主任一边拖地一边撇嘴：“男人嘛。”

“妈，我爸不会搞出轨什么的吧？”王欣淳放下薯片问。

“没大没小！”元主任把沙发底下的灰掏出来，“你爸呀，啥好处都没有，就是这点可以，还算正派。他不敢！行政上的，作风坏了什么都没了。”

后来王欣淳在自家书房发现一部精美的山水花卉册页，烟云澹澹，芳草萋萋，是钟仙姑的。

再一次和远雪约到湘子门时，王欣淳忽然问："钟仙姑到底是个什么样的人？"

远雪答："钟仙姑啊，她话不多，但是该说的一个字都不会少；人虽闲，但该办的事都会办。她是个能量很大的人。"

到了钟仙姑的屋内，依旧闲香袅袅。

"我今天哭了……"钟仙姑说，"早晨到院里折了一束花，我一口气画了八九幅。画完我太感动了，自己哭了好长时间……"她薄薄的眼皮微红，像水墨晕染的花瓣。

远雪看王欣淳一眼，仿佛在说："喏，这是个在过自己想过的生活的人吧。"

王欣淳便问："你工作的事怎样了？"

"嗯，"钟仙姑垂目，似乎不愿多谈，"还可以。"

显然问题是解决了。

出得门来，王欣淳忍不住问远雪："钟仙姑那么仙，又那么有钱，怎么还在乎那点工资啊？一个月就四千块钱。"

远雪笑说："你不了解有钱人。有钱人没有不在乎钱的，只有我这样的穷人，才能说不在乎钱。"

眼看又到年底。王欣淳现在不爱过年，因为不爱见亲戚，因为害怕他们"你离婚后怎么样""你啥时候再结婚"的探究眼光。

远雪没有地方过年，王欣淳刚好黏着她。反正到年底单位更没什么事做，她又不愿听年轻年老的妇女们七长八短。

两人到钟仙姑处，恰巧那个像渡部笃郎的音乐教授还有青年作家老木都在。

大家在茶烟袅袅里聊了一会儿天，王欣淳想起，第一次来这里时也是这些人，就少了个侗星宇。

"咦，对了，最近怎么不见侗星宇？"

远雪垂头喝茶，王欣淳用肘子顶顶她：“你弟呢？啊？”

远雪波平如镜地说：“去加拿大了。”

王欣淳吃一惊，不由睁大眼看钟仙姑。只见她微笑饮茶，一言不发，显然早就知道，而且知道得很清楚。甚至连老木，那双薄薄的眼皮半掩的漆黑瞳仁里，也没有一丝惊诧。

王欣淳顿时有种被当外人的感觉。她有些委屈，但还是追着问：“那他什么时候回来？”

大家都没说话。

回去路上，王欣淳有点不高兴，远雪也显出些暴躁。

“你轻点儿关门呀！”王欣淳心疼她的车。

“对不起。”

“没事儿，”王欣淳忙说，车里的空气有点凝冻，半晌王欣淳才轻声问，“侗星宇……真不知道什么时候回来啊？”

远雪目视前方：“留学嘛，至少四年吧。”又说，“挺好的。”

远雪的不在乎，连王欣淳都看出了虚假。

远雪的确有猛然踏空的感觉，甚至不禁愤懑。她本来不想靠任何人，精神上物质上都是，但侗星宇自己贴上来，小狗似的，天真，温柔，营造出那么多温情的东西，不要他的他非要给，刚让人心里一怔忡，他却说走就走了。

前方红灯，王欣淳叹口气一伸手搂过她，两人头顶头挨在一起，就像小时候那样，不过头顶少根旗杆。

“最后还是剩下一个你，一个我。我们俩不分开。”

但大年三十王欣淳与家人亲戚吃团圆饭的时候，各种漂亮的精雕般的蔬菜、油光的肉类在水晶灯下的大桌上慢慢旋转的时候，小孩子东跑西跑当啷摔碎酒店一只描金瓷碟的时候……远雪一个人在出租屋看剧。

好黑好冷啊，还有些无聊。这时远雪会希望自己嫁给送快递的、楼下开小卖部的，不管是谁，只要也有那么一大家子，只要也闹哄哄地挤满了人，但她心里又清楚知道那一大家子有一大家子的繁难讨厌。生命就是这样，怎么都是悲哀的，她想。

手机亮起，是佴星宇发的微信：新年快乐。

远雪没有回。

睡醒到天亮，她拿出手机看了一会儿，才回个“新年快乐”。

新年终于过完。城市和春天一起，像一只巨型机械表重新开始迅速而焦虑地运转。

钟摆之外的钟仙姑在北京开完画展回来，给王欣淳和远雪都带了礼物。

三个女人一起逛街买换季衣裳，王欣淳笑问仙姑：“你居然也逛街！那你买菜不买？”不能想象她像元主任那样，左手一袋土豆西红柿，右手一把芹菜大葱。

钟仙姑羞涩地笑：“菜我不买，家里赵姨买。”

仙姑穿衣服有固定的品牌，冬天棉袍，夏天旗袍，都飘飘拂拂。要说现在穿成一副清修状的人也不少，但唯有她穿得美，花前月下似的。而远雪试衣服，总叫人眼前一亮。一是因为她气质好，骨骼纤细，让人充分看到服饰之美；二是她平时穿得太寒碜。

看着射灯下分外照人的远雪，钟仙姑认真惊讶：“你怎么比我还好看？”说得远雪抿嘴笑，王欣淳哈哈笑了。

偏偏销售员小姑娘是个俗人，不懂钟仙姑的仙，想穿成这么长袍大褂必是上年纪的，张口就说：“女儿比妈妈好看说明妈妈会生嘛！”

远雪装没听见，赶紧拉着两人走了。

出商场上天桥，一个黑衣女人抱着孩子跪在桥上乞讨，头发飘散在湿漉漉的春寒里。远雪怕人看见似的偷偷扔五块钱，不料那女人一骨碌爬起来举着碗抢到王欣淳脸跟前，意思是你怎么没给呢！王欣淳掏钱时，钟仙姑嫌脏已经走远了。

“那孩子肯定不是亲生的，这么冷的天，这么大的风。”远雪喃喃。

王欣淳笑喊钟仙姑：“就你跑得快！”

钟仙姑脸上如梦如幻的神情一如往常、丝毫未变，天真地说：“那和我有什么关系啊。”

王欣淳便问：“那你平时也不看新闻吧？前一阵公交惨案你知道吗？”

钟仙姑摇摇头：“我不喜欢那些事。”

王欣淳和远雪一对视，笑说：“你叫我想起一句话，‘人家画流民图，他们只画荷花’。”

“对啊，”钟仙姑悠悠道，“我就只画我的花。”

晚上在远雪的狗窝，王欣淳看着天花板翻白眼。远雪忍不住笑：“你又思考什么呢？”

王欣淳忙停止思考，白眼不翻了：“我要和你讨论一个艺术问题。”

“你说。”

王欣淳严肃地说：“钟仙姑的艺术成就一定是有限的。”

远雪点点头：“要有屈原、杜甫那样的广博胸怀，才能达到那样的艺术高度，所以她的画‘意胜于境’。”

“对。”王欣淳同意。

远雪快睡着时，王欣淳还在玩手机，忽然她大喊一声：“我去，我们俩拍得好丑！”

远雪惊醒，拿过王欣淳的手机看，原来是钟仙姑发的朋友圈图。那张照片确实拍得不好，背景是钟仙姑下午带她们吃的一家贵到咋舌的私房菜馆，不知怎么充分拍出了远雪的穷气和王欣淳的傻气，唯有钟仙姑，仍旧仙袂飘飘。

“幸亏她朋友圈的人我都不认识！”王欣淳咕嘟嘴，然后想起老木，还好他没点赞。

“不知道为什么，我没那么喜欢她了。”王欣淳继续咕嘟嘴，然后抱住远雪，“我还是喜欢你。”

“我们俩不分开。”远雪笑说。

就在说出这话的第二天，远雪收到侗星宇的包裹和电话。学校已经申请好，保证金等一切手续也都基本办妥，只待签字。

总之，远雪马上可以去加拿大。

“你是不是以为我扔下你不管了？”越洋电话那头的侗星宇问，远雪都能想象他得意扬扬的脸，“我要办好了才告诉你，不然你还以为我说大话呢。”

远雪要去加拿大的事，简直一石激起千层浪。她本来人缘就好，朋友的践行饭吃得络绎不绝；还有些不太熟的人出于好奇，想知道麻雀怎么飞上枝头的，也各种联系询问。

连她的姨妈、姨父、表姐都出动了。表姐还没结婚，三天打鱼两天晒网地在自家公司帮忙，满心要找金龟婿，比起远雪，她更想搭线见侗星宇及他的朋友；姨妈拉住远雪的手说你才是真正懂事的孩子，比姐姐强得多，出去后别忘了“家”；姨父更不得了，拍出一张五万块钱的卡：“一点小钱，出门先花着！”

远雪简直哭笑不得。在她上学穷得快没饭吃时，姨妈、姨父一月给她两百块钱；现在她已经自立，却给这么多。

“你傻啊？干吗不拿？不过反正，你去了一切都有，挺好的。”王欣淳说完，竟然忍不住哭了。她心里发空，舍不得远雪；在很深的地方，她也嫉妒远雪。爱情，远方，远雪总是什么都有。

远雪却幽幽说：“人生在哪里都要受苦。其实，我也不是为了侗星宇……我就是定不下来，就想走得远远的，离开这里。”

“那你爱他吗？”王欣淳又思考了，又翻白眼，“现在网上好多人都讨论，要钱还是要爱，嫁给面包还是嫁给爱情。”

“我是认亲戚吧。”远雪笑，“认亲戚，当然认个富的好。”又说，“你肯定是要爱情。徐立栋条件不坏，你把这个面包给扔了。”

“我就这么高尚？”王欣淳有点呆呆的，想远雪说的是不是实话。

出国毕竟是个麻烦事，真的要走已经进五月。在飞往大洋彼岸的人群里，远雪是唯一无须托运行李的一个。

她婉拒其他人，只让王欣淳来送行。

王欣淳眯眼望着候机厅玻璃天花板外的天空，一架飞机发出轰隆声远远飞去。她回想自己从小到大固态般的生活，忽然说：“你像鸟，说飞就飞远了。我只是植物，只能一点儿一点儿爬。”

“那是因为你有根。”远雪说。

安检完，远雪在深蓝制服的地勤背后踮起脚，遥遥给王欣淳挥挥手。王欣淳垂着脑袋掉眼泪，眉毛、鼻头、额头全发红了，跟十年前在操场上烧日记时一模一样。远雪有点想笑，回身却感到一股强酸从鼻腔闪电般窜到眼眶，直通心底去了。

到温哥华转机再到埃德蒙顿，远雪真佩服自己没有把自己搞丢。一出机舱，远远的她先看见一片空旷的城市，像中国城市的稀疏版；然后感到一阵冷风，空气异常清冽。比起景物，空气更让她感到已在异国他乡。

然后她看见了佴星宇的笑容，少年气的。数月不见，熟悉又陌生。就这样一个几乎陌生的男孩子，给她交了六十万保证金，把她带到另外一个世界。

佴星宇在国内就放着保时捷不开，开辆旧马自达；到国外也是，买了一辆二手雪佛兰。太新太炫的东西，会让他感觉羞涩。

远雪上了车，两人相对傻傻一笑。侗星宇舔舔嘴唇打开广播，里面放着美式民谣。一开始车开得很慢，因为侗星宇总偏头看远雪，好像是他亲手捏造出这么一个人，然后给她吹口气，活了，现在坐在他身边。

远雪不停抿嘴笑，感觉心慢慢落回肚子里。踏实，她似乎第一次感到这个词的真实含义。她不知道踏实的来源是侗星宇的笑容，还是侗星宇背后的财富与势力。总之,她现在踏实地坐在雪佛兰的副驾上，车正开进一条长得望不见尽头的林间柏油路，阳光明媚，空气透明得毫无悬浮物，天蓝得有种钢气。

新世界。

忽然，空中出现一些白色的绒毛，越来越多，闪闪发亮。

“是杨絮吗……”远雪喃喃，然后不敢相信地发现，“是雪！”

蓝天阳光下，雪花越来越密，闪烁着虹光。

“太美了！啊——”远雪睁大眼睛，像个孩子般挥舞双手，露出难得的活泼，两颊浮上红晕。

侗星宇把车停到路边，搂过她亲吻，像个成熟的男人那样。远雪睁着眼睛，记住了这亲吻，和这太阳雪。

侗星宇租住在高级公寓，那天晚餐他们买了非常新鲜的三文鱼。

远雪以前没怎么吃过这种鱼。

这盒粉色鱼肉好像是一种预示，所有的好东西都将在她的生活里变得非常普遍。

那天远雪睡得像掉进了夜最黑沉的芯子里。从她记事起，从来没有睡得这么踏实。后来回忆起来，刚到加拿大她都做了什么？五月六月的暑期课她没有上。天气温暖微凉，白天都很亮，夜晚都很黑。白天黑夜她都睡觉，对，好像要把前二十五年的觉都补回来一样。

本来准备上七八月的暑期课，在侗星宇的干扰下，也没有上成。

在加拿大短暂美丽的夏天，他们去了班夫国家森林公园。到处可见大麋鹿，每天爬山、泡温泉。九月开学，感觉还没上几天课，就放寒假，他们又去了南欧。

加拿大从十一月开始，窗外就总是雪。有时路灯下立一只兔子，不知在想什么，发着呆。

如果你见到现在的远雪，一定会惊异环境对人的改变：她的头发有光泽了，眼珠更加沁润漆黑，手足之间也更自在了。

现在远雪可以随意买衣服，可惜学校里大部分人都是运动休闲装，她不想穿得太与众不同。佴星宇喜欢打扮她，可是新衣服买回来，远雪总要放在洗衣机洗一洗再穿。

“太新让人别扭。”远雪笑说。

佴星宇笑着搂住她：“你怎么跟我一模一样。”

深冬就在炉火旁度过。

第二年春天一到，佴星衡打电话说要来。

“你妈妈来干什么？”远雪好像打开雷达似的，有点紧张。

“买房。”佴星宇也很紧张，他家光临海别墅就有六套，“我妈最爱买房，估计她嫌国内产权只有七十年，所以买到加拿大来了。”

两周后，他们的紧张落空了。佴星衡是来了加拿大，但只去了多伦多和温哥华，各买一套房后就回了国。

“我妈叫我自己买个联排住。”佴星宇拿着手机说。

两人在网上找个中介，就开始看房。远雪发现佴星宇什么交涉都藏在自己后面，而且什么主意也不拿。有一次远雪正讲着价，佴星宇不耐烦了，直催她“差不多行了”。名叫 David 的中介眨巴着浅色睫毛，褐色瞳仁隐隐露出好笑的神情，像在看一对中国娃娃。在白种人眼里，他俩都像未成年。

出来远雪就发脾气：“我告诉你佴星宇，你是成年人，是男人，以后对外交涉的事你也要做。”

“买就行了有什么好交涉？我们英语又不好。再说老外都挺诚信的。”佴星宇辩解。

远雪气笑了：“诚信？他报的价比网站上都高了百分之三十！”

佴星宇把卫衣帽子拉起来戴上又扣上墨镜：“神烦！你能算得清你随便。”

远雪没说话。这算是他们梦幻般的生活唯一一小段不和谐的音符。

房子买好，远雪也不清楚被坑了多少，反正 David 相当高兴，拉着佴星宇的手撼了又撼，简直不舍得放开。感谢远雪时，他恭送礼品篮一只，粉色碎纸里躺着一瓶价格不菲的葡萄酒。

第一天搬进房子，佴星宇给远雪在门口拍了一张照片。

王欣淳看到照片，先发现远雪头发长了，黑漆漆编成两条辫子随便搭在肩上。她一身黄色的运动服，王欣淳还从没见过远雪穿这样明亮的颜色，随意地坐在台阶上，身边还有许多来不及收拾的大纸箱。院里一棵不知什么树，树冠很大，地上铺着草坪。太阳那么好，把光亮与阴影截然分割。

远雪变了，她身上的幽暗、窘迫，还有无处不在的磨损都没了。王欣淳再划出一张照片，不知是什么饭店，旁边的白种人弹着竖琴，远雪手搭在葡萄酒杯握柄上，穿件小黑裙，皮肤光润，眼珠漆黑如星。那种氛围，可以说很上流了。

远雪真是交好运了。王欣淳关掉照片。

“你们什么时候结婚？”王欣淳用微信问。

“在国外结婚很麻烦的。”远雪答。

“加拿大到底什么样呢？”吐槽完最新的相亲对象，王欣淳又好奇地问。

“就是人少，安静些。城市都大同小异，其实没什么不同。”远雪说。

“你还真是不炫耀啊。”王欣淳啧啧。

听完王欣淳对远雪幸福生活的艳羡，钟仙姑垂眼抿嘴淡淡一笑：“好嘛，好嘛，你说好就好。我什么都不懂，我只会画画。”

她看看日色，又悠悠说：“柔日作画，刚日写字，我练字呀。”

王欣淳只好起立告辞。看着那个民国剪影似的背影，她不禁想，当年一心要和前夫结婚的钟仙姑是什么样？

女人都怕老，像王欣淳这样的文艺小清新，还怕又俗又老。那么钟仙姑这样一个中年女人，一个母亲，是怎么维持不谙世事的少女气的？

下一次来，我一定要亲口问她。王欣淳跟自己说。

王欣淳后来便常来湘子门，给钟仙姑跑跑腿，钟仙姑便给她送点小画小玩意。

有一次气氛很融洽时，王欣淳问：“钟仙姑，你当年怎么决定结婚的呀？”又加一句，“你知道我的事的。我现在很怕结婚。”

“结婚啊……”钟仙姑眼里黯了一黯，还是笑盈盈地说，“我也是为了爱情啊，初恋啊。当时十几二十岁，就觉得是爱情嘛，不顾一切也要跟他。”

后来王欣淳发现，钟仙姑的爱情故事人尽皆知，尤其是众多仰慕者们。她本就如沧海遗珠般的旧式闺秀活在众“成功男性”心中，而那份失败的、纯情的婚姻，让人更添怜悯。敬意与怜悯共存，他们愿意为她做许多事。

“爱情？爱情究竟是什么啊，我不懂。”钟仙姑软软地、幽幽地道，“我只觉得，爱一个人不一定非要一起。你爱我，很好，那你就爱吧。”

# 第七章 我们的岁月

上次侗星衡说来加拿大，让远雪有些类似警觉的紧张；而侗星宇也紧张，把她的紧张更落实了。结果侗星衡没有来。

星期天是远雪和侗星宇的“吃大餐日”。两人昨晚就开车到郊外露营，先感受星汉灿烂的自然景致，然后回城享受红尘热闹与美食。

傍晚回来，两人嘻嘻哈哈停好车，看见房内灯亮着，倒也不紧张，一推门，果然隔壁的加拿大老爸爸、老妈妈迎接上来，拥抱亲脸，满口“我的孩子”。远雪会讨老人的喜欢，把这对加拿大“空巢老人”像中国人一样认了干亲。老两口闲得无聊，有时候会帮他们看家。

老妈妈亲远雪时在她耳边说：“你男友的妈妈来了。”说完给了她一个几乎算是警告的眼神——老妈妈听说过中国“婆媳关系”。紧接着远雪就看见一个一身黑的女人坐在沙发上，正似笑非笑地看着自己。她有一张雪白发光、唇线鲜明、气质凌厉的脸。

远雪在国内见过这种“贵妇脸”，是长期医美保养、花胶雪蛤血燕滋补出来的，凛然不动时没有一丝皱纹。

远雪心里一紧，还是微笑说：“阿姨好。”

相比侗星宇的表现，远雪简直太过镇定。从加拿大老爸爸一米八高、二百二十斤重的怀抱挣脱出来，看见自己亲妈，侗星宇的表情就像挨了一闷棍，他嗫嚅一句：“妈。”好像叫的不是自己亲妈似的，然后就上楼去了。

留下远雪一个人和侗星衡面对面坐着。

天渐渐黑下来。

“阿姨吃饭了吗？冰箱里还有新鲜三文鱼，我可以给您做个沙拉。”远雪说。

“这是我家，还用得着你做吗？”果然侗星衡冷冷开口。还三文鱼？一盒多少钱？挺会享受！

远雪稍愣，说：“我还是帮您做吧，坐长途飞机也累了。”说完往料理台走。

“你站住，”侗星衡有些生气，“我还有话问你呢！”

远雪扶着料理台沿子，猛然一字一字说：“我来加拿大是侗星宇帮我办的，学费、吃饭、住宿，都是他花钱。”

对着那双漆黑铮明、碎光熠熠的眼睛，侗星衡脸僵了一下，竟然一时没发出话，只好凉凉笑了一声。

“您还有什么要问的？”远雪动手洗鳄梨，声音低下来，“要不吃完了再问，飞机餐很难吃的。”

侗星衡盯着她，不好再说什么。这个年轻女孩，在她眼皮底下洗洗涮涮，准备盘叉。亏她还堂而皇之！亏她稳得住！不要脸！侗星衡在心里频频冷笑。这算是个什么玩意儿？好好洗吧，有你夹着尾巴逃走的那天！

侗星衡吃沙拉时侗星宇下来了，他刚洗了澡，头发湿漉漉的。好像才缓过劲。

“你先上去吧。”他垂着眼睛跟远雪说，声音还是发虚。

“为这么个货色，花那么多钱。”待远雪上楼，侗星衡边把淡橘色的鱼肉塞进嘴巴里边说。上年纪的女人饿了时吃相难看，很贪婪似的。

侗星宇一梗脖子：“我喜欢。你买个包都多少钱？还有，你来之前能不能跟我说下？”

“那是我的钱，”侗星衡气笑了，“你是我儿子，这是我的房子，我说得着吗？”

“你就知道钱，”佴星宇也气愤起来，“去年爷爷生病，我给了两万块你都好意思要回来！脸上过得去啊？”

“你爸要你的钱脸上都过得去，我有什么过不去？”佴星衡冷笑。

“我爷好歹在我小时候看过我两年……”算了那就不说了，佴星宇鼓起勇气，“反正我喜欢她。你要是要我这个儿子，就别为难她。”

佴星衡惊讶，伸长胳膊揉他的头：“哟，我儿子长大了，会为女人跟妈犟嘴了！”

佴星宇不耐烦地推开母亲的手。

“那什么……远雪！”佴星衡忽仰脸大喊一声，“你下来！”

远雪在浴室都听见喊，拿浴巾包住头出现在楼梯上：“您找我有事？”

“喊你能没事吗？”

佴星衡满意地看着两个年轻人排排坐在自己面前，都湿漉漉的，露出一点可怜相。这种时候她都比较满意，因为感到自己的钱特别有力。

“你家里什么情况啊？”佴星衡眼里，一定不是好人家，看这遮不住的穷气，就算是普通人家，也不会让女儿这么靠着别人。

远雪慢慢答：“我父亲是医生，母亲是护士，都已经不在了。我姨妈是戏曲演员，叫远遏云，姨夫叫董家瑞。”

“都不在了？”佴星衡高声惊愕，怪不得，“远遏云我知道，每年还在易俗大剧院演一场戏嘛，我家老太太挺爱看。董家瑞我也认识，前几天我还碰见他，做人挺大方。哦——我说呢，他跟我阴阳怪气的，原来想跟我套亲戚！”

远雪嘴角往下一抿。

佴星宇哀怜地看着远雪。可怜没有父母，连姨妈、姨夫都拿出来充数了，一月给两百块钱吃饭的姨妈、姨父，还要被他妈羞辱。

佴星衡还要问，看见佴星宇的脸色就忍住了。其实也再没什么可问的，就是一“三无人员”：无背景，无家产，连父母都没有。那还有什么用场？

没用场也要派点用场。

“我英文不好，来了哪儿都不敢去。你就陪我吧。”

“家里没保姆，我不习惯一个人待在房子里。你得陪我。”

“我晚上失眠，得有人跟我说话，儿子没用，还得你陪我。”

经侗星衡吩咐，远雪就成了她的小丫鬟，学校都快没空去，天天跟着她。聊天，逛街买衣服，逛景点拍照，做饭，打扫房间。

远雪一边沉下来零碎吃苦，一边觉得好笑：她做出这些“恶婆婆”事，有什么意思？

侗星衡也觉出远雪的轻蔑。好，一个年轻女孩，心思老辣沉稳得跟平辈人一样！

侗星衡有些恼怒，也有些服气。怪不得能勾着儿子呢，小孩能弄得过大人吗？

这天深夜陪聊，远雪听侗星衡痛说革命家史。

不知道是不是所有有钱有地位的人，都爱忆当年。只听侗星衡说：“我大姐是交大行政学院院长，二哥是院士，三姐在美国教美国人学英美文学。我们家就我俗，不好学，就我爱钱！问题是，没钱有舒服吗？”侗星衡的眉毛立成两张弓，“为了做生意，我先是跟我爸干架，然后跟侗星宇他爸干架。我只是做生意，搞得好像多丢人多不守妇道似的！在中国，女人做事难啊。稍微有点成就，不是说你靠爹，就是说你靠干爹，总之是靠男人！你知道吗，远雪？我可不是。”侗星衡猛一拨头发，好像把追她的男人们不屑地甩开。“我就不服，我靠自己，现在不比大的几个差。人活着要做一点事。你说是吧，远雪？”

这时远雪发现，原来只要是人，心里都脆弱，都需要额外附加些什么，来让自己更强大，更确定。她好像看到那个从小跟出色兄姐争宠的侗星衡。

“其实我挺喜欢你的，远雪。”侗星衡又说。

“现在几点了？哟，聊晚了。明早给我现磨点儿咖啡，烤个橙子味蛋糕。不难做吧，远雪？”

第二天早晨，侗星衡闻着香味儿下来，看见远雪眼下乌青，蓬着头发，举着两只沾满面粉的手站在烤箱前等，样子颇有些狼狈。

她知道这女孩一直撑着不在自己面前露出一点弱相。这时的远雪，才像个能给人欺负的女孩子。侗星衡满意地想，得加倍欺负她。

到了下午，远雪又被侗星衡一个电话从学校叫回来，要她陪买衣服。侗星衡人老心不老，总爱往 2 码（加拿大码）里塞。看她塞得痛苦，脸都憋得通红，远雪忽然觉得侗星衡也是个女孩子——老了的。当年和兄姐争宠，也是硬憋着来吧。远雪有点儿心软地想，就真心给她点好吧。

远雪态度的转变，侗星衡马上觉得了。当夜夜谈，侗星衡忽然说：“远雪，通过这一段接触，我觉着你人不错。”

远雪有点吃惊地看着她。

“你人聪明。”侗星衡评判，“别学什么艺术哲学的了，转系，学会计吧！将来你要跟侗星宇成了，还能在我家帮忙。你说是吧？”

远雪转系的时候，侗星宇很吃惊：“你不用为我妈一句话，学自己不爱学的东西。”

远雪摇摇头：“我无所谓啊。”

侗星宇很感动，认定远雪是为了跟他在一起才改系。同时侗星宇也有一点失望，他喜欢的远雪，就该是远远的雪，怎么现在变得……怎么说，越来越近了呢。

其实远雪没撒谎，她是真的无所谓。艺术啊哲学啊还非得跟老师学吗？学个会计，将来给侗家帮忙她愿意，万一不谐，自力更生也可以。会计专业，在加拿大好就业。来加国近两年，她已习惯这里的安静，回想国内，到处都挨挨挤挤闹得慌，她不愿再回去。

佣星衡忽然走了，就像忽然来一样。留下一屋子2码的衣服，说下次来穿。

谁也没想到，“下次”来得这么快。两个月后佣星衡又出现在这栋联排别墅，远雪又得陪吃，陪聊夜天，陪逛街，做翻译。

这天远雪刚拖完地板，佣星衡躺在沙发上吃国内带来的绿茶瓜子，又把皮儿吐一地。远雪知道她是故意的。

远雪提着拖把直上二楼，佣星宇在书房戴着耳机听音乐。

她一把拉下耳机，民谣慢吞吞摇晃晃的吉他声一下流泻出来。

远雪一言不发。

佣星宇跳起来：“我去让她走，好吧？”

“好啊，你去。”远雪静静凝视他的眼睛。

佣星宇没去，也没说话。

半个月后佣星衡才走。一个月后，又来了。

这次，她带来了计划书，用飞的速度在本地投资了一家室内游乐城。所有的天花板、地板都是软的，让成年人像孩子一样尽情玩乐。

“加拿大人没有美国人会玩嘛！”佣星衡说，“我来教教他们。”

远雪才知道人家这么久的街不是白逛的，让她当翻译认识的白人、华人也都不是白认识的。

再下一次佣星衡来时，竟带着十二名幼教。原来她在国内开了一家“国际幼儿园”，此番是给“明星老师”们镀金。

“除了幼儿园，我还新开了一个医院。”佣星衡的语气像过家家，“现在国内最好赚的就是孩子的钱和老人的钱，亚洲人，最重视教育和养生嘛。”

远雪就像行政秘书，安排老师们的住宿，全程陪同，拍照片，做宣传PPT，甚至通过加拿大老爸爸联系到一家幼儿园做友谊园。

晚上侗星宇睡着了。远雪看着他光洁的额头问自己，我就这么爱他？为了他，这么拼命去干？远雪自己没觉出，其实她是在挣一张入场券，这个家的入场券。

远雪感到侗星衡对她的肯定，事情越来越朝着水到渠成的方向发展。他们三个，确实越来越像一家人——一个妈妈和一对姐弟。

“帮我切个橙子。”

“好。”

“遥控器呢？”

“灰色抱枕下面。”

“作业多死了。”

“我看看……”

这差不多就是他们的日常对话。

远雪觉得很好，直到她发现侗星衡在让侗星宇相亲。

远雪竟一时无法表态。她对自己那么好，真诚得如亲人，实际上自己又简直是个忠心丫鬟，她竟然……为什么？

回国后，侗星衡仍不时给她打电话问些事情，口气亲热，好像什么都没发生。

“她只是利用我，因为我花了她的钱。”远雪双手发凉，有种脸被人用刀子刮下来的感觉。

“我妈就是这样，我跟你说了，没人能跟她相处。”侗星宇慢吞吞地说，他也觉得很抱歉，“不过你别担心，我才不会去见那些女孩。”

“毕业了我们自己生活吧！”远雪猛地抬起脸，“我们自己找工作，供个房子，这在加拿大也不难。”她声音发涩。

侗星宇迟疑一下：“行啊。”其实他完全没概念。

侗星衡还继续把远雪当丫鬟和行政秘书用。碍着侗星宇，远雪就继续当丫鬟和行政秘书，但她在侗星宇面前不能不抱怨。这让侗星宇也很为难，更可怕的是远雪开始“训练”他。帮他选更多课程以便早一年毕业啊，督促他参加社交啊，甚至检查他的作业，陪他与教授打交道，还给他联系了实习公司。

有个白人同学在背后说他是“sister’s boy”，很多白人同学以为远雪是他的亲姐姐。他解释后，他们愣一下道歉：“对不起啊，在我们看来亚洲人都长得很像……”

圣诞节远雪给他的衬衣配了新领带，说好这个寒假他们不再旅行，都去啃书本和实习。有天冒着大雪回来，侗星宇说明天绝不去图书馆和那家公司了，远雪顿时把脸一沉。

“你就准备一辈子这样，躺着花你妈的钱？”

侗星宇愣半天，忽然沉下脸喊一声：“我花我妈的钱，要你管？”

侗星宇不像胡梵，他性格温和，言语温柔，这就是他对远雪最凶的时候了。远雪回身噔噔上楼，坐到顶楼窗前堵着胸口生闷气。雪真的很大，下得又蛮又荒，往下倒似的。顶楼暖气不好，寒意渐渐遍侵上来。

过一会儿侗星宇也上来了，裹着个毯子，一言不发分她一半。两人慢慢越挨越近，最终靠在一起看雪。

“雪真的很大。明天不去就算了。”远雪淡淡说。

侗星宇闷了一会儿，小心开口：“雪，我们犯得着这样吗？啃书啃到头疼，还得看那些白人的脸色。”说到这儿，他脸发苦地一皱。

“我们将来不跟我妈住一块不就行了？她的钱迟早都是我的。”见远雪不吭声，侗星宇又说。

远雪看着他轻声道：“侗星宇，我跟你说，没那么简单，除非我们分开。不信你走着看，或者我们就分开，反正是迟早的事。”

侗星宇顿时恼了，从心里委屈：“你跟我说分手？我对你还不好？什么都听你的……”

远雪噌地站起来："我只是说说，你每天都在做！我说了这样下去我们迟早得分开——"

"那也是你想分开，不是我！"侗星宇不想再听，把头扭过去看窗外。

雪更大了，扑到窗户上什么都看不清了。

远雪心里一阵发凉，他只会逃避。

侗星宇心里更加委屈，周旋在两个厉害女人之间，他是最累的。

春夏过去，第三学年开始时，他们学校的新生中又有个中国女孩。

遵照侗星衡的指示，他们得照顾好这位学妹。因为这学妹家也是做房地产发家的，而且做到了加拿大——用侗星衡的话说，将来"有用场"。

后来远雪发现，好些所谓成功的人，就是善于让人"有用场"。他们妥当地汲取别人的能量，幸运地让一切为我所用，好似天经地义。

远雪对这个学妹没什么戒心，因为之前侗星衡已经玩过数次"介绍某某的女儿给你认识"的把戏，都被侗星宇拒绝了。

"我有的是钱，我干吗还要娶一尊钱回来。"侗星宇总这么说。

所以远雪听说侗星宇和那个十九岁的女孩在酒店开房间时，以为自己听错了。她一心维持着修葺着他们的城堡，抵御侗星衡的侵袭，没想到被一个小女孩轻轻踢开一角。

"其实我好几次见到他们一起，从新生酒会开始。但我想都是华人嘛，亲近一些也没什么，虽然那个女孩挺 bitch。结果没想到会在滑雪酒店遇见他们……远雪我把你当最好的朋友，你可不要怪我告诉你……"那个温州来的女同学小心地说。

她当然怪她。

远雪就像什么事也没发生一样继续生活，做饭，打扫房间，过"星期天"。她感到自己好像分成两个人，一个远雪因为无措暂且麻木，另一个远雪在上空冷冷地嘲笑着。

很快又是圣诞节。

侗星宇很晚才回来，进门时把一份礼物放在鞋柜上："圣诞快乐。"

"你去约会了？"远雪抱着胳膊用英语问他。

侗星宇先是一愣，然后脸上浮起红晕，半天梗着脖子用中文说："怎么？玩玩不行吗？"他的声音都怪异地变调了，说完努力按捺着被抓包的羞惭。

远雪心里升起一股奇怪的感觉——他不爱她了，但是他怕她。可笑……何必呢？

远雪抱着胳膊看着他。窄而高的玄关里，两人忽然隔得很远。今年侗星宇二十四岁了，少年气渐渐褪去，越来越是个男人的样子。因为隔得远，远雪吃惊地发现，他成熟了，也胖了一点，虽然因为缺乏运动胖得还是有点孩子气。他已经不是那个安静和干净的少年了。

外面一定又在下雪。长冬这样寂寞、单调，远雪喜欢这样的寂寞单调，有种亘古不变的固定感，但也许侗星宇没那么喜欢。

远雪凝固住一般地看着他。

"我道歉好吧。"侗星宇扛不住她的眼神，"我不再跟她见面好吧？"道完歉、承完诺他很烦躁，因为不知道能否做得到。

"我真的不是不爱你。我就是太累了，压力太大了你知道吗？我跟她在一块能轻松点。"侗星宇又说，"我们就是玩儿。"

像他们当初一样玩儿？远雪艰难启口："我就问你一句，你和她的事，你妈知道吗？"

侗星宇愣一下坦白："肯定知道啊！我妈那人你又不是不知道，她要跟小薛的哥哥谈在这边的合作。"又解释，"但是我真没想和她怎么样，我就是太累了，想玩儿。"

远雪慢慢坐到换鞋凳上，玄关的灯打在她头上，像独幕剧。

"你们把我当什么啊？"远雪不知道是问别人，还是问自己。

佴星宇更加烦躁,又含羞带愧:“……当女朋友啊。我们不一样的,而我跟她只是,只是……sexual partner,心里什么都没有,你相信我对吧?”屋里暖气烧得太热,他汗都出来了。

远雪不说话。

不说话是最厉害的指责,佴星宇越发急了:“远雪你别这样好吧?你这样我心里简直——你知不知道你变了?你变得……”他像是形容不出,“变得像是我亲姐!你才是佴星衡的亲女儿,你们俩简直像!”

远雪吃惊地张开嘴巴,她和佴星衡?像?而且变的倒是她?哦,是的,她变得不再神秘,不再窘迫了,难道她非得神秘非得窘迫他才爱她吗?

远雪想起,在迎新酒会上,那女孩当众热舞,同学凑过来说:看啊,那女孩跳得好 dirty。年轻的女孩子的放纵青春,在他看来神秘吗?

“我保证以后再也不会了。”笼罩在远雪目光下,佴星宇自己肯定自己说。

当然不会“再也不会”。不知是远雪太敏感,还是佴星宇太蠢,反正他们一个骗不了自己,一个骗不了别人。毕业那一年,酒店的小票,错乱的时间,前后不搭的谎言,毛衣上染成浅黄的卷曲长发……这里那里,远雪统共六次发现他们私下来往。

后来远雪回想起来,离别是很漫长的。虽然她提着行李箱搬出那间联排别墅,只是一早晨的事;虽然在那一刻,她真正感到离婚般的割裂之痛,但她内心作别已经很久了。这次分手,她已经够拖泥带水,她觉得自己大概是老了。

离别确实也很漫长。佴星宇重又燃起跟踪的热情,鬼魅一样不时出现在超市、她与人合租的房子窗口、她的破二手车后视镜里……有时候是真的,有时候是远雪的幻觉。

直到一年后,佴星宇还会忽然打电话来:“我的一本书找不到了,是不在你那儿？我现在去取。”

远雪一看表，零点十分，她忍一忍说：“有事明天再说吧。”

“我很想你。”侗星宇委屈得像只小狗。

“那你就别想了，什么用都没有。”远雪把电话挂了。

第二天电话又来了，这次说话的却是侗星衡。

“我挺想你的，远雪，”母子俩的语气惊人地一致，然后侗星衡好像什么都没发生一样说，“出来喝喝茶。你们俩怎么搞的？不过，不管你和侗星宇怎样，我都还那么喜欢你。”

“我不觉得你有多喜欢我。”

远雪收拾东西出门，撞见侗星衡坐在驾驶座上。她出于礼貌勉强上车，侗星衡风驰电掣就把她带到她已经毕业的学校的门口：“听说你和你学校董事会的秘书挺熟，给我介绍介绍？介绍完了再喝茶。”

远雪忍无可忍地说：“我可以给你介绍，但我不想喝茶！”

远雪记得离开时也是晴好的五月天。和四年前相比，只是没有太阳雪。她的行李很少，而且像最初来时一样赤贫。找工作迫在眉睫。

她的性格到底不适合与数字打交道，在加拿大老爸爸、老妈妈倾力帮助下，她放弃做会计，而是顺利通过一间小学的考试、面试、试讲，谋得一个教职。和国内一样，教师的工作不好找。可能她的聪慧、得体让人信任，也可能她随口拈来的黑格尔原著句子，获得了哪个董事会重要成员的认可。总之托工作的福，这年年底她拿到枫叶卡，获得永久居留权。

填写资料时，年龄那栏，她写下三十岁。

孤零零的三十岁。没有血缘地寻亲，毕竟太难。

侗星衡在加拿大注册了公司，侗星宇毕业后直接在公司里工作。初工作这年，他不得不感谢远雪对他的逼迫和帮助，假如没有她，也许他现在跟白人说话还脸红结巴。

侗星衡对儿子的改变大加赞赏，喜悦得过了分，年终分红给侗星宇包了个他都吃惊的大红包。

二十五岁的侗星宇觉得凡事都还顺心，大家都待他很好。强大——他感到自己自然而然在变得强大。

有天他开车，开着开着，不知不觉又开到远雪住处附近，看见她戴着顶毛线帽子从超市走出来。他知道她穿的是五年前的旧衣服；知道她与人合租的房间多么荒疏，晒不到多少太阳；知道她一脸混沌地听舍友分摊各类费用时，头脑早已放空。这么穷的远雪，竟奇迹般地从不分斤剥两，锱铢必较。也许她穷惯了，反而跟钱不亲。

“你怎么了？”北京来的舍友提着一兜打折牛肉问她。

远雪摇摇头：“没怎么。”

隔着一街来来往往的人，隔着红绿灯和梧桐树在车窗上变幻的投影，远雪一眼认出侗星宇。他居然穿淡粉衬衣打黄色领带，远雪想，配色真不和谐。继而她想，侗星宇终于学会开好车了——那是一辆崭新的宝马 X6M。

又过了一阵，朋友圈子里有人传，远雪要去日本。

听到这个消息后侗星宇的脚就出了点问题，一整天都在绊来绊去。他不得不沮丧地承认自己紧张。算着时间，他把远雪拦在下班回家的路上。

侗星宇看着远雪掉漆的双肩皮包（应该是新买的便宜货，他没见过）、肩上洗磨得发白的黑色派克羽绒服、半旧的雪地靴，放下点儿心。这样子不像一时半会儿能去日本。他便说：“远雪，你用东西怎么老这么费？”

远雪皱眉看着他。

侗星宇心里一颤，好像瞬间穿越回他长大的那座古城，回到那条逼仄的巷子——他在后面尾随她，她躬身像奓毛的猫一样一回头。

她还在面前，侗星宇安心了一些。他用调侃的语气又问：“听说那个日本人追你？”

远雪的脸立刻冷下来。

两人都不说话，加拿大的隆冬不消片刻，就使他们忍不住地打战。

“你真想当日本家庭主妇？那种日子……”侗星宇哆嗦着说。

“你说完了没？”远雪忍无可忍，越过他去拿自己的车。

侗星宇跟在她后面，把住车门不许她进去。

“远雪，我还喜欢你。”侗星宇一点清鼻涕挂出来，不知道是被自己感动得要哭还是冻的。

远雪看远处的天，雪上面是红紫晚霞。她忽然有种奇怪的想法：这一切是不是真的？从她来到加拿大的那场太阳雪起，到这无垠的白和无垠的红紫，到面前这个人——这一切不可思议、不符合常理的事物，到底是不是真的？

她迅速说：“我感觉不到的东西我不相信。”

侗星宇感到冰凉的眼泪顺脸颊爬下来。他已经是个男人了，但在远雪面前，他还觉得自己像个孩子，这让他简直悲愤。

他胡乱抹掉脸上的冰凉，嘴巴冻得发僵导致说话不利索，想男人一点却显出了委屈：“远雪，我这辈子可能都忘不了你了。”

这时，天陡然暗下来，云霞黑去，天际浮起一缕极光。刚来加拿大的那个冬天，两人好几次半夜开车到城外看“新鲜极光”。那些光绿幽幽的，四处漂浮，如神秘幻境。

侗星宇冻得眼泪汪汪地看着她。

远雪从鼻子发出一个声音，像笑，又不是：“不会的。”又说，“而且，那也没有什么意义。”

这年很长一段时间，每当拿起刀，远雪都有种割自己一刀享受那种痛快的欲望。失恋本身不值得去死，但忧悒无意义的人生值得。远雪羡慕起自己几乎未曾谋面的亲妈，竟然有本事不想活就死，类似殉情。

远雪的心可以说是在天寒地冻里长大的，那些冷一层一层，都硬成铁板了，日日背着，不再觉得沉。来加拿大后这些铁板都给撬松泛了，却又压回去。

这个沉真的沉。心理上还可以硬撑着去上班——在加拿大，对小学生不能吼，不能急，一切就靠“解释”，为什么能，为什么不能，她每天解释得唇敝舌焦；生理上，却以每月一病的速度消解下去。导致那些蓝眼睛的小顽童们一见这位亚裔老师就会说：“老师，你今天发烧了吗？”

也难怪那夜侗星宇跟她表白。这时的远雪，活脱脱又是当年他割舍不下的那个人：不但窘迫，而且还更加憔悴了。可惜尽管他温吞吞地想拖泥带水，事实却快刀斩乱麻——远雪获得永久居留权后不久，忽然走了。

她早用暗示婉拒了那个日本留学生的暗示，不是去日本，而是回国。

侗星宇失魂落魄，从远雪的舍友面前离开。回到家，侗星衡正坐在沙发上嗑绿茶瓜子，瓜子壳垒在一页花里胡哨的房地产广告单上。

侗星衡边嗑边说：“值当吗？一个男人为情啊爱啊颠三倒四，像什么样子？我告诉你，你得找个爱你的。让她去缠，让她去闹，你一心搞事业。女人嘛，将来有了孩子，反正她一心一意给你养大。到时你事业辉煌也有了，家庭幸福也有了，那才是成功人生。”

侗星宇垂着肩脚步空虚地上楼。

侗星衡还在继续说：“这边房子、公司都在你名下，小薛家的业务刚好帮你扶起来。跟妈妈比，你的起点不要太高！难道要跟个孤儿，从头熬起呀？”

“远雪已经回国了！”侗星宇回头大喊。

佴星衡嗤地笑了："回国啊，国内的年轻人现在有多累你知道吗？除了公务员，都在拿命换钱！"又说，"跟我喊什么喊，你俩分手，怪我呀？"

远雪回国，是因为撑不下去了。她不知道上哪儿才能逃避满腔冷而重的虚空。异国的单调和寂寞变得难以忍受了，她想起那座她长大的内陆古城：喧嚣，灰大，但毕竟还是亲啊。

五年前远雪走时，是受到热烈欢送的。那时考托福、雅思的圈里流行各种传说，比如有对中国夫妻到了加拿大，什么也不干，只生孩，因为生到第三个，国家的补助就够全家过上好生活了；还有一个家境很差的女生，光拿奖学金都轻松完成了阶层跨越。

远雪也成了一个传说。

不然呢？那时大家都刚毕业不久，要什么没什么，只有巨大的工作、买房、成婚压力。远雪的远走高飞，意味着瞬间脱离压力场，直接一步登天！多少人心里不平衡。

此刻远雪回来，不是没带点"第一世界"的自得的，但这点自得，很快就显得不合时宜。

因为从二十五岁到三十岁，许多人的人生已尘埃落定。这五年本就是做定人生大事的五年。工作、婚姻、房子，好多人连孩子都有了，还有人踩着新政的点怀上二胎。普通人的话，眼看着一辈子就要这样过下去了。

现放着操心的事可有呢：领导的脸色，裁员的名单，每月的房贷，孩子的幼儿园名额……青春是很大的，虽然什么都没有，但是什么都像会有；走向中年则意味走向闭塞，因为你将明白自己几斤几两，什么东西是你真能有的，什么东西，你无论怎样努力都没希望。而拥有的东西其实一件一件也都是枷锁，套着你像驴一样日夜拉磨。

青春就这么结束了，谁还有空羡慕你？

再说出国游现在这样方便，稍微条件好一点的都去过日本、欧洲。

古城新鲜漂亮了许多。最让远雪不习惯的，是每个人到处用手机“扫一扫”，连卖红薯的都让你“扫一扫”。她的银行卡没法绑定手机，天天拿着一把零钱，倒像从什么大农村来的。

更叫她吃惊的是国内书画市场的萎缩，连钟老师的画都滞销起来了。

“这算什么，八项规定刚出来那年，高档饭店倒了多少——不让公款吃喝了呀。”一个画廊老板说，“海外市场又不容易打进去。”

远雪出门乘车，“中国梦”的标语到处都是，轰轰烈烈。地铁里全是低头看手机的人。

远雪会了几个女朋友，不消多久，就能听见她们一致抱怨公婆，抱怨工作，抱怨睡不够，然后坐卧不宁地赶回去带孩子。

“羡慕你没生孩子！”她们半真半假地说。

这时王欣淳休年假在日本旅行，飞机落地三个小时后，两人就见了面。

# 第八章　雪月风花

隔着五年时光，远雪觉得王欣淳没怎么变。她那种人的年纪好像不往脸上长的，看那没心没肺的笑就知道。王欣淳则觉得远雪变了，变得更暗和沉，像一根钉子在人群中，气质里的冷清和敏感愈甚。甚至，王欣淳觉得远雪随时就要崩溃了。

假如王欣淳脸下面的心能剖开看的话，远雪就会发现她也没逃过岁月，那上面一样伤痕累累。

“我要结婚了。”王欣淳吸着奶盖红茶说。

等她再说出新郎的名字，远雪不禁大吃一惊。

“你你你……你为什么呀？”远雪都结巴了，“你怎么老是被人推着走呀？”

王欣淳睁大眼睛思索起来，仍像翻白眼。这回还真没人逼她结婚，反过来，倒有好多人逼她别结。

“没有人推我，这是‘万缘逼迫’。”王欣淳思索着慢慢地说道，“你记得我们高中时都迷张爱玲吗？还背过她的句子，‘也许你根本以为婚姻就是长期地卖淫。’”

那时她们说出“卖淫”两个字都要悄声些，无法启齿似的。

“那现在大多数女人都能自力更生，却也没几个人为爱情结婚。为什么呢？因为这个淫，卖不卖都不由你。而且这个淫，卖了并不能得到生计，但能得到温暖，不孤寂。最重要的是，你能跟别人一样！跟别人不一样多可怕你知道吗？而且也不知为什么，那个温暖我越来越想要。”王欣淳继续说。

远雪没想到王欣淳会说出这一番逻辑混乱、老气横秋的话。

“在加拿大，三十岁不结婚的女人多了。”远雪慢慢道，“而且你说的这种婚姻，还是在温情和安全感掩饰下的卖淫。”

“对你来说不嫁给爱情的婚姻都是卖淫。你不知道，在国内，三十岁不结婚的女人和怪胎差不多。哪怕你是女博士，女高管——只能说明你怪胎得更厉害。”王欣淳笑了，又说，“以前我还纠结，到底嫁给钱还是嫁给爱。好像选钱，就有千万富翁排着队；选爱，就有多少傻子等我。前几天我在知乎看到一句话：98.5% 的女孩都只能嫁给妥协。我没信心做那剩下的 1.5%，远雪你呢？”

“你要是没信心做那 1.5%，我就更不该固执了。”远雪笑一笑，又说，“但我还是要当那 1.5%。”

王欣淳举高奶盖红茶：“敬你。”

两人于是真的去喝酒。王欣淳上酒吧竟然是轻车熟路，酒保都打招呼。为聊天她选的是个静吧，小酒保酒窝很深，给她们各调一杯“适合二位姐姐气质的”鸡尾酒。

远雪抿一口，挺呛，酒精浓度不低。酒杯里无数碎金闪烁似的，一层一层，到底沉黑。

王欣淳那杯飘着浓郁的肉桂香，暗粉红色。

她俩聊天时小酒保知趣地避开。一杯下肚，小酒保方恰如其分地回来：“刚才主要是利口酒，下面更浓一些？”

王欣淳揉着头发大声说：“好！”

小酒保沙沙摇酒。

远雪问：“你和老木怎么回事？”最初她知道时就觉得悬，没想到拖了这几年终是没结果。

王欣淳一抬头，乱发下发红的眼睛里全是痛。

一个人是活在她的衣服里的。即将结婚，在酒吧里买醉的王欣淳穿着浅灰紫色的羊绒衫，还有一件浅驼色呢大衣搭在沙发上。她的笑容适合所有浅色，粉红、雾蓝、丁香紫，鹅黄、雪青、薄荷绿。上了三十岁，就在里面统统掺进一点灰。

四五年前，在她还没掺入这把灰的时候，爱情发生了。本来王欣淳的恋爱能有什么奇妙？整天相亲相得烦死了。她决心要在青春逝去前真正谈一场恋爱，决心要嫁一个爱的人，就算她已经离过婚。

因此她是先有目的才寻找目标的。这个目标当然不能是王局长、元主任找的人，更不能是中二土豪或者小兵哥或者她枯燥工作上的某位同事，都太接地气了。

用她极其有限的目光筛筛，不难就锁定了老木。首先，老木的长相是过关的。清瘦斯文，可以供怀春想象。其次，他有才。谁说只有权势是春药？才华一样是春药，老木的公众号、微博上，有的是哭着喊着要嫁他的女孩子。

王欣淳调动她的爱情真的不难，她从小往心里存了多少爱！有的是比母牛还愚蠢的温柔。

读完老木的书她就爱上了。老木的散文讲的是隐逸生活，老木是现代的陶渊明，平常住在城外湖山深处，租着农民一院房，整理得井然有序，画画写作。

在每个人都在时代大钟里做螺丝钉，身不由已地焦虑旋转时，“陶渊明”们小小地火了。不光文学上的“陶渊明”，在水畔盖房子做手工的女“陶渊明”，在山里盖学校搞国学的教师“陶渊明”，都火了不少。粉丝们心甘情愿打赏付钱，让他们替自己那颗渴望逃逸的心活着，活给自己看。

老木火得最厉害，第一本书就畅销（在这个纸媒式微的年代）并非没有缘由。他的笔触清冽又实在，很有个人特色，没有假名士气，假贵族气，假不在乎气，刘伶气，嵇康气。透过纸面，可以看到一个非常聪明诚恳的男人。

其实说到隐逸这个词，不知怎么，王欣淳内心认为远雪才是隐逸的。她做事，从来凭心，不从众。不从众，才是真的隐逸，哪怕显得糊涂。

王欣淳划拉着手机屏幕，看那些女粉丝对老木的各种叫嚣。有直接跳出来说要推倒他的，有故作文雅用一两句诗留下淡淡痕迹的，有通过求买野菊花野柿子留联系方式的。王欣淳心里暗暗冷笑，你们要见真佛还差得远呢。

她容易。提前在钟仙姑那里打好埋伏，她又认识了两三个文学艺术圈的人。老木虽是“陶渊明”，但参加的活动也不少。

老木当然一下子就发现这个女孩总跟他“偶遇”了。看那一脸的阳光灿烂，一脸的粉红少女心，比表白还表白，比直接还直接。

刚火时看到这样的姑娘，说不激动是假的，但成名的那个过程过去，他已经冷静下来。

老木知道王局长，倒也不为齐大非偶。他有他的骄傲，就是觉得不合适，且不便沾惹。

钟老的画展上，王欣淳远远的眼睛灯泡通电似的一亮，就身不由己般朝他跑过来。旁边的人都抿嘴笑。

王欣淳这种对人生又敏感又隔膜的人，能感觉到老木的礼貌内里是冷淡，是对她的抗拒，但她却不知道为什么。好在她知道，一般没男人会拒绝她这样笑。

王欣淳就扒心扒肺，整个人都泼出来地对老木眯眼笑，好像他的光芒让她禁不住了似的。

在这种笑面前，老木忍不住就觉得自己高大，忍不住也要施舍给她一点笑；同时又有点看不起和肉麻。

老木一笑，王欣淳就放心了，她总担着心人家不理她。

“你来看画展啊？”废话。

老木只好点点头。有人招呼他，他可以跟着去顺势摆脱的，但他没忍心。一不忍心丢下王欣淳，二不忍心这样待自己——好歹再高大一会儿，再在少女般的爱意里温暖荡漾一会儿。

王欣淳一下子感觉到他的停留，激动地一阵心如擂鼓，胳膊都泛了一层鸡皮疙瘩。

王欣淳自诩真文青不肯追星，不知道自己的形象和脑残粉没啥区别。

“我陪你看啊！”她激动地说。

老木不置可否顺着画的河流往下走，王欣淳跟着，就差一蹦一跳。老木是在画的河流里走，王欣淳是在爱的河流里走，感觉四周都光明照耀。

钟老这次的画展开在省美术馆，隔壁还展着晚明张瑞图的几幅真迹。钟老出身高等文化家庭，他的画和字都有出处，追求“淡意”，线条偏纤细，和张瑞图的奇倔狂逸形成鲜明对比。

王欣淳讨好地问：“你觉得谁的好？”也不知道自己说话犯忌。书画圈的人都自以为高，在圈内评论孰优孰劣当即就成是非，哪怕跟死人比。

老木：“风格不同。”

王欣淳就说：“我都挺喜欢的。只要是好的，我都喜欢，无论什么风格。我觉得钟老师的兰花好，张瑞图的山石好。”

这倒是老实的评语，虽没什么高见，却显得怪可爱清新的。老木微笑说：“我也是。”

我也是！他说我也是！王欣淳高兴死了，嘴巴快挂在耳朵上：“那我中午请你吃饭吧！”

老木想想说：“不用，我还有事。”

王欣淳吃了闭门羹，并不气馁。到第三次她再邀请吃饭，老木终于说：“我请你吧。”

“真的？！”

王欣淳从小挨够了批评，从内心自卑，就会把别人捧得特别高。老木和她在一起，本来是平平淡淡，却被她一惊一乍弄得好像自己是个要人，真有点哭笑不得。

那天吃过饭，王欣淳趁热打铁又要看电影。刚好新上线的是周星驰的一部老片，80后无人能拒绝，两人买票进场，补上了“80后都欠周星驰的”那张电影票。

不能不说王欣淳的运气好，看完至尊宝与紫霞的爱情故事，听罢那句“如果要在爱前面加一个期限，我希望是，一万年”，是个80后都要唏嘘，何况老木这个作家，还有王欣淳这个文艺女青年。

一路两人都有点沉默。王欣淳平时不会说话，总给人一种她很努力甚至吃力，但说不到点上的感觉，让老木只好沉默。这次王欣淳不说话了，那神情和气息反而让老木觉得，此刻在路灯下形影相吊地走着的两个人的沉默，是同款的。

爱情。

那迷人的味道。

要说老木最喜欢王欣淳的时刻，就在这一刻。

两人就默默走着。感谢电影够长，看完天已经黑透了；感谢天气够好，甚至在楼间有一描尖溜溜金灿灿的新月。路上的人其实不少，但没有人能打扰到他们。

一路走，一路走。王欣淳从“一万年”里醒来，开始胡思乱想：一会儿担心快走到她家了，一会儿担心老木提出要走，一会儿又担心老木晚上住哪里，一会儿又担心他回湖边不要天亮了？但老木没有说那些，就是沉默地一直走，好像在享受。

王欣淳方才定下心来，又开始抓耳挠腮地想话题：“你平时读什么书啊？”

“我不读书。”

王欣淳惊得眼珠快掉下来：“你一个作家，不读书？”她不知道读了很多书的人，反而爱说自己不读书。

“那你最近在读什么书？”

王欣淳立刻在脑子里搜索一遍，最近她在看韩剧《来自星星的你》，当然，她也看了一点点书。她一字一字答：“廖伟棠的《春盏》。我觉得廖伟棠的诗蛮动人，特别是早期的。”无论什么诗人的诗王欣淳都喜欢他早期的作品，因为够流丽，而且有情。后期的她不能懂。

“廖伟棠我在微信朋友圈里见到过，不过我没看过他的诗。”

王欣淳又一惊。好家伙，一般人只能在纸页上看到的名字，都活生生地在他的朋友圈里啊！而且，他还“没看过”！好有气质啊，好酷啊！

路灯的光晕给老木的侧颜加了分。王欣淳的笑更加迷醉，不但醉了她自己，连老木也有些醺然。这晚算是他们的定情之夕，两人走向深夜，但越走越怡然，越走越不困。要说一路也没谈什么，就随便讲讲诗歌啊，小说啊，都是王欣淳在说，把前二十五年文学存货都拿出来了，又讲自家和朋友的趣事，差不多把自己掀个底朝天——除了离婚的事没讲。

月亮是慢慢消隐的。王欣淳很满意，原来她想谈的就是一场可以看月亮的恋爱。风花雪月，这四个字多俗，都被讲实际的世人厌弃了，谁风花雪月谁就是装，但这四个字又多美！难得找到一个可以同看月亮的男人。

直到王欣淳家楼下两人也没有明言，但两人都觉得是了。关系在不言中确定，这也是让王欣淳最愉快的一点：共同拥有秘密似的。多么浪漫！

后来老木常觉得王欣淳过于热情，几乎让人不好招架。他不知道，王欣淳是拿言情小说里的爱法来爱的——把他当男神。一个人被尊成神，是多危险的事。以老木的清醒，如果他知道自己被尊成神，一定不会和她再谈下去。

爱到了一定阶段就是性，性就是裸裎相见，身体和心灵上的。王欣淳的裸裎相见，首先是说出她离过婚。

她说出这话时，态度很悲壮。天正在明与暗的一线间，巨幅的太湖像海一样没有边，海上有仙山，不知是岛是云。王欣淳心里的爱情被风景扩大着，大成了哀伤。她不敢看老木的表情，害怕看到遮掩过的勉强。

“哦。”老木说。

王欣淳转脸紧张地觑他脸色。老木的神情与其说是吃惊，还不如说是茫然。他把眼光从海上仙山挪到王欣淳脸上，看她那么紧张，就说：“我们先去吃饭。”

时已深秋，湖边风大，老木习惯性地揽住她的肩。因为王欣淳本来自处就低，此刻更低，他的这一点好就几乎让她泫然了。

这回老木来苏州西山岛，是受邀参加一个笔会，同时来的，还有同省的另外几位作家。王欣淳是冲着老木来混会的。席间还是太湖三白等名菜，王欣淳却没了胃口，心里全在想老木怎么想。

其实老木想得很简单，他确实有点吃惊，但离过婚这事不影响他们谈恋爱，听罢也就放在脑后。但在王欣淳看来，他的一如往常就是郎心似铁。等两人吃完饭脱离大部队去湖边看月亮时，王欣淳心中的爱情已提升到天荒地老的高度。

那天晚上，老木双人标间里的另一位作家恰有事进苏州城去了。王欣淳半夜从某网络女作家床畔溜走，被心里灼烧的爱情牵引着，径直走向老木的房间。

老木本已睡着了，但打开门看见王欣淳也就明白了。王欣淳只凭一腔孤勇，其实对自己的行为倒并不彻底明白。

湖边的月色更亮一些，老木感叹女性的身体真是艺术品。王欣淳始终糊里糊涂，腾云驾雾，后来她才明白，做爱就是糊里糊涂的，交配才始终清醒。

后来老木不免问：“你为什么……”

王欣淳会错意思，以为他问她为何自荐枕席，便老老实实答：“因为我想做你特殊的人。”

这就把她的低微和真情和盘托出了。多么傻！她的自荐枕席是一种敬献，什么负责任啊、道德上那老一套新女性讲的都不要讲，而且连感情上的勒索都不带一点。我爱你，我只爱你，只是我爱你——跟你没多大关系。

老木伸手搂住她。

清晨，一扇窗外是湖，另一扇窗外是山，风把满山的红橘子吹得翻来覆去。王欣淳醒来，满心辛酸的甜蜜，自己把自己感动得要命。

她陷入的不是热恋，而是炽恋，你不知道一个善于幻想的女人可以把独角戏唱得多么欢快。当然老木也在恋爱，但是……完全不是王欣淳所恋的爱，他只不过普通恋爱罢了。

除了偶尔在城里的约会，老木的生活没有多大改变。他还是居住在湖畔，独自养猫养狗，砍柴修房，读书写作。因此从外貌上，老木不过略显愉快；王欣淳则是熠熠闪光，那种改变，只要不瞎都能看出来。也难怪，她下定决心要谈一场真正的恋爱，这下简直超额完成了。

王欣淳现在的生活，不是在约会，就是在盼望约会。偶尔见面，就像久旱逢甘霖，就像手机电池空管一下子充足了电。身体的，精神的。

其实他们是聚少离多；但鉴于这场恋爱主要以精神幻想做养分，那适当的距离反而是适宜的了。

有一次，两人刚在城里见面，却又往郊区看杏花。话头是王欣淳提的，她想着老木喜欢，其实老木的山屋外就有一片杏林，并不稀罕。她这人，从来不会真的体贴人。老木是为王欣淳喜欢。

王欣淳开车，颠颠簸簸开到一座盛名的杏花山上。一下车，先抬手遮住了眼。太阳太大，虽然是早春，竟烤得人冒汗。泥土被晒得蓬松，踏过去细粉一样扑在鞋面。

一路爬到高处，所有杏花镜面一样反射着光线。王欣淳又遮住了眼。天空也像镜面，蓝得铮铮发响。天与花的浓度完全像梵高的《杏花》，而且更高亮。

这个下午让王欣淳印象深刻，以至于很久后她想起他们之间的性，都会连带想起那天的杏花。杏花的意象，原来并非是清淡的古典的小家碧玉的，而是充满张力。

那天看完杏花，他们就在刚进城遇见的第一家连锁酒店做爱，不记得天还有没有黑。一切都水到渠成，圆转得如弹丸。过后她眯着了一会儿。无数小舒展、小愉快像密集的萤火虫，而她是装萤火虫的囊，装得满满的，一亮一亮，在里面微微漾着。

后来又有一天，影院上映一部全球闻名的魔幻大片。老木进城来看。

看完王欣淳盯着他问："好看不好看？"生怕自己的节目没叫他尽兴。

老木点头笑："好看！"像个孩子似的。

王欣淳禁不住也笑了，心里实在爱他。又想都该渴了，就指影院旁边的奶茶店问："喝不喝？"

老木点头："喝。"

王欣淳忙挤进人群去买。

两人孩子一样一人咬着个吸管，专吸茶上面微咸的起司奶盖。王欣淳笑对老木说："你也爱喝这种塑料感十足的饮料啊，我以为你只喝泉水泡的清茶呢。"

老木想想说："需要那么作吗……"

王欣淳拉拉他的旧牛仔夹克："穿得也不像个隐士。"一点儿不仙风道骨。

"砍柴方便。"

他这么真实不做作，王欣淳心里醍醐灌顶一样觉得好，有点舍不得："从湖边过来和我过完人间生活，又要回去修仙了。"

"我在湖边也过着人间生活啊。"

王欣淳这里是深入骨髓，老木却觉得她浅尝辄止。这女孩从来没问过他的父母家人，好像他是孙悟空，石头缝里蹦出来的。只有一次她要求到湖畔他的屋子看看，他婉拒了，也不是故意隔膜她，可能就觉得那种生活和她不太搭调吧，从那以后她也就没有再提。

王欣淳带着深入骨髓的愉快回家，当了二十六年侦察兵的元主任岂有不知道的？王欣淳哼着歌儿洗澡，洗到一半发现洗面奶忘在次卫里，就跳着脚出去拿。一开门，只见元主任戴着新配的老花镜，正觑眼捧着她的手机看呢。

刚才水声大元主任没听见，待一抬头，尴尬地把脸一肃："湿淋淋站在那儿，把我木地板泡坏了！"

王欣淳不顾手湿抢过手机："妈！"

元主任摘下老花镜："看感冒了，进去进去。"

王欣淳气哼哼地返身回浴室，打开喷头才想起洗面奶还是没有拿，只得胡乱冲冲，就出来兴师问罪。

"妈，你能不能别老这样？"

元主任面平如水："衣服穿上。"

王欣淳摔摔打打边套衣服边历数："好，从我幼儿园看到现在是吧。我记得刚进幼儿园，你就骗我，说你脑子里有个小铃铛，小铃铛有条看不见的线连在我身上，假如我不听话，那个铃铛就会响。害得整个幼儿园期间，我都在提防那个铃铛！然后就查我日记，查我电脑，查我话费单，现在又查我手机。你还有完没完啦？讲点人权好不啦？"

元主任笑一笑："我不是从你幼儿园看起，我是从你生出来看起！谁让我是你妈呢。"

王欣淳抱胸重重往沙发上一坐，正要发作，却见元主任的笑渐渐消失，越来越凝重，几乎带了点哭相。王欣淳不禁一阵心虚。妈都看见什么了？她和老木的聊天记录里，也没什么啊，就是说说天气，说说吃了什么，做了什么，要不要进城约。她防着元主任偷看，早想删的，没舍得删。

王欣淳正后悔，想着还是设法把聊天记录导出来藏电脑里好，元主任发话了：“对方是谁？干什么的？”元主任的语气，有些凌厉，又有些无力。

王欣淳低了头，口气软下来：“妈，干吗啊？你不也想我谈恋爱吗？我谈了你又这样。”

元主任抿紧嘴，眼圈发红。王欣淳忙说：“以后本来也要给你见的。是个作家。”

元主任看女儿脸上憋不住的喜欢，没说话。她看了王欣淳的聊天记录，书啊电影啊风花雪月的，觉得那男的谈吐有些深度，生活又悠闲，先以为是个爱玩的文科大学老师。但她不相信王欣淳能让她不操心地活着，所以已经脑补了这位老师的缺点：年纪很大？离过婚？不会还没离婚？不不，那不至于。

没想到是个作家。

元主任内心叹口气，现在且顾不得这个，她直接问：“你到苏州干什么了？”

王欣淳一惊，不敢说话。

“还骗我说单位组织到临市交流。”元主任声音有些颤抖。

“我是出去玩了，好几个人呢！我不撒谎你和我爸不得说我吗？”王欣淳申辩。

“那上周六，开酒店干什么了？”元主任牛铃一样的眼睛浮起一层水光。

王欣淳唰地站起：“妈！”

“我什么不知道？你怎么这么糊涂？”

王欣淳捏着手机，满脸通红：“你在哪看的？”美团记录？肯定是，上次是她订的房间。谁知道元主任都会用 App 了？

王欣淳恼羞成怒，一摔手机，手机从沙发弹到地上：“我是成年人，你凭什么看我像看犯人似的？！”

“你别先发制人！我像看犯人似的，还看得你婚前性行为？”

王欣淳满脸通红，不是臊这个事，是臊和她妈论这个事：“我已经离过婚了！而且这不要太正常好吗？我都二十六了，说出去人家都笑话！”

“你还知道你都二十六了！光知道玩！作家？都不是个正当职业……”

王欣淳站起来就走。

元主任气得跟上去，王欣淳躺自己床上拉开被子蒙上脸。

“那我问你，你避孕了吗？做妇科检查了吗？”元主任在被子外说，“你们……前，都洗澡了吗？酒店卫生能过关啊？”

王欣淳猛地掀开被子尖叫：“妈！”

但她看见元主任哭了。

“你这孩子多傻你知道吗？被人骗了还给人数钱！说几句话哄哄你你就不知道怎么贴人家才好了。什么都没有，你就什么都给人家了。你说你傻不傻？”

王欣淳呆了一会儿，把手轻轻放在亲妈肩膀上：“妈……我没那么傻。而且，这事……也不用无菌操作吧？”

元主任扑哧笑了，擦着眼睛说：“好厚的脸皮！”

王欣淳叹口气。她不懂为什么元主任一到婚恋这类事上就像换了个人似的，元主任不再是元主任，而变成几千年来母亲的代表。不管时代怎么发展，和《西厢记》里崔莺莺的妈一比，完全不走样的。感性，脆弱，专断，缺乏理智，还哭呢！情绪赤裸的元主任，好像倒回去五十年，像个小孩。

王欣淳都不记得元主任上次哭是什么时候。好像是很小的时候，有次和王局长吵架，她看见她在掉泪。这么多年了，元主任是元主任，机智镇定和风风火火的统一体。现在竟然为这点事哭!

晚上王欣淳就把这事告诉老木。她本来是有点当笑话说的，说到最后，有些尴尬，好像是自己拿这事婉转要挟老木，要他“负责”。其实她并没有这个意思，不禁又有些委屈。于是她忙解释，解释得全不对，然后又诉委屈，诉完更加尴尬，最后居然哭了。

老木先是有些惊诧,摸不着头脑,待弄清楚了只好说:“我能理解。”

王欣淳握着手机久久没有说话。久久之后，她才惊觉，她在等老木说。说什么呢?当然是关于未来，一个铁打的未来，一个承诺……本来不是要挟的,此刻倒真成要挟了;本来是“我爱你和你没关系”的，现在是“我爱你你必须回报”了;本来是恋爱，现在要谈结婚了。

后来王欣淳回想起来，这一刻就是她跟老木关系的转折点。在这刻前，他们的恋爱还在杏花天影里;这刻后，就要归于测量和计算，甚至车、房跟孩子了。

有时候，她怪元主任:人生是短的，爱和快乐更短，干吗不让她多快活两年?有时候，她又会谢元主任:谁知道杏花天影的尽头，是怎么个悲惨世界?

反正从那天后，王欣淳开始害怕老木的沉默。他的沉默像一滴水在宣纸上那样洇染开来，填满了他们不见面的每一刻。要说他们见面的时候更多了，但王欣淳反而火烧火燎。她的电话跟微信开始不可置信地多，就这还是她极力忍耐的结果;她有时候哭，有时候笑，精神绷成一根弦，弦的那一端连着老木。

她还开始多方试验老木。所有的即兴的小试验，目的都在看老木到底想不想和她有个铁打的结果。

有一次，老木在简而不陋的木窗前画完一幅油画，窗框框着的也是一幅画，古画，画着苍郁了亿万年的群山和微澜的湖水，打开手机，里面未接来电和微信短信的提示音叮叮当当涌出，足足响了三分钟才停息。

老木发现自己有点儿害怕听到这样的声音。他对王欣淳，几乎有些怜悯。

老木一疏远，王欣淳马上觉得了。她立刻着了慌。再然后，她简直就有些死缠烂打。

再见面时，老木远远从公交车上下来，王欣淳的眼泪立马把视线模糊了。她把自己的心挖成了空壳，又累又空，还丢人。她干脆坐在满是尘土的马路牙子上呜呜哭起来。

老木在她身边坐下，把手搭过来，轻轻握一握她的肩头。王欣淳感到一阵心颤，从隔着毛衣的他的手指接触的地方传遍全身。她抬起脸，用她汹涌的泪水和燃烧的爱情，一下把老木淹没了。

面对这样一张哭得圆扁难辨的脸，老木想起一个词，情感上的奢侈。王欣淳就给他这种感觉，毫不节制的，那样丰沛的纯情。在这个时代，在他二十八岁的年纪，其实是很稀罕了。

事实上他也并没有要分手的意思，只是觉得他们之间的弦绷得太紧，应该松一松。不料王欣淳的样子倒像弦断了。

老木暗暗叹口气，直截了当地问："你想结婚？"

王欣淳吃了一惊。

老木又问："你感觉，我们俩到结婚这一步了吗？"

王欣淳飞快思考一下，忙点点头。她太怕失去。

老木垂头想了一会儿。王欣淳确实是很可爱的，只不过……"那好吧。"老木说，"我们可以试着往下走走看。"

王欣淳猛吸一下鼻子。世界一下子清明了，她看见公交车身上的灰痕，边缘起伏，山峦似的；几个穿得很一般的穷大学生，两腮的青春痘直爬到脖领子里，互相打闹着等车；一个小白塑料袋打着旋儿被风吹上了天。天也是阴阴的，太阳不太好。王欣淳来不及后悔她竟然先求了婚，而且还是在这么个地方。她只庆幸心终于放回肚子了。

同时，还有一点索然。

到这一步，元主任与王局长开了通气会。会后，两人并没有公开反对王欣淳的恋爱，反而有些顺水推舟的意思。

先是元主任邀请："带到家里来玩玩吧。"

见家长也是应有之义。王欣淳告诉老木，老木就答应了。

"需不需要我帮你准备礼物啊？"王欣淳问。要不干脆从王局长的柜子里拿两样？烟啊酒啊补品啊，反正他也多得没有数。

"不用，我有。"

老木来时，带了一套某台湾作家送他的《史记》典藏本和一只锦面礼盒，里面装着摄影集《秦砖汉瓦》，以及一枚仿汉瓦当。

这礼虽不重但却高雅，王欣淳挺得意。王局长看她那样子，鼻子里凉凉地哼一声。

元主任始终有点故意给老木脸子看，表示自己在怪他，但又觉得不能太小家子气，还是以和蔼可亲为主，于是她的态度就有些像在医院对小病人，恩威并施。

说到家里的情况，元主任委婉地问："家里大人身体都好吧？退休了吗？"

老木平静答："我父母都是普通农民。养过羊，养过鸡，没有退休这一说。"

"哦。"元主任猛一顿首，勉强一笑。

四个人坐到餐桌旁，桌上摆着杯盘碗盏。在碧绿的青笋片、圆圆的蜗状小木耳、金黄的手撕鸡、五彩的甜豌豆、红黄的番茄鸡蛋汤上空，元主任亲切的一句过去，老木平静的一句过来。

"那很不错呢，这么年轻，就是小有名气的作家了。"元主任微笑着偏头对王局长说。王欣淳觉得亲妈今天有点做作。

王局长像个老泰山一样，又从鼻子里一笑。

饭后大家把老木送出门。

王局长低垂眼帘，始终不看他："好，好，走啊。"

元主任："慢走，路上小心点儿。"

王欣淳把老木送上车，回来就发飙了："你们俩干吗啊？不喜欢人家就直说啊！不喜欢不要叫到家啊！"又对王局长说，"你干吗不理人？"

王局长整个席间只有在知道老木父母现在居住的村子时，对那个乡镇发表了一番关于基层经济的谈论，顺便提到那个乡镇所在区的区长的名字，其余就是哼哼。

王局长也不答言，转身回卧室去了。

王欣淳只好又对元主任说："妈，你今天也怪怪的！"

元主任收拾残羹剩饭，脸上淡淡的："怎么？七大碟八大碗做出来给你们吃，还不满意？"

王欣淳跟到厨房去："是你不满意吧？"

元主任边洗碗边说："反正你自己选的。我当初找你爸，你爸也是这个家庭条件，家里的亲戚，一个比一个难缠。不是我小看你，你根本应付不来。"

王欣淳笑了："什么年代了，又不是你们那会儿！而且我才不管呢，我又不和他亲戚结婚。"又皱鼻子说，"而且，老木才不会像我爸那么讨厌！"

元主任凉凉地看她一眼，冷笑一声。

"他一本书稿费能有多少钱？"王欣淳闻声回头，只见王局长又转回来了，把半截身子探进厨房问。

王欣淳说了个数字，不算少。王局长挥舞挥舞牙签："我不管你。一本书能吃一辈子？下本书还卖不卖得掉？现在几个人看书？他父母也指望不上，将来还要你们管他们呢。你们将来，"王局长又挥挥手，"慢慢土里刨食吧。我都不敢想。"

元主任深深叹口气。

王欣淳按下蒙在心上的父母之言，继续谈恋爱。恋爱落到父母这个现实层面上，老木终于是个“人”了。

两个“人”在一起，不比人和神，难免会闹意见，常常是王欣淳气鼓鼓好几天，老木也感到不愉快。好在一见面王欣淳就轻易雨过天晴，她那样一笑，老木也就笑了。

大概从三岁开始，王欣淳就每天都想着爱情。恋爱，是不是就真的拥有了它呢？现在她和老木的交往变得有些凉和淡。杏花天影一去不返，王欣淳有些索然，甚至对下一次约会，都不再那么期盼。

但王欣淳是不难解决自己的问题的。她只需要再掺入一点幻想：小孩，大狗，湖畔的奔跑，阳光，微雨，老木在宽敞明亮的大书房中笔耕的背影……这一切就变得趣味盎然，值得追求了。

这个恋爱阶段也让老木一阵烦恼。他极力摒弃干扰，投入到下本书的写作上，中间还画了十五幅小幅油画，做了个小型画展。老木选择这样的生活不是为了出名，出不出名他都要这样生活，他的心力和脑力都要用在画和写上。出名，配合市场，只需要一点聪明。

王欣淳想她的，老木做他的，渐渐两人的天平再次平衡了。他们成了平稳的一对。

于是年底时，王欣淳去了老木父母家。这也是约定俗成。王欣淳不是第一次踏上农村的土地，每年清明都要给她的农民爷爷上坟的；但夜宿却是第一次。

北方村庄，照例没什么田园风光。虽然隆冬，正在盖房的人家仍旧不少。黄昏时分，空气里有烧柴火味，粪味，树叶味，道路硬化了一半，小路仍然泥泞。坐在路口晒太阳的老人戴着黑乌乌的瓜皮帽，好像从民国穿越来的；小孩子却穿戴得跟城市里差不多。几个“杀马特”青年衣裳稀薄，缩着脖子说笑着过去，都拿眼斜王欣淳。

老木的父母早扒着门看了几回。第一眼见到王欣淳后，就开始谦虚地笑，那样子好像欠着她什么似的。不一会儿天暗下来，尽管瓦房内烧着炭，王欣淳仍被冻得双脚发麻，不时在粗糙的水泥地面跺一跺，找找脚趾的存在感。老木的爸爸一直笑吟吟地摆弄一件木器活——一把稚拙的小椅子，妈妈则一刻不停地忙出忙进，摆出一桌饭菜来。

王欣淳有些吃惊又理所应当地从老木爸爸那张老农民的脸上看出一点文人气味，一点超出泥泞生活的快乐。妈妈则敦厚、实在，承担着家庭大部分重任。老木身上的文人气和踏实，就这样找到出处。

因为冷，王欣淳不停地喝热水，还没上饭桌就想上厕所。

天已经黑了。厕所盖在小院的一角，红砖砌的，盖着牛毛毡做顶。王欣淳一进去先闻到一阵冰冷的臭味。手机的手电筒照过去，她看见窄窄一条倾斜下陷的水泥斜坡，坡上摆满各种排泄堆，不同颜色不同形状。她反射性地干呕了一声，战战兢兢地站到两侧，还没蹲下，看见脚附近斑斑点点，都是溅出来的尿液。

王欣淳躲鬼一样跑出厕所，撞在一个人身上。

是个短发女孩，身上还背着包。女孩粲然一笑，熟门熟路地把包扔进堂屋，出来说："我是老木的妹妹，刚回来。"她大学毕业后留在北京一个小公司打工。

原来是准小姑。她没化妆，穿得也简单，跟现在绝大多数女孩不同，她稀有地给人一种朴素可亲的感觉。

准小姑借窗户上的光觑了觑王欣淳的脸，王欣淳又冷又憋，忍不住打了个冷战，满脸写着尴尬。准小姑就笑说："想上厕所是吧？我带你去。"

王欣淳："我……"

"放心吧，干净的。"

王欣淳跟着准小姑子一路往房后的坡上走，越走越远，越走越冷，一路酸枣枝上的刺钩挂着她，王欣淳感到几千块的羽绒服已经报销一半，而且，她马上就要尿裤子了。这时，准小姑子才停下，说：“就这儿吧。”

王欣淳前后一看，后面是黑皴皴的山，前面星星点点，都是农家的灯。一阵风吹来，满山野草野树唰唰乱响。王欣淳实在顾不得了，忙脱裤子蹲下，寂静里就听见自己的声音，不禁又有些面红耳赤。这时准小姑子也在她身边蹲下了，两人就一起潺潺着。王欣淳尴尬少了些，小姑子偏头一笑，眼白和牙齿一起发着光：“好玩吧？”

王欣淳憋久了，一下子又难受又舒服，感觉自己小便得没完没了。这时她看见天上的星，一个一个冰凉地闪烁，摇晃，一颗变成三颗，三颗变成九颗，九颗变成一大片。原来是她的眼泪被野风酸出来了。她站起来擦擦眼泪，星星又变回去，一颗一颗，在夜风里颤抖着。

“好玩。”王欣淳咧嘴笑了。

两人背靠山坡站着，看天上和地上的星。一段云散去，月亮露出来，照着人家瓦顶的残雪闪闪发光，黑的漆黑，白的银亮。夜把肮脏琐屑隐藏后，村庄成了一幅画。

“真美呀。”王欣淳不禁说。

准小姑子微笑着：“是呀，天黑后丑的都看不见了。这时候最好看。”

晚上王欣淳就和准小姑子睡，她生平第一次睡炕，感觉太高，不安稳。两人聊起天来。城市生活都差不多，说到农村，王欣淳就说起她记忆中的事。

每年给爷爷上坟都当天来回，司机把车开到山跟前，走上去烧纸放鞭炮，一个小时就走了，没什么可说。她对农村印象最深有两幕，都是小时候的。

一幕在表姑家。人人把她当香饽饽，给她冲糖水喝（乡下土糖，有股怪异的香味）。还没喝两口，一只大白鹅冲将进来，一口把她的碗啄翻，然后就追着她满院子跑，把她吓得痛哭——没想到鹅是那么凶的！

另一幕是一位老太太裹着小脚把王局长的车缓缓绕将一圈后，问：

“没生娃？”

王局长指指王欣淳：“五姑婆，这不就是吗？”

老太太嗐了一声：“白坐大车哩，没娃！”好像王欣淳不算“娃”似的。

准小姑子在黑暗里笑了：“乡下就是这样。之前我爸供我上大学，村里人都说，女娃上什么学啊，迟早是别人的人。”

“那你在北京有男朋友了吗？”

准小姑子沉默一下：“没。”

“买房了吗？”

准小姑子扑哧笑了：“肯定没啊。”合租都那么贵。

王欣淳抓抓头发：“我没别的意思啊，就想问，你有没有想过以后啊？”

准小姑子一笑：“想也没什么用啊。”

王欣淳嘿嘿笑：“我就会想，所以才考公务员。我跟你说，有时我也觉得在浪费生命……但我如果不知道自己的医疗、养老在哪里，我会很恐慌的。”

准小姑子又笑了，这是标准的体制内想法，便说：“你这就是我妈说的，把一万年的蒸馍都要蒸下。”

二人都哈哈笑了。

夜里睡得晚，第二天早晨王欣淳醒来已日上三竿。她赶紧穿上衣服出来，讪讪地跟老木和他父母打招呼。老两口马上又递上欠了她似的笑容，准小姑笑着去给她热早饭，老木神情温柔（因为把她当成自己的媳妇）。看样子大家都不以为忤。

天亮了看昨晚她小便的山坡，就近在屋背后，这时稀稀落落有人来往。在膀胱逼迫下，她硬着头皮走进厕所，发现那个斜坡已被冲得干干净净，连一点异味都没留下。

回到家元主任斜王欣淳一眼:“回来了?”手上遥控不停地换着台,耳朵却长长伸着。

王欣淳撂下包,先脱羽绒服:“给我洗洗,全是土。”然后洗手找换洗衣服。

刚进浴室,元主任推门进来:“怎么样?冻得美吧?”

王欣淳把头从T恤里拽出来翻个白眼:“就冷点嘛!乡村二日游,你还没玩过呢。”

元主任冷笑:“我下乡的时候,还没你呢!”把脏衣服捡起出去了。

等王欣淳洗够热水澡换上干爽衣服出来,元主任正把她的胸罩、内裤滴滴答答往阳台上搭。洗衣机里拿出羽绒服,元主任边用手把羽绒拍蓬松,边碎碎念:“好好一件衣服,刮得这一道那一道,还好意思再穿吗?”

王欣淳心里一软,觉得有义务报告行踪,就大概讲了一遍,只把上厕所等略过。

元主任沉吟一下说:“农民家庭供出两个大学生,一个是学艺术的,一个是女孩,不容易。”又问,“老两口身体怎么样?”

王欣淳怔了一下:“没问。”

元主任有些酸苦地说:“将来老啊病啊都是难免的。我兢兢业业把自己和你爸身体照顾好,就是怕给你添麻烦,现在看起来,你将来还是免不了更麻烦。”

王欣淳伸出胳膊把元主任搂住,搂得她趔趄了一下。元主任一把拍开她的手。

王欣淳就笑说:“你知道我走的时候还看见谁了?老木的姑姑!来找老木陪她去镇上看中医的。我的天,简直是乡村版林黛玉,原来农村人也有长得细细弱弱的。出于礼貌,我就问她哪儿不舒服,你猜她说什么?‘心上不舒服’!哈哈。”

元主任继续拍羽绒然后挂起来:“多稀奇。中国妇女抑郁症发病率很高的，尤其是农村妇女，只不过看病的少罢了。”

下午元主任问王欣淳吃什么饭，王欣淳坐在马桶上哼哼着：“拉肚子了，不想吃。”

元主任转身到抽屉里找药：“冻的吧？也不知道你吃了些什么。”

晚饭元主任熬锅白粥，炒了几个素菜。因为王局长说晚上回家吃饭，两人就等到七点半。最后元主任说：“先给你舀出来吃吧。”这时门响，王局长回来了。

王欣淳拿个瓷勺在碗里拨弄着，半天才舀起来吃一口。

元主任说：“你小时候我给你买的保险到期了，明天你跟我去取一次。”

王欣淳“哦”一声。

王局长一直沉默着，他不说话的时候王欣淳只觉得轻松，绝不找话说，这时忽然问：“你那男朋友，叫啥，买房了没？”

王欣淳一怔：“我不知道啊。”

王局长咬了咬牙：“你就是个……唉！”

第二天王欣淳跟元主任去保险公司取钱，街上到处是春节的气氛。王欣淳开着车往外看，说：“坐公交的人都少了，都回家去了。”

等号的时候她拿出手机在微信上问老木：“你买房了吗？”

“没有。”那边很快回复。

“结婚要买房的吧？”

“哦，我会考虑。你在干吗？”

“取保险。那你买保险了吗？”

过了一会儿，那边回复：“没有。”

“应该买吧？养老啊医疗啊，没有保险不好吧？”

“哦，我会考虑。”

老木的第二本书虽没有第一本反响那么大，但因为有稳定的粉丝群，还是卖出了不错的成绩。

等他拿到第二本书的稿费去楼市时，却发现今非昔比。原本两本书的稿费能付全款的房子，现在只够付首付了；原来够付首付的，现在只够买个卫生间。

他有些焦躁地打电话问王欣淳："我准备今天就把房子定下来，你来看吗？"

王欣淳正在空调房里发呆，看着外面明晃晃的太阳，树叶都晒得蜷起边来："我不看了，你又是画家又是作家，我相信你的品位。"

所以等王欣淳看到老木买的房子时，简直不敢置信——他竟然买了城边的回迁房。

当然决定这个的不是他的品位，而是口袋。建筑粗粝，密密麻麻。绿化？就楼下两棵要死不活的小树，快被尘土埋了。光膀子趿拖鞋的大肚子男人蹲在楼口乘凉。

老木站在一边，有些尴尬（他觉得自己完全没必要尴尬），有些心虚（他同时知道自己完全没必要心虚）地解释："房价涨得这样快，无论如何先投资一个是对的，将来有必要可以换。"

听说后，元主任冷笑一声："那好，将来你们的小孩就上那附近的'好学校'，还有什么可说？"

他们自己约定了婚期。

大概是从这刻起，王局长和元主任开始撒手不管，不闻不问的。也许他们不想再做蛮横专断的家长，以免将来被女儿抱怨。他们只是冷冷看着。

也许分手的种子早就埋下了，从一开始的人神相恋就埋下了，在地下发展壮大，从一间肮脏的厕所生出嫩芽，最终枝繁叶茂。

"什么？我婚纱都自己买了，你说在你老家摆酒。我的裙摆去拖地得拖出几斤土啊？"

“我真的不能想象婚礼不用全鲜花，我真的没法想象……”

“你买的房子根本不能做新房，用我家的房子做新房吧。”

“你爸妈有保险吗？新农合是什么，能报百分之几呢？”

“你知不知道我多委屈！”王欣淳太委屈了，她的委屈不知道因何而起，因王局长、元主任吧，他们根本不说不骂，拦都不拦；因老木吧，他不是一直在满足她吗？那怪她自己咯？

老木大概就是不想听到以上的话，才决定结束的吧。

王欣淳呢，在越来越多的惊诧中，剥落一层惊诧的壳，就看见一层她不想看见的现实真相，为避免小孩真和城郊农民的孩子一起受教育，避免有一天真像元主任说的那样给一对农民当床头孝子，避免住到一间电梯里贴满小广告、只能晒到两小时西晒的房子里……她先在内心当了逃兵吧。

分手算是老木提的，也没有明说。

那天老木跑完装修，一头灰尘地和王欣淳约在咖啡馆。王欣淳没有看他，懒洋洋地翻着一本油亮鲜艳的家装杂志。

咖啡放得有些凉了，两人却都没开口说话。

最后王欣淳问：“明天还见吗？”明天老木还要去买瓷砖。

“明天不见了。”老木慢慢说。过了一会儿，他站起来，转身走了出去。

王欣淳奇怪自己并不吃惊。她还清醒地明白，这时老木一定搭最后一班车回那个荒凉的湖边去了；而且，他明天不会再来买什么破瓷砖，那种廉价的，她看也不想看的瓷砖。

他们结束了。

但她知道就算是捡来的砖头，老木也能把它们搭建成朴素可爱的形状。

王欣淳心里一抽一抽地痛起来。她泪眼迷离里看周围，咖啡馆的颜色浓墨重彩，墨绿的墙，她坐着铁锈红色的沙发……

回到家，家里的沙发是棕黄小牛皮的，冬天不冰，夏天凉爽，一尘不染。净水器在厨房发出一阵蜂鸣。王局长还没回家，元主任在卧室看电视，光影变幻着，却听不到一点声音——从王欣淳上小学后她就养成看无声电视的习惯，直到现在也没改。

王欣淳木木地打开自己的卧室门，脱力一样脸朝下倒在粉红床单上。

这一切，她终于保住了。但她的眼泪流出来，很快湿了碗大一块，然后她哭出声来，最后变成抽泣，鼻子全堵住了，滚热的鼻涕眼泪简直把半张床都打湿了。没多久，她的喉咙就变得又烫又干。

元主任那边的光影暗了。她不知什么时候关了电视，但静静地坐在黑暗里没有起身，过了很久才拧把热毛巾来给王欣淳擦脸。

王欣淳抽抽噎噎地哭诉。第一次去他家，他爸妈封了红包给她，她打开，里面装了五十；他家的厕所里特别脏；一家人都没有保险，没有一点抵御风险的能力，靠运气活着……

这真的不能怪她。她一直以为自己并不嫌贫爱富的，谁能想到贫贱的外延有那么大？她不想探索也不敢探索了。

她快二十八岁了。

元主任低头理着毛巾："行了别哭了，你要那么放不下，就好好认了呀。"

"我怕啊！我不敢啊！"王欣淳又哭了。

元主任有点嫌弃又安心地舒口气："行了，多大的事情，天要塌啦？"

王欣淳又擦出一把眼泪，哭得满脸通红，连眉毛都红了，眼睛亮亮的。

她深深抽噎一声。

老木毕竟没那么爱她，她只不过在脸上写出一点意思，他就忙不迭地跑了。如果他真的爱她，就应该尽着她伤害，直到把路走绝。

“我是不是很渣？”王欣淳苦笑着问。

远雪转动玻璃杯，酒液在里面明明灭灭：“没什么渣的。”又说，“其实你们都没有准备好。现在没有缘分，也许过几年又有了缘分……”

“过几年？已经过了两年了。我现在已经三十岁了，我马上就要结婚。”王欣淳的脸色变得很坚定。

“我知道你会反对，但是远雪你不懂，你太理想化了，我以前也太理想化了。婚姻和爱情根本应该分开。”王欣淳说。

“像徐立栋这种男人，搞定他还不容易吗？他们的愿望只有一种，就是纯洁贤惠的处女。哦，至少是精神上的处女。你只要没事装装娇弱，怕冷，嗲嗲的，笑一笑，遇见什么事都说‘我不懂哎’，然后说‘哇，你好厉害’，小事儿顺着他们，就行了。他们会是好丈夫，好父亲。你说呢？”王欣淳笑得有点无耻。

远雪迟疑地摇摇头：“恐怕没那么简单。不过，你们两家的条件，好好过个小日子还是很好的，只不过你……你想想你们当时为什么离婚。”

“就是这么简单！”王欣淳反驳。

她声音有些大，引得小酒保看过来，做出个深酒窝对她俩一笑：“两位小姐姐还需要什么吗？”

王欣淳没理他，有点悲哀地对远雪微微一笑：“也许我那时根本不该离婚。父母是对的，我……像我这样一个人，我根本……不配谈‘爱情’。”

她猛地伏到小桌上，驼色大衣滑到了地上。远雪帮她捡起来，对小酒保说：“能帮我叫个车吗？”

# 第九章　人神之恋的消亡

王欣淳是跟老木分手一年后，重新遇见徐立栋的。

这年她异常消沉。那天下着大雪，她忽然开车往城外郊县去。雪天路滑，到了市外的县城，又到了县外的小镇，天已经擦黑了。她不敢再往前开，她不认识路，也不知道怎样才能开到那个湖边。

雪纷纷落进黑暗的湖里，屋里会有火吧？老木在干什么呢？他有新女朋友了吗？

她只恨人为什么要结婚。如果不结婚生子，她周末可以像现在这样去湖畔与他团聚，他们可以像以前那么快活。人为什么要按照约定俗成的生活去生活？

她为什么不能像传说中的女人那样，享受爱情，直到白发苍苍。

为什么——为什么——为什么不呢？

王欣淳感到一股勇气冲天。外面的雪更大了，她的车灯照到的地方，两柱白花疾落。

她也可以呀！人只有一辈子，难道不能放肆吗？

她冲动地拿出手机，立刻拨号，也许知道再迟一秒就不敢了。车里暖气把她的脸蛋烤得通红，她却细细在抖。

电话很快通了，两边却都没说话。

王欣淳听见那边有笑闹的声音，唱歌的，喝酒的。

“你在……”王欣淳清醒了点。

“我在家。”

王欣淳知道他所谓的家，就是指那间湖畔山房。

“挺热闹的。”

“嗯，几个朋友来烤肉喝酒。”

“老木，我想通了，我……我发现我还是……其实我们不一定要结婚，我的意思不是说我不想和你结婚，我的意思是我其实还是……”王欣淳知道自己在发表很坏的演说，心里的话说出来好像变成一种讽刺，讽刺着她自己。

“王欣淳。”老木似乎走出来了，她听见他踏在木板的雪上嘎吱嘎吱的声音，万籁俱寂，因为还听得见风声。

王欣淳已经哭了。

老木的声音很清明：“我早已经不介意了。你爱过我，我也爱过你，但我们其实都爱得……很浅薄。我们就这样好合好散，挺好。”说到最后，王欣淳从他的声音里听出了轻松。

“其实我们压根不是对方真正喜欢的类型。这没什么。”老木又说。

他把他们的三年否定了。

“但你是我喜欢的类型啊！我就想要一个陪我看月亮的人。”王欣淳哽咽着。

“什么？”

“没什么。”王欣淳停停说，“你能看见湖面的雪吗？”

那边轻笑了一声：“看不见，太黑了。”

“你让我听听。”雪下在湖面的潇潇声。

老木没做声。

“我听见了。”半晌后王欣淳说：“你不要挂，让我先挂。”

老木：“好。”半晌后，耳边才响起断线的嘟嘟声。

“老木！他妈水管又冻住了！厕所还冲不冲？”有人在厕所喊。

老木搓搓冻僵的脸：“来了！”

王欣淳泪流满面地在大雪中开着车。她哭一会儿又笑了，吹出个鼻涕泡，就用手背一擦。

只是一种调剂——他们的“爱”。他根本没有多么爱她。

王欣淳感到胸腔一阵剧痛。那么至少她的爱是真的吧？然而她很快又怀疑了，因为她的爱也没什么坚贞伟大。那么“爱情”这种东西，也许根本就不存在吧？有的只是人类的猥琐和虚妄。

路边大广告牌渐渐增多，灯火渐渐密集，回到城市，已经十点多。

王欣淳看看镜子，“嚯”了一声，不能这样回家。她吸吸鼻子，把车开到最近的一家商场。里面已经开始打烊了，只有底商小酒馆还在灯光闪烁。

王欣淳停好车推门进去，皱起眉，好大的烟味。在门口坐下后，酒保过来笑问：“小姐姐喝点什么？”

谁是你小姐姐。“随便。”她说。

喝进一口“随便”，王欣淳才想起还要开车，四下看看没有可吐的地方，只好咕咚咽了。这下就像失贞，立刻停杯也不能不算酒驾了，她干脆慢慢都喝了，味道还不错。

刚喝完最后一口，有人俯身问她：“王欣淳？”

王欣淳抬起眼，那人头后面是个射灯，毛茸茸一圈，看不清五官，但那头的轮廓分明是个倒鸡蛋状。王欣淳一笑：“徐立栋。”

一个穿黑色皮衣的女孩手插口袋在旁说：“熟人啊？那我先走了。”

徐立栋忙点点头：“我发小，我得送她回去。”

女孩扬扬眉：“拜拜。”

女孩一走，王欣淳感到酒精发作了，热融融地漾着：“你真送我呀？”

徐立栋眼神定了一下，随即有些尴尬。他本来只是拿她当托辞：“可以，我送你吧。”

出来王欣淳四下看看：“你车呢？”

徐立栋更尴尬了：“我没开车。”

王欣淳把钥匙丢给他："当代驾吧。"

车里乱糟糟全是纸巾团。

"这是……"徐立栋嫌弃地拈走驾驶座上皱巴巴的一团纸。

王欣淳已经把安全带扣好："我拉在车里了，擦屁股的，行不行？"说完自己都有点吃惊。到底是"同居"过的，不惮赤裸裸地粗野，反正徐立栋这人也毫无文雅浪漫可言。

果然徐立栋嗤笑一声又收住，斜她一眼："还喝酒，以前你没这毛病啊。"

"那你到酒吧干什么的？喝牛奶啊？"

徐立栋又看她一眼。王欣淳哭过的眼睛被酒精一刺激，水汪汪的，像兔子。

徐立栋不说话了，轻微地从鼻子出口气。他这几年没怎么变，就额发更有点见少，王欣淳觉得他叹气的样子有些好笑。

"怎么？"王欣淳忽然有点想逗他，"和你小女朋友吵架啦？"

"什么小女朋友，同事给瞎介绍的，90后。抽烟喝酒，什么护士，简直一太妹。我跟90后真有代沟。"徐立栋说。90后愿意跟他"进一步交往"的也不多。

"别得了便宜还卖乖。"王欣淳嗤一声，有些好奇，"不过，你怎么还没结婚啊？"

徐立栋马上露出尴尬的神色："不好找合适的……我这人要求也比较高。唉，确实也不能再拖了。我家的情况你也知道，我爸妈现在……"也不敢催他，就是眼巴巴地看着他。徐太的头发这两年全白了，不到三个月就得重染。

王欣淳立刻了然。

"父母嘛……都是那样。"她伸个懒腰，"我预计我爸妈很快也得发疯。"

徐立栋看她一眼："你现在的吹啦？"

王欣淳一笑："吹了一年了。别说你不知道。"

王欣淳的事他们圈里差不多当笑话来传说的。

"你知道姜小曼？"徐立栋问。

王欣淳点点头，然后笑了。人人知道姜小曼，他们市政协副主席的女儿。她去年去西藏在火车上认识个男模，西藏人，三个月后就结婚，如今孩子都有了。据说那西藏男模现在也不上班，常常背心短裤人字拖地在市委家属院遛孩子，把政协副主席羞得不好意思出门。不过那男模帅是真帅的，一身漂亮肌肉，全小区老少的保姆争着抢着帮他管孩子。

"文艺男哪个靠谱？"徐立栋说。他的表情还说，你要不是我前妻，我还不跟你说实话呢，好像她跟他还有什么瓜葛，他对她还有点什么义务似的。

王欣淳冷笑了一下："关你什么事啊？"在他面前，她最能不客气。

徐立栋抿抿嘴："好好，就当我没说。"

王欣淳把头靠在窗玻璃上，外面又飘雪了。徐立栋暗骂自己傻逼，这天气还出来，就为见那个小护士。小护士一见他先嘴角一撇，轻佻、带着点鄙夷地喊了声"大叔"，然后非要喝酒。妈的！还不如之前那个，眨着天真的眼睛把他的房产工资摸了个遍，至少还有个女人样子。

徐立栋气鼓鼓地想着，右转看路的一瞬，他惊觉王欣淳在哭。她的眼泪源源不断地流出来，淌出来，脸倒是很平静。她的眼泪倒映着窗外的灯光雪光，击得徐立栋心里一软一陷，紧接着一塌糊涂。这才是女人啊，他想。就算这眼泪不是为他而流，但她至少还有眼泪！那么有天，她也许就会为他而流……

王欣淳不知道徐立栋的脑补那么厉害，第二天照常去上班。和老木分手后，小兵哥的百无聊赖，大美人的口蜜腹剑，勾科长的阴阳怪气，都和她隔着一层。她消沉着，让时间和空间，人物和天气在她眼前过电视剧，浮皮潦草，冗长的电视剧，过完了什么都不记得的那种。

王欣淳这个样子让元主任着慌，她立刻开始给王欣淳物色新的对象。王欣淳就那么看着她，两只大眼睛里空荡荡的，全是消沉：“随便吧。”

元主任真慌了，夜里跟王局长开小会。王局长长叹一声：“还是我想办法。”

还没等王局长出手，王欣淳忽然又振作了。起因其实也很简单，她发现自己长了皱纹，在眼角，一笑，跟扇子似的。发现它们时，王欣淳一阵心如擂鼓，丧气了几天，就这样了？

她马上买了一大批保养品，又办了健身卡。健身的作用立竿见影，她气色又红润了，底气又足了。把身体和心灵分开，让心灵自己去痛苦。

为避免胡思乱想，她不能闲着——就开始干工作。先把多少年积灰的档案整理了一遍；然后自动请缨核查信息，学习工作相关的法规文件；还积极学习邻近科室业务，有时晚上还加班。

小兵哥先是惊诧，然后肃然起敬。“欣淳姐，欣淳姐”地跟在后面叫，心甘情愿给她当跟班。半年不到她就担起了这个科室的几乎全部工作。勾科长夸奖了她，黄色的面皮尽力严肃，但不知道哪里在笑，反正王欣淳总疑心他在笑话她。

这一切却引起大美人的紧张，她刚刚终于办妥调动手续，成为科室正式一员。王欣淳这样，敢情是针对她？于是对来办事的人，她嗓音更亮、笑容更甜；对勾科长，她更鞍前马后，一会儿倒水一会儿续茶忙个不停……总之要反压回去。

一次小科员们聚餐，她掩嘴吐槽说：“知道为啥今中午聚会不？因为每周今天食堂做饺子啊！因为一张卡只能刷一个人，勾科长昨天就把我们科室所有人的饭卡都收了，好带上老婆孩子丈母娘全家吃饺子去。”

大家又鄙夷又吃惊又兴奋：“嚯，没吃过饺子呀？那你们平时周二到哪吃饭？”

“像今天这样在外面吃，或者叫外卖啊。”大美人笑嘻嘻地偏头看王欣淳，“是吧？”

王欣淳捂嘴笑猛点头。

小兵哥老到地摇头叹气：“涨姿势吧你们？林子大了，什么鸟儿都有。”

“王欣淳怎么说的来着？勾科长贪小便宜，又‘酒后无德’。人家文艺女青年说话都不一样，是吧？”大美人笑说。

王欣淳笑，大家也都笑。

后来王欣淳就发现自己的小鞋开始穿得没完没了。一个文件，改十次还要改；科长到偏远街办开会，偏偏没带笔记本，点名要她送去，等送去，会都开完了；市里下达一个任务，王欣淳压根不知道，但勾科长当众批评她窝工，耽误了工作。王欣淳烦得想哭，倒顾不得失恋的痛苦了。还是元主任知道后，让她给勾科长送了一瓶茅台，这才好。

又有一次，中午吃完饭在办公室闲聊，大美人有意无意地对王欣淳说：“我来得比你早，你知道吧？”

“哦，我知道。”王欣淳迟疑点头，但她不是才有正式身份吗？什么意思啊？

过了一个月，王欣淳才听说单位有个副科职数空出来了。原来大美人是为自己“论资排辈”扫清障碍啊！

王欣淳了然后有些气愤，也有些好笑。因为她的调动手续也终于办妥，她要去市政府工作了。

“未知腐鼠成滋味，猜意鹓雏竟未休。”王欣淳想到她跟老木一起读过的李商隐的诗。

她对藏不住满脸惊嫉的大美人微微一笑，挥手告别，但她知道自己并不算真赢——因为留下来只有输。

市政府大楼当然比杜邑区的好很多，不但没有暴发户般的气味，而且庄重，精致。门口永远有武警荷枪执勤，闲人进出须出示身份证并说出合理理由。

洗手间不但有镜子，有香氛，还有源源不断的卫生纸，洗手也有温水。人们衣冠楚楚，脸部干净，有些中年领导甚至颇有风度。路过会议室，能看到身着紫色套装、戴白手套的身材匀称的女孩准备会场。

非常安静。

职数也多，不久她就评上科级。工作各方面适应后，王欣淳又有些倦怠，原来这安静里其实是闹嚷嚷。

她感觉人们像许多大蛆——在一只大酱缸里爬，往高爬。大部分大蛆掉下去了，爬到中间的是处长们，他们或为人更圆滑聪明，或做事更认真细致；再往高是局级；还有部级。总之是爬，几年一个槛儿，爬不上去的都气坏了。老了，找个养老的地方，舒舒服服搞“调研”，这时也就没心气了，也从缸上掉下去了。

人一辈子，王欣淳想，有什么意义呢？

“你这是中产阶级的空虚焦虑啊。”那会儿远雪还在加拿大，在微信里发个“偷笑”表情，外面是下了几个月的雪。

“徐立栋最近”，王欣淳打出这几个字，又迅速删掉。想起几年前的离婚，她觉得有些无法启齿。

徐立栋最近常来找她，他套近乎的方式简直愚蠢，“一目了然”都不够形容其程度。

王欣淳带了几分厌恶：“你老找我干吗？我们可是离过婚的。”

徐立栋嗫嚅半天：“我感觉还是和你比较熟。”

王欣淳没说话。遥远的往事都模糊了，要说，他俩倒也没什么深仇大恨，还真是熟人。

“你想吃什么？火锅？”徐立栋又问。这么多年恋爱失败，他哄女孩的手段还是吃饭、看电影。其实也有两次差点都要结婚了，“未婚妻”一个回头找前男友出了国，一个被他发现流过产，就都分了。

“我早不爱吃火锅了,一身的味儿。”王欣淳皱眉。其实她还爱吃，想想都馋，但好几次坐在火锅旁边，却抬起筷子就饱了，已经失去了那个好荤腥刺激的好胃口。

徐立栋觉得她皱眉的样子还是个小女孩，就像最早刚认识她时一样。她哪会真生气真气恼？全是女人式的，没多大火力的。徐立栋回想起自己早年的所作所为，也真是怒其不争，就这么个小姑娘，还能叫她跑了！

徐立栋于是巴巴地带她去吃日料。王欣淳要了杏子酒，不一会儿就喝得满脸通红，像煮熟的虾。

“你在我面前还真是不顾形象，你不是过敏了吧？”徐立栋惊诧地说。

王欣淳翻个白眼：“你才过敏。”

吃得快走不动才出来，看见刷卡时徐立栋心疼地一吸冷气，心情一下变得特别好。

上车时，徐立栋在她后腰扶了一把。

哟，徐立栋都会揩油了，还这么快，就吃了一顿饭！王欣淳暗想。徐立栋一脸正经，但不知道哪里在笑，替她关上门。

王欣淳腰上还留着徐立栋的手力，木木的。也就是被扶了一把，一点多余的感觉都没有，也不心跳，也不厌恶。以前“谈恋爱”，到结婚他都不会这样。比照那时的奇葩，现在未免进步神速了。

把王欣淳送到家门口,小区楼下花园里樱花大捧大捧雪白地开着。别人家的灯照在上面，到底不是月光。

天上没有月亮。

徐立栋笨拙地要来亲她的嘴。王欣淳抬手捂住嘴。徐立栋愣住，有些尴尬地找她的眼睛看。王欣淳嗤地笑了,她心里忽然有一股恨——

也许是对老木的恨，也许是对自己的。

她笑吟吟地问："干吗？"声音很嗲。

王欣淳的脸半明半暗。她的婴儿肥褪了些，漂亮了些。当然徐立栋不知道她也更会化妆了，那阴影和红晕都是精确计量过的，她轻佻又不可近的样子，使徐立栋一阵意荡神驰。

王欣淳没有坐电梯，而是脚步轻快地上了楼。原来勾引一个男人这么容易——只要不爱他就够了。

两人私下的交往，大概就从这天开始，反正也就是吃饭看电影，再揩揩油。恰像当初瞒着父母决裂，现在又瞒着他们黏合。

三十岁使王欣淳如临大敌，早早紧张着紧张着。真到了那一天，反而没什么感觉了。下班后徐立栋过来接她吃了个西餐，没什么悬念地送了一捧红玫瑰，圆圆的一圈一圈红花，芯子是一簇小绒熊——把女人当孩子来哄，也是够土的。

花摆在西餐椅上给路人看看就算完成使命。在别人眼里做个正常的、有人爱的女人，对三十岁的王欣淳来说，很重要。为此她感激徐立栋。

两人分手后，她把那捧花丢在楼下垃圾箱盖上，免得回去问来问去麻烦，想想又反悔了，捡起来送给一楼的老太太。这位独居老太太身体倍儿棒，属于每天早晨第一批抢进超市的主儿，欢欢喜喜地接了花。

回家元主任先迎上来说："生日快乐啊！"然后塞给王欣淳一张卡，"买点喜欢的东西。"

王欣淳发现亲妈脸上有些凄惨似的，笑得那么不自然。看来三十岁这个坎不仅在她心上，也在元主任心上。

为了让她能嫁出去，王局长甚至考虑把她调到邻近的直辖市去，离开这个相对闭塞的北方省会——那里对三十岁不结婚的女人相对宽容，机会也相对多些。调不进政府部门，国企、央企都可以考虑。

“至于吗，你们？”王欣淳听了有些烦躁地说，“就不能好好让我过个三十岁生日？”

“你还知道你都三十岁了？婚姻市场上，哪还有三十多岁的优质对象给你挑？”

又来了。王欣淳心想，要淡定，要淡定。

王局长继续数落下去：“自己不是白富美，还想要求高富帅？你长得一般，工作能力也一般，没有我，你连个科长都混不上。你以为你自己很厉害？”

“没有。”王欣淳说。

王局长也不管她说什么没有，兀自继续：“公务员有什么了不起？就算你当个领导也没什么了不起，一退二线马上啥都不是——何况你一个最底层的公务员！因此从社会资源上说，你也没什么优势，只能说自己有碗饭吃罢了。”

连他心目中最高等的职业都成了狗屎一般，可见王局长是真急了。不过对这种贬低式催婚，王欣淳早已习惯。她在知乎看过，这种父亲不在少数。就像卖不出东西的果农，拼命喊便宜卖啦，我的果子都是瞎的疤的麻的……

“行吧，你说什么就是什么。”王欣淳祭出一张脸皮。

她看着王局长。父亲已经一点儿都不伟岸了，“退二线”好像一种酷刑，立刻削去了他的肩。王欣淳都奇怪，一个人怎么能马上从平肩变成溜肩？

溜肩的父亲，让她失去对抗的心情。

半夜王欣淳睡得迷迷糊糊，听见元主任轻手轻脚进来给她关了空调，又打开窗门通风。她翻个身再次堕入睡眠前，忽听见一声深深的叹息，像从夜的深处发出来，苍老又疲惫的叹息。它还含义丰富：忧心忡忡，后悔，焦虑，无奈……

王欣淳定住了，随即听见隔壁王局长和元主任的窃窃私语，像两只嘁嘁喳喳的老鸟。

“现在又是八项规定啊，又是效能革命啊，累得跟什么似的，这时候退二线，光享福，还不好？”

“你那同学,临了临了,还进去了。你这能安全着陆,感谢组织吧。”

“人还要想得开呢，不退二线也没几年干的了，你还想干一辈子啊？有什么意思？”

元主任像老母亲般苦心孤诣地说罢，王局长委委屈屈像孩子般接道：“我就是不服……我干得哪点不好？凭啥把我搁在这个没人搭理的位子上……像谁谁谁那无能之辈……”

“行了吧，年龄不饶人，你还想向天再借五百年哪？”元主任有点不耐烦了，“你实在闲不下，等欣淳结婚，给她带孩子去。”

“我给她带？那都是男方的事，我才不管。”王局长嫌弃道，但王欣淳听出来他笑了,为那个影还没有的小人,果然王局长又抱怨说,“你女儿这婚事，把我愁得都睡不着，嫁都嫁不出去，哪儿来的孩子。”

王欣淳在黑暗里撇撇嘴：你哪儿是为我睡不着，分明是退二线气得睡不着。

不久后声音模糊，隔壁渐渐起了鼾声。两人比赛似的，一声还比一声高。

这下轮到王欣淳睡不着了。她心里感到一种虚空的温暖，想笑又有点想哭。

第二天顶着黑眼圈去上班,忙了一早晨王欣淳才有空去上个厕所。刚蹲下，只听隔壁人说：“现在公务员忙得要命，一年到头几万块钱，一干二净。别说没必要考，减编控编弄得也只有基层职位，天天扶贫截访，你女儿受得了？”不知在打电话还是微信语音。

王欣淳暗自点头，掏出手机发微信，原封不动地把隔壁高论告诉远雪。

远雪立刻回信："生存从来不是容易的事，各行各业都一样。"她那里已经是深夜了。

王欣淳想想，又把高论转发给徐立栋。

徐立栋估计在忙，匆匆回了六个字："钱难挣，屎难吃。"

王欣淳扑哧笑出来："你恶不恶心？我就在厕所！"

"那你刚好吃一点，趁热乎。"

"滚！"

徐立栋回了个抱头滚的熊猫表情滚了。

王欣淳洗手整理头发，准备到食堂吃过饭回办公室眯一会儿，不料刚走到楼下电话响了，却是杜邑区原单位的"研究生"。

研究生是来市里送报告的。王欣淳只得领她到外面吃饭，以尽地主之谊。

两人其实并不熟，等菜的时候王欣淳尬聊说："这么远让你人肉送来啊，发个快递不就好了。"

研究生蹙眉笑说："现在市里要给区上打分呢，一月一次。我们跑来也是拉拉关系，给市里一个好印象。唉，其实也没多大意义，以前还能送点土特产啥的，现在全靠脸熟。工作各个区县都差不多，看谁会汇报呗。"说罢扶一扶黑框眼镜。

她的气色比以前鲜润很多。在王欣淳印象里，研究生是那种理工科女生：发型永远没式样，嘴唇永远焦着皮，又常常一身暗色，还是廉价的暗色；黑吧黑得掺着脏，灰也灰得不正经；要再带带点花色，那更灾难，还不如黑灰着。总之是生活中的早更女，办公室的老黄牛（虽然她只比王欣淳大三岁），绝不要跟她做朋友的那种。

"你最近有喜事啊？"王欣淳笑问。

研究生抿嘴一笑，拿出一张喜帖："这周末我的婚礼，请你光临哦。"

王欣淳吃了一惊。当时在杜邑区，办公室的聊天材料除了王欣淳的离婚，还有研究生的嫁不出去。她嫁不出去有两点象征：一是她确实没男朋友，二是她自己买了房。在那个刚县改区的小城，一个女孩自己买房，还背着房贷，差不多就等于发表了独身宣言。

“我一定到！”王欣淳挤出个欢天喜地的笑容，顺手打开粉红的喜帖，俗气的“百年好合”下面印着新郎新娘的相片。新郎像个耗子似的又瘦又小，王欣淳觉得他配不上研究生的好气色。

“你现在到市上了，好羡慕啊，”研究生蹙眉笑眯眯地说，“基层现在一会儿扶贫，一会儿扫街，一会儿捡烟头，一会儿执勤，加上本职工作，压力真大。”

王欣淳点头：“现在大家都是忙。”

“那以后多联系哦！说不定以后还要托你办事呢。”研究生忽然蹙眉强挤出亲热笑说。她说话老是蹙着眉，永远在吐槽似的。这拉关系的话不是她的强项，是从别处学来的，学得很拙劣，所以边说边盯着王欣淳的眼色。

王欣淳只好尬笑。后来她们很久没再联系，直到一年后她又邀请王欣淳吃满月酒。局促的两桌席面上，研究生的公公大表感激：“家里条件一般，我们不准备让他们生第二个，还好小娟争气，一次就生了个儿子。”

王欣淳看研究生，她蹙眉静坐着，既不高兴也不生气，气色仍旧不错。

有同事低语：“男方现在还住着女方的房吗？”

王欣淳不会了解“研究生”这类女人，在亲父母家从不受宠，在公婆家疙疙瘩瘩地过着。努力读书就挣出这一份生活——这就是她们的生活，小人物就小人物，她们得想开。

王欣淳晚上加完班，出去徐立栋还在等。

她的车路过他的车，他叭叭按了两声喇叭，又照了照远光灯。徐立栋耍帅总是可笑的成分多，还有点可厌，王欣淳真想直接不理他走了。

两人找个咖啡馆坐下，咖啡馆是徐立栋找的，投王欣淳所好。他俩随便说说话，低级又无趣，无聊又放松，像两个熟透了的小孩子。

王欣淳在徐立栋面前就自动拿出这一面来，无赖似的，这一面是她应对“现实生活”的面孔里的一张。在单位应对领导，她又会重拿出一张，谨小慎微的。不然呢，谁好意思把多愁善感，把对“爱情”的渴望拿出来给别人看？

徐立栋则是只有这一面。他虽然在电信工作，但和这时代许许多多“程序猿”一样，生活简单，头脑也简单。他们的教育从不提供审美、诗意这些项目。

就这样坐着，对面是个穿裙子化着妆颜值不低的女人，他便觉得很兴奋很适意了。事实上徐立栋还觉得王欣淳虽然年纪大些，倒比以前好看。褪去青涩，常年生活舒适的三十岁的王欣淳，脸上添了些暧昧不明的失意，却是别有味道的。她浅色添灰的考究衣着，单颗珍珠或单粒碎钻的小首饰，也比大部分二十出头胡穿乱戴的小姑娘看着顺眼。当然和真正的美少女没法比——可美少女也看不上他徐立栋啊。

王欣淳觉得徐立栋现在说话没有愣头青时那么雷人，虽然言之无物，也算进步了。

两人插科打诨互相嘲笑着，徐立栋感到王欣淳的放松和不设防，心里喜得落定。

说了不一会儿王欣淳就烦了，在店里随便拿本旧书看。书的内容同样乏味，她不禁打个哈欠。

徐立栋也无话可说，觍着脸对王欣淳：“你理理我嘛。”

王欣淳翻着书页：“理啊，你说啊。”

“你说嘛。”

“你有什么就说啊。”

“你说。”

王欣淳不耐烦了：“神经病啊？有话就说，没话我回家了。”

“好好好，”徐立栋忙弥补，“你还想吃什么不？不想吃我送你回去。”

他们不知道，这一幕将在他们的婚姻生活中反复上演。理理我啊。你说啊。你说啊。你怎么不说。你怎么不说。我没什么可说。我也没什么可说。那睡觉好吧？你总是不说话。你不也没什么可说吗？

就是那天吧，还是另外一天，反正也是徐立栋的车尾随王欣淳的车进了小区，王欣淳从地库上来跟徐立栋告别（往常她都直接坐电梯回家，可能那天心情比较好）。徐立栋熄了火，手插在裤兜里站在路灯下，要笑不笑地看着王欣淳走来。

又耍帅，王欣淳翻个白眼：“我上去了啊。”

徐立栋用身体堵住她：“跟我说会话嘛。”

“好吧。”王欣淳靠在花坛护栏上，顺手揪过一朵开败的牵牛花，在手心留下一抹似蓝似紫的湿。

“快点啊，有蚊子。”她皱眉拍拍腿。

徐立栋刚要说，王欣淳又打断他：“嘘，小声点，楼下说话高楼层不知怎么反而听得很清楚。”

徐立栋笑道：“怎么可能，声音的传播肯定是渐弱的。”

“你没有在高楼上听见楼下人说话吗？”王欣淳反驳，随即想起张爱玲散文里写的高层公寓，也说街道的喧声在六楼听着像在耳根底下一样，还拿人老了作比喻，说离开童年越远的时候，反而会想起一些儿时的琐屑。

“我没有。”徐立栋笑说。

王欣淳想拿张爱玲证明，再想徐立栋是不懂的，张张嘴又闭上了，只微弱地辩驳一句：“你下次在楼上听听就知道了，我在我房子里就经常听见楼下小孩说笑……”

“你做梦呢吧。”徐立栋笑。

王欣淳觉得他的笑里含着轻视,好像笑她傻瓜,一股火翻上来:“我走了。”

“哎,”徐立栋忙拉住她,“就这就生气啦?”他摸不着头脑,只好先哄着。

王欣淳一甩手:“有屁快放!”

徐立栋也往栏杆上一靠,沉默了一会儿才说:“今天我们有个二级经理猝死了,在健身房,才三十七岁。”

“哦。”王欣淳静下来,“怎么会?”

“可能对自己太狠了吧,升职才没几天。听说他之前挺胖的,半年就减了五十斤,每天只吃蔬菜,工作上也特别狠。”

“这么减肥身体肯定受不了。”

“王欣淳,你也三十岁了——”话刚落地他看见王欣淳立眉,显然又恼了,忙说,“你先别生气,我比你还大,我们真的都不小了。以前把父母淘得够呛——要不,我们就结婚好好过日子吧。”

先说死,再说生,徐立栋无意间说话高招了一回,成效颇好。

王欣淳低头搓着手里的牵牛花,已经被她搓成半干的一条了,但她心里没想起什么“死生契阔”的诗句,和徐立栋在一起从来都没有诗的。月亮就是月亮,灯就是灯,单元楼下的月亮和海边的月亮没有任何不同。

但她想起了王局长和元主任,想起他们深夜的叹息,想起他们明里暗里的焦虑,想起他们的削肩和白头发——有时候简直让王欣淳觉得她得为那削肩和白发负责。

最重要是她模糊感觉,她和徐立栋与王局长和元主任颇有相似之处。那就建立一个新的家庭吧,就像王局长、元主任那样。吵闹隔阂一辈子,最后就是亲人。

王欣淳点了头。

至少王欣淳觉得自己多少为父母牺牲了，但王局长、元主任可不领情。

“天下男人死绝了？好马不吃回头草都不知道？”王局长的手剑指苍穹，可惜已没有当年的威慑力，“不行！我坚决不同意！”

王欣淳坐在沙发上平着脸。王局长的“坚决不同意”像糙了芯的甘蔗，里面虚得厉害。

元主任低头叹息了一会儿：“可能就是命吧。”她把眼前的一切归为神秘主义。

“其实小徐那孩子也不错，原配还是好，你说呢？”事后她劝王局长。

王局长冷哼一声：“三十万！我白白给了徐章厚三十万！他妈的……在我跟前那嘴，挖苦讽刺无所不用其极……”

但他们还是出席了徐局长、徐太的饭局，最大的原因不是他们宽容，而是王欣淳的年纪。三十岁了！捏着鼻子去吧！

两家人见面，表面还是一团和气。

徐局长头秃得更厉害了，连“地方支援中央”都做不到，索性放弃，沿着脑沿留了一圈发。他又恢复成原来的样子，看上去有点老实巴交，沉默寡言的。

话主要由徐太说，这女人倒是像以前一样厉害，不卑不亢，理所当然，但毕竟上了年纪，底气也外强中干了。

“别的也都不说，彩礼我们给拿三十六万。以前的事都不说了，看天意咱们是金刀割不断的亲戚……”徐太说着。

元主任微微一笑：“现代社会，何况我们这样的人家，说什么彩礼？我们是独女，俗话说的，肉烂在锅里，全是她的。”

徐太脸一僵，知道元主任是拿那三十万赔偿说事，终于有些挂不住：“这事儿弄的，谁也没前后眼。早知道今天，当时还闹什么？我这人一辈子要强，你别笑话，都是为了孩子！”

吃完饭事情也就算定了，饭店离王欣淳家不远（也是徐家凑过来的意思），王局长、元主任吃完就走着回去。

“两口子还是鸡贼！”王局长愤愤说。

元主任淡淡的：“行了，当初也是看上人家两个儿子。现在他家小儿子的情况就那样，还单着，老两口也是想给小的多支援点。”

“唉，也可怜。”王局长想起徐太黑压压的染发下齐茬的白发，“自己养孙子也不容易！那孩子怕也五六岁了吧？徐章厚也退了，工资跟我还差着一截！”

王局长在人不如己的比较里感到了满足，再加上女儿的婚事总算解决了，他浑身轻松地哼起了“北国之春啊，北国之春已来临”。

王欣淳走在父母后头，走在那北国之春里，感到精神渐渐松懈下来，有种淡漠的满足。

多亏了徐局长的经济头脑，早早在新开发的南郊买了一套房。恰逢行政中心四年前南迁，学校、医院等设施如雨后春笋立起，房价翻了一番又一番。王欣淳空手去看了房，没什么不满意，离市政府又近，紧邻着的幼儿园、小学、初中、高中，虽然不是最好但也很不错了。绿化率也高，物业靠谱，到处经营得郁郁葱葱。

房子是精装修，王欣淳弄了几幅画和两只花瓶就不管了，还是元主任硬拉着她买了卧室的家具。

“干吗啊？说好他家买的嘛！”元主任刷卡的时候王欣淳抱怨。

“你自己不住啊？他们舍得给你花多少钱？又不是住一年两年。”元主任说。

妈妈脸上有明显的皱纹，皱纹上浮着一层刚才东跑西跑累出来的浮油。

“妈你能不能别这样？！”

元主任不耐烦了：“我又怎么了？哪儿又不满你的意了？”

王欣淳忽然哭了：“你这样让我觉得我不幸福就对不起你似的，但这是我的人生啊！”

听说女人嫁人都是要哭的，上次结婚前夜王欣淳哭是因为害怕，这次大概是因为失望。

在买家具的这天她提前把哭嫁哭了，哭得很大声，眼泪很大滴，搞得柜台后两个收银员面面相觑，不知道这卡还能不能刷。

元主任没理她：“刷吧。”

刷完卡确定好送货时间，元主任小心地把各项单据对一遍收进提包，就带着王欣淳走。

王欣淳还在一旁抽噎着，就像小时候一样顺从地跟着元主任。元主任就像小时候一样不理她：“哭的孩子不要理她，惯毛病。”

上了车王欣淳还时不时打个嗝，元主任蹙眉：“不急，气儿顺了再开车。”

王欣淳渐渐平静下来，打火把车开出去，感觉成人的硬墙慢慢又砌起来。

这时元主任在旁说：“缺吃还是少穿了？没工作还是谁欺负你了？多大个人了，还哭！”

从小王欣淳做文艺忧伤状的时候，或者莫名青春伤感的时候，耳边都会想起元主任这句话，好像人只要不缺吃、不少穿，就没资格闹情绪似的。

晚上回家王欣淳没事一样准备休息，反倒元主任左思右想惴惴起来，手里叠着王欣淳晾在阳台的衣服，一样一样给她收进衣柜里，借机问她：“你跟小徐，这次好好的吧？”

王欣淳贴着面膜闭目寡淡地说：“好着啊。”

“你不要嫌人家无趣，无趣的丈夫才是最可靠的丈夫。”

王欣淳不由从鼻子里哼一声。

“你……”元主任期期艾艾起来，“你跟你以前的，男朋友，啊……结婚后，你跟小徐怎么解释？”

王欣淳一把撕了面膜，满脸亮晶晶的营养液，眉毛纠结着，气愤道：“我有什么跟他解释的？”

元主任有些害怕似的退缩一下：“你们年轻人我不懂了，我就是担心……”

王欣淳冷笑一声：“你以为徐立栋还是处男啊，怎么可能？他差点结婚两次。”

“哦。”元主任愣愣的，有些苦涩地说，“那也好，谁也不嫌谁。”

王欣淳翻个白眼：“妈，我求你了，以后不要跟我讨论性的问题好吧，咱俩没那么熟。”

元主任气得一拍她的腿：“小白眼狼！你是我生的，跟我不熟？懒得管你！”说完合上柜子走了。

# 第十章　白鹤潭

婚礼不便像上次那样铺张，但一切都是殷实滋润的。两人到香港买钻戒、手表，顺便旅游。这座挨挨挤挤的南方小岛，人多得要命。远雪的一个朋友专门越过人海来招待他们吃饭。这女孩是香港一家咨询公司的职员，看起来非常职业：头发一丝不苟，标准坐姿，恰到好处的距离感，异常礼貌得体。好像她一生下来就是个咨询公司的职员似的。

这种职业感在内陆城市还是不多见的，王欣淳干坐了一会儿，把远雪要转交给她的礼物拿出来——是一本故宫日历。

那职员打开日历便笑了："很好，我很喜欢。"又说，"我祖父出生在北京。"直到这刻王欣淳才觉得她是个实感的人。

职员又说："远雪要是继续写作就好了。我三年前去北京出差，跟朋友看了个小众剧场，剧本就是她写的，印象很深，结果后来我们竟然辗转认识了。其实我十五岁前都在加拿大长大，所以我们很快就成了好朋友。"

王欣淳感到微微的嫉妒，因为远雪的剧本被排演竟然没有告诉她，而这女孩称她和远雪为"我们"。远雪的"我们"可能太多了。

"本来 Mike 也要来，临时有事，下回吧。"女孩一笑说，这个笑也很有实感，别有意思似的。

王欣淳旅行回家的第二天，就给远雪送代购的化妆品去。

远雪回国后一直暂住在朋友的空房里，在古城区白鹤潭巷。巷子很老，早跟白鹤与潭亳无关系，楼底是些油腻的小餐馆、小超市，还有一家修鞋铺，在城市真难得一见。楼房就在叮叮当当的敲鞋底声和轰隆隆吊着气的破油烟机上，被熏得斑斑驳驳。这地段固然是值钱的，但实在已不宜居住。家家黑洞洞的，只有一户窗子外头摆着一溜花盆，缺边磕角，开着些宝石花、波斯菊。远雪就住在那里。

王欣淳把一大兜免税化妆品瓶瓶罐罐地从香港搬到家又搬到这儿，难免有些不高兴。待走进黑污污的门洞，她不由觉得熟悉——多年前，远雪不就住在类似的地方吗？从这么一个地方，去了“人间天堂”加拿大，然后又回到这里来。

远雪坐在铁质圆桌旁，衬衣、短裤外披着一件黑色长款针织毛衣，毛衣上起了无数毛球。她仔细看化妆品瓶罐上的说明，然后把它们一份一份分开。

“干吗买这么多？背得我沉死了。”

“都是送人的。”

王欣淳不说话了。远雪啊远雪。王欣淳觉得用大量精神和物质维持多份友谊，是很累的。王欣淳太自私也太懒了，所以多年来真朋友还是这一个。但远雪不同，对她来讲一切情分都十分重要。

见王欣淳看着自己毛衣上密密的毛球，远雪解释：“这个衣服就是起球，其实还挺贵。”

王欣淳闻见一点淡淡的霉味，她已经不能像五六年前那样，觉得住在这样的地方像过家家。

远雪已经站起来：“走，我带你去吃饭。”

走到门口远雪说要换件衣服。等她换衣服出来，王欣淳不由后悔，后悔自己为当搬运工，穿得平常又没化妆。

远雪指示王欣淳把车开到一家很不错的日料店：“我办了张卡，朋友吃饭我都带他们到这儿来。”

两人坐下，周围装修以黑为主。桌子上空挂着一只艺术灯，是一圈光环环着的海铁树，黑铁丝样的网状树枝投下无数影子。

对面桌上坐着两个男人和一个女孩，那女孩高挑漂亮，皮肤和戒指、耳钉、项链互相辉映发光，而且很年轻。

王欣淳更加后悔穿得简单了。相反远雪显得很合时，她是只要一条小黑裙就能显出高级感的，非常高级，裸露出的脖颈和手臂，空无一物，更加高级，还有一种说不出的味道，耐人咀嚼似的。她比对面的年轻女孩更美丽。

王欣淳觉得自己不管怎样都输了。穿得不好看也影响她在好店吃饭的心情，而且她又想起一件更不高兴的事："你什么剧本演出了？都不告诉我。"

远雪"哦"一声："多久以前的事了，还在北京的时候写的。"

北京……王欣淳想想，那真的很久了。

"那有没有给你稿费？别被人骗了。"她忙叮嘱。

远雪果然摇摇头："没有，很小众的，也不常演出。"

"你可以继续写啊，说明你很有价值……"王欣淳想起两人少女时的梦想，不由有点激动。

远雪笑了："我刚写完一部小说，在加拿大零零散散写的，写了好几年。昨天有个编辑说愿意给出版，她说我文笔不错，就是读起来太生涩，快感不足。假如能再加一些言情的戏码就好了。"

"你怎么说？"

"算了。"

"你嫌加了会影响小说的……"

"也不是，我就是懒得加，写完就不想再动了。"

王欣淳没再说话。这很远雪。

后来那部小说被贴在一个加拿大华人论坛上，很是感动了一些人，后来就没有后来了。

"就算没多少钱，变成书做个纪念也好啊。"半晌，王欣淳说。

“有什么好纪念的……”远雪笑，“没什么好纪念。”

王欣淳沉默下来。

远雪转着瓷杯，她的手指很用力，指尖都发白了。现在日料店流行给喝一种叫“白桃乌龙”的茶，喝起来还是乌龙，但闻起来有花香和桃子味。

王欣淳深呼吸。淡淡的香气好像增加着远雪的美，远雪的美和从前不一样了。从前的好看毕竟还清浅，现在她的美更抽象，深幽曲折似的，让王欣淳想起生满绿苔的罅隙。

王欣淳送远雪回白鹤潭。

“有没有人追你？”路上堵车，王欣淳扶着方向盘笑问。

“现在追我的好多都是已婚的了。”远雪笑，“也有没结婚的，比如有个加拿大人，现在在香港工作。他……”

“Mike？”王欣淳忙说。

“你见他了？”远雪笑问，“我回国路过香港见了他一面，那晚我就住在他那里，但我不想和他发生关系。他很不开心。”

“你不喜欢他？不想和他结婚？”

“我很想结婚，我认为就算是失败的婚姻也值得尝试。我不想一辈子没结过婚。大概我对他的喜欢还不够结婚的程度。”

张爱玲说，这点喜欢别的不够，结婚也许够了。两个人同时想到这句话，然后一起笑了。这话对远雪来说不适用。

“他怎么说？”

远雪微笑：“他说他会 pray。”

王欣淳笑了：“可怜的人！”

路通了，王欣淳看着前面说：“嫁给一个很爱的人——那要是万一等不到怎么办？”

“我不知道。”远雪慢慢道，“实在等不到，也只好算了吧，反正也不要男人养。”

“你什么时候回加拿大，还是就留在国内了？”不等远雪回话，王欣淳又说，“你不是说回去很寂寞，那不如就留在国内算了，我多个人说话。”

远雪慢慢答：“我跟董事会请了半年的假，倒不急回去，但是下周开始我要出去了。”

“去哪里？”

“嗯……”远雪手肘靠着车窗，手指搭在腮上，眼神有些迷离似的，“我也不知道，走到哪算哪吧。”

嗯，这很远雪。王欣淳有些怅然，也有点羡慕。

这天，王欣淳、徐立栋到徐家吃晚饭——他们整天流窜吃饭，一会儿徐家一会儿王家，因为两人都不大会做。

徐立磊不在，小侄子从王欣淳手上接了礼物手枪，就开始乒乒乓乓四处扫荡，徐太跟徐奶奶两个人都制他不住，最后还是保姆连哄带吓给带回卧室去。

刚退休的徐局长捧着茶杯看电视。王欣淳干坐片刻就给徐立栋使眼色，徐立栋磨叽了一小会儿站起来，跟亲妈告辞。

徐太赶紧从冰箱掏出一大盒蒸碗肉和饺子交代给王欣淳。王欣淳一边谢一边就开门出去了，徐太在后面拉住徐立栋悄声说：“你也抓紧啊，快给我生孙子，都多大了！”

晚上回去王欣淳洗过澡，躺在床上刷手机。徐立栋笑嘻嘻地凑过来，刚拿起她一缕半干的头发王欣淳就往旁边一让，只听她大喊一声：“啊！你拽着我头发了！”

徐立栋见自己又错了，不禁辩解：“我没拽，是你自己猛一扭头。”

王欣淳不耐烦地把头发全捋到另一边，继续看手机。远雪在杭州雾雨蒙蒙的西湖边，配图文字说：我有伞，你有许仙吗？

她手指划过去，远雪又在粉白深黛的留园里；再划过去，远雪又在碧茫茫崂山云雾中；再划过去，远雪又在敦煌，黄沙漫天，她身上长及脚踝的黑裙猎猎斜飞着。

徐立栋的手又伸过来搭在王欣淳肩上。

“我累了。”

“你又累了？”徐立栋悻悻的。

他刚起身要走，王欣淳忽然又幽幽地看着他说：“我不能什么都没有。”她的眼睛没有聚焦，所以这话其实并不是说给他的。

“你还要什么啊？”徐立栋冲口问，声音大了点。

王欣淳忽然醒过来似的看着徐立栋的脸，那张脸颇为怨愤，又是个元主任理论的拥趸：有吃有喝，有房有车，还要什么……

王欣淳吐口气偏过脸，徐立栋起身到客厅看电视去了。

远雪长途旅行回来，找王欣淳吃饭。

这天王欣淳穿着西装，头发束起来露出整张圆脸，看起来倒很干练，连说话都清晰斩截很多。

几个月不见，王欣淳换了如此的新造型，倒让远雪意外。

远雪身上仍是照片里那件无袖黑色长裙，店里空调太冷，她又披上一件羊绒披肩。裙子、披肩照例都被她磨得很旧。她气色晦暗，人也旧了似的，嘴里衔着吸管，沉默地啜着饮料，看上去不甚快乐。这副形象也让王欣淳意外。

“出去玩了大半个中国，上班狗们都羡慕死了，怎么还不高兴？”王欣淳替广大上班族不平。

“美景是美景啊，但都是别人的，不是自己的。没有能留下来的地方……所以很累。”远雪捏着玻璃杯边缘慢慢转着，很用力，好像要把杯子改个形状，指尖都发白了。过一会儿她不再捏杯子，又用力把餐巾纸折成小到不能再小的一块，还用力去折，然后捏在手心里，把手心硌得通红。

王欣淳发现这次从加拿大回来后，远雪就有了这些琐碎的神经质的小动作，不知道她在不安什么。

王欣淳不明白什么叫美景“不是自己的”。难道还有是自己的美景？那得有多少钱——有钱也不行，有钱能买一块西湖吗？

“我最近挺忙的。”像每次聚会，王欣淳照例很快开始说自己，“我们处长特别倚重我。我知道他们之前都觉得我靠关系，我想用实际行动告诉他们不是。远雪你知道吗？以前我们觉得年轻人骂政府无能很热血，还很时髦，其实骂政府的人压根都不了解政府。政府都分为哪些部门，怎么运作，都不知道，就是骂。其实很浅薄无聊。”

“我现在负责的这一块挺有意义的，调研很多，报告很多。报告写得真实详细，我觉得能够帮助领导作出更正确的决策，可以影响很多人。”王欣淳又说，“我觉得我现在工作挺有意义的。”她重重点头肯定自己。

“以前我觉得这份工作就是个大酱缸，缸上密密麻麻爬满了蛆，所以不屑于去爬。现在才发现，你不爬，也不过是掉下去的那只蛆罢了——以为自己很高级呢！沉沦下僚，空虚无聊，更没有意思，人还是得有追求。”

远雪认真听着，很久没说话。“嗯，”最后她点头由衷说，“很好。”然后扑哧一笑。

王欣淳像被刺了一下：“你笑什么？”

远雪慢慢笑着说：“我不是笑你，你没什么好笑的。我就觉得你现在说的，很像《红楼梦》里秦钟死前跟贾宝玉说的话：‘以前你我见识自为高过世人，我今日才知自误了。以后还该立志功名，以荣耀显达为是。’”

远雪微微摇头晃脑的样子，把王欣淳惹笑了。

“人都争强好胜嘛，”王欣淳说，“物质上想多得好处，精神上需要肯定……”

“你喜欢你的工作，能认真为它出力，真的很好。”远雪忽然满脸疲倦。

听到“喜欢”两个字，王欣淳哑了一瞬。她当然并不喜欢这份工作，一开始是用来糊口的，现在是用来争强好胜的，因为“不能什么都没有”。

“那你喜欢当老师吗？”王欣淳问。

远雪想一想：“还行吧。”又说，“不喜欢。”

两人哈哈笑了。

“所以嘛，”王欣淳说，“这就是人生。怎可能只做喜欢的事？你回去后好好工作。听说加拿大的教职很难拿到的，他们有没有什么中级高级教师之类的？你就可以一层一层往上……”

远雪扑哧笑了：“我就暂时做一下，我定不下来的。”

王欣淳脸上露出一个有些看不起的笑，心想远雪做什么都没长性。

远雪也一笑。

王欣淳忙换个轻松话题笑问：“你出去玩这么久，有没有艳遇啊？”

远雪又扑哧笑了：“艳遇。”又说，“有啊，不过我没有跟他们睡。”

“他们！还不止一个！”王欣淳激动了，“快从实招来。”

“嗯……”远雪想着，“我去龙门石窟，路上认识了一个医生。”

远雪去龙门石窟，路上认识了一个医生。男女之间本来也不用说太多的话，医生清洁的鬓角和手指，让她并不讨厌。

本来是睡也可以不睡也可以，晚上两人在酒店，医生动手脱她衣服时，远雪扭过脸笑场了。医生捏住她的下巴吻她，想扭回来，不料远雪又笑了。

医生仰面倒到旁边，手盖住眼睛。远雪笑道：“跟你没关系，是我自己。我不知道为什么就是想笑。”又问，“国内现在这样很平常？”他明明已经结婚了。

医生哼了一声说："国外这些年都把你待傻了。"

下来大家都没了情绪，就聊天，远雪是很善于聊天的。

"我敢说他把从不给老婆说的话都给你说了。"王欣淳有些嫌弃地撇嘴道。

远雪想一想："有可能。"他说上班很累，评职称很慢，医患关系又紧张，关键是不知道这一切有什么意义，不知道自己到底想要的是什么云云，还有一些童年的琐事。

"然后呢？还有呢？"王欣淳问。

"还有……"远雪想。

还有她从龙门到敦煌的时候，遇见一群大学刚毕业的孩子。其中有一个男孩，瘦高苍白的，在火车两节车厢之间的吸烟处吸烟。远雪路过时他递给她一根。

王欣淳想象远雪和男孩站在烟雾缭绕里，窗外迅速划过田野和昏暗的天空。

"你知道吗，我都性冷淡了，你却在泡小鲜肉？"王欣淳恨恨的。

远雪笑："后来他女朋友很不高兴，一直排挤我，我就脱离他们自己走了。"

"你们就没有怎么样？"

"他摸了一下我的头发，从头顶，"远雪指耳朵，"到这儿，最后落到到肩膀，放了一会儿，他走了。"那一点接触，让她觉得非常安慰，她感觉到了爱……

远雪端起杯子喝口水，接着道："他也是那种有点家底的男孩儿，有点颓，看起来有点病态，冷冷的。我一看就觉得很了解他。他也知道。"

"她女朋友什么样子？"王欣淳也许是嫉妒了，脱口问。

"和十年前的你差不多，"远雪马上形容，"粉红的，圆圆的。小姑娘的皮肤，真的好。"

两人同时叹口气。

“你怎么了？”远雪问。

“什么？哦，我，性冷淡啊。”王欣淳懒懒地说，“我真的不喜欢跟徐立栋睡。”她大肆在嘴巴上开荤，“我也不是对他有什么意见。你知道,我们的生活没有任何矛盾……我就是懒得和他睡。想到和他睡，我就觉得，还不如真的早点睡算了。”

远雪蹙眉有点嫌弃地说：“你不要随意伤害人。你伤害了他，他迟早会报复回你，因为你们已经结婚了。”

王欣淳：“那能怪我吗？都是他们逼的。”

他们。

徐立栋的前戏多让人出戏，先不去说它。不知从什么时候起，其实打从结婚起吧，她的这点私事就不再是私事。

先是有天徐太问王欣淳：“你是不是太胖了？太胖了也不容易怀孕。”

把王欣淳气了个倒仰。她最近是心灵空虚对吃专注了点，那也不至于啊！

回家就没好气，她刚坐到沙发上报复性地打开薯片罐，徐立栋就紧张拦住：“你别在沙发上吃东西，会掉渣渣。”

王欣淳唰地起身，走到饭厅坐下。刚取出一片，徐立栋又拦：“你趴到桌子上再吃，不然还是往地上掉渣渣，掉了你又不扫。”

王欣淳炸了：“我就该扫地？你就不该扫？”

“我也没说我不该扫！”

“那你扫一个啊，还不都是我扫？”

于是两人为扫地吵了一架。

晚上躺到床上，王欣淳除了累的借口之外，又添了气的借口。

徐立栋愤愤道：“你根本就不想要小孩！干吗不直说出来？”

王欣淳眼也没睁冷笑道：“我就是不想要。我现在工作这么忙，领导把这一摊子都交给我了，我能不好好表现？说不定哪天有个机会我就升职了。”

徐立栋冷笑：“你年限还早着呢。”

“我先占着位子排队行不行？平时不努力，机会会白给你？”

徐立栋沉默了。他发现王欣淳真想当女领导，这和王欣淳不想生孩子同样让他不高兴。

这么多年他只涨了两级工资，离领导职务遥遥无期。和他一起进公司的两个海归，一个比一个迷之自信，说什么都振振有词，从不怯场，其中一个刚刚升了小组长。

“你一个女人……”徐立栋忍不住抗议。

“女人怎么了？我们组织部部长还是女的呢。直男癌！”王欣淳马上驳回去。

徐立栋吸口气又咽回去。他在公司说海归们不过，回家又说王欣淳不过。当然王欣淳也只有在他面前，嘴才最来得（口才才最好）。

第二天王欣淳正在电脑前苦苦地算数据，同比、环比、与十年前比，分行业比、分层级比、与兄弟市比，密密麻麻一屏。

正眼花缭乱，元主任电话来了，劈头先问：“怎么，我听说你们俩闹意见了？”

王欣淳翻个白眼，徐立栋多大了，还告状哪。

“你马上就三十一岁了你知不知道？还不抓紧，还闹意见！高龄产妇各种危险系数都增加，受罪的是你！”

这话元主任已说了不止一次。王欣淳起立快步走到走廊上：“烦不烦，我这上班呢！”

元主任：“反正你给我抓紧！有消息了我就不烦。”又说，“快，算算排卵期。”

“什么？”

“月经第一天算起，倒数十四天或减去十四天，然后前五后四。”

出错可能就是那天出错的。什么同比环比，年比月比，什么十四十四，前五后四。

等王欣淳发现有个数据对不上时，全套数据已发给办公室了。她连忙跑到办公室去改，上报数据的大姐挺着大肚子，大约是怀着二胎，没给王欣淳好脸色：“你怎么不早来？我早发省上了。”

“真对不起，能不能跟省里沟通改一下？”王欣淳求饶。

“那我担不了这个责。省上文件你也看了，数据不实的，按谎报虚报处理。”大肚子说，“你跟局长说去吧。”

王欣淳只得硬着发麻的头皮去敲局长的门。

局长皱眉听完原委，打断王欣淳的道歉，当面打电话叫业务处室的处长：“你陪小王到省里看怎么弄，把错的数据改回来。”

王欣淳连忙下地库开车，赔着一万个小心把处长载到省政府。到了对口部门，找到管业务的人，已经快中午。

省上职数多，一个管业务的男调研员看起来和王欣淳差不多大，也是个娃娃脸，已经是处级干部。他打开数据库看了半天皱眉说：“你们那份数据我已经与全省的汇总，昨天就交给中央了。”

王欣淳感觉手心哗地出了汗。

娃娃脸调研员想想说：“这事儿我得请示下我们分管副部长。”

到了副部长面前，就没有王欣淳说话的份儿了。她退立一边，极力做出惭愧的表情，听她的处长弯腰埋头使劲地解释和检讨。她一边听，一边想，我死定了，坑死直接领导了。

副部长是个戴眼镜的斯文中老年男人，听了沉吟一下说：“先放下吧。”

王欣淳吐出一口气把数据资料放在副部长桌上。

回去路上王欣淳问处长：“这事儿就算完了吗？”

处长没好气：“给局长回了话再说吧。”

果然局长听了说："不行。现在不像以前，还能胡搞吗？无论什么数据，都要如实上报！不然到时候查下来，说我虚报瞒报漏报，这都是要出问题的！"

王欣淳哭丧着问："局长，那怎么办？"

局长沉吟一下对处长说："你明天继续带着她到省上去！"

处长应一声两人出来。王欣淳又哭丧着脸问处长："处长，那怎么办？"

处长给了她一个谜之微笑："明天再说吧。"

反正也不是你弄错了啊！王欣淳哭丧着脸心想。

果然第二天第三天第四天再到省上也没有用。

王欣淳压力越来越大，感觉自己正在变成一只有罪的皮球，被局长和部长踢来踢去。最后只得回家：

"爸……"

王局长听了先说："你怕什么！一个市的数据，对全国的数据影响能有多大。"又说，"你只是统计数据的业务人员，上报表格都是处长局长签字的，最后要负责任也是他们。领导白当的？"

"那我该怎么办呀？省上不给改，局长非要改嘛！我这工作没法干了……"王欣淳急得嘴角起疱，眼泪都溢出来了。

王局长满脸嫌弃："为这点事还哭，我像你这么大都管一百多号人了！"

这件事后来靠王局长解决了，恰好他有个老熟人的亲戚在中央部委工作。熟人亲戚当面找部委业务人员解释了一下，对方正在统全国的数据，还没出结果，就表示允许重新报一份数据。但这数据也不能直接报给中央，还得取得省里同意，由省里操作。

最后王欣淳看到新的数据更新在娃娃脸调研员的电脑里，才长长出了一口气，有种再世为人的感觉。

关掉数据库，娃娃脸调研员的电脑屏保竟是韩国明星林允儿，在朦胧花光中对她粲然一笑。

“真的，真的，我从来没觉得允儿那么美，那么可爱，简直就像个菩萨啊！”

电话那头远雪喷笑。

挂了电话，王欣淳又打给元主任，要她“做顿好的压压惊”。

晚上徐立栋加班，元主任把给徐立栋的菜拨出来干干净净放着。王欣淳还在那述说改数据的九九八十一难，元主任笑道：“你表哥在研究所工作，有个同事也是，把一个数据弄错了。他们不像你们，造火箭的，一个数据错了最后不知道隐患多大。把错误报告上去呢，也是一级一级的怕担责任。最后那个小伙逐级打电话，一直打到国家部委，才把这错给改过来了。”

王欣淳啧啧点头，又叹气说：“最近工作白尽力了，真是干得多错得多。”

元主任咦道：“还不是你自己干工作不负责？所以这就是个教训，工作干不完就跟领导说干不完，但干了的一定不能出错，不然一边加班一边挨批，傻不傻？”又说，“话说回来，没人不犯错，过去就不要放在心上。”

吃完饭王欣淳要走，元主任把给徐立栋带的饭菜放在保温饭盒里交给她：“今晚啊。”

“什么？”

“什么什么！抓紧，今天是你的排卵期。”

“……”

“真是万丈激情都能给你浇灭了啊。”王欣淳转着方向盘说。

远雪的假期将结束，二人约着去告别钟仙姑。

“你们双方父母誓要给你们婚姻的小船安上一副好舵，这舵就是孩子。”远雪笑说，“老人也是折腾不起了。”

“要不我把工作一辞，跟你逃到加拿大去，你也不寂寞，我也不烦躁，多好。”王欣淳说。

“你不会的。”远雪笑道。

到了古城区,依旧静悄悄绿荫覆地的国槐,门可罗雀的咖啡馆——好像店主开店不过为消遣，清水衙门，民国将军的宅邸，钟仙姑的工作室。

“我在西市那边开了一家艺术馆，一共二层，一层展出我的画，一层喝茶。”钟仙姑将泡好的茶汤细细倒进小盏。

她像是刚沐浴过，长发半干披了半身，底下是件墨绿旗袍。

墙上有一幅狭长小画，碧青长流的石崖高瀑之下，细细一叶红舟飘过。王欣淳在画框玻璃上看到自己和远雪的影子。五六年了，她们都变了——虽不至于老皱，但终究有些旧了，滞重了。再看钟仙姑，竟然一丝儿都没变。这儿难道真是神仙洞府?

也变了，她原本只擅花卉的，现在山水也颇受肯定。精进了。

“西市那边，租金很贵吧。”王欣淳赔笑说。

钟仙姑笑笑看她一眼:“我买的。”

“啊，你真有钱。”王欣淳笑，“你的画卖得好吗?”

“北方不行，”钟仙姑说，“主要在南京和深圳。日本有个画廊也有合作，在那边，我的花卉很受欢迎，小幅走得很快。”

“在东京?”远雪问。

“在京都。”

远雪静了一会儿点点头:“京都很好的，有一种旧时代的气氛。”

王欣淳忽然鼓起勇气问:“钟姐，生孩子痛不痛呀?生出来烦不烦?”

钟仙姑笑，慢悠悠地说:“烦啊，但那是你生的啊，不能不管他。”

“那你的小孩呢?”话一出口，王欣淳有些脸热，感到自己未免无礼。

“大了，送到英国去了。”钟仙姑一笑。

王欣淳又想问会否影响亲子关系，当然没好意思问。她再次打量这神仙洞府，想一个有成就的女人，大概不能有太多拖累的。

把远雪送到白鹤潭，王欣淳慢慢开车回去。她住的这一片区域设施齐全而且安静，小区与小区之间梧桐树又高又密，感觉像外国。一片梧桐叶从高而浓的绿色穹顶里落下，恰飘在她的车窗上。

一叶落而知秋，她记得初中时远雪描绘宋代，青色的宫廷，宫女如花，立秋时辰到了，太史官高奏：秋——来——了，大殿上一两片梧桐叶应声而落，随即昭告天下。

那时候她们都还小，很容易沉醉在那遥远的美丽气氛里。

其实她倒也没有多么抗拒生孩子，只是没找到生孩子的理由。干吗要生孩子？因为别人生所以自己生，因为她已经快三十一岁？这理由特别有理，但又简直莫名其妙。

可惜她只是芸芸众生之一，不过芸芸众生过的日子，又是什么日子呢？

王欣淳开得很慢，后面的车催时，就让一让叫那些急死鬼们先过去。

回家……回家也是很无聊的。她不知道男人也会那么黏人，那么需要关注，假如做不到，男人也会满腹怨情。

“你怎么不跟我说话？”

“你说啊。”

“你说。”

“你神经啊，你自己都没话说你让我说？”

“你就成天玩手机！把你的手机放下！”

“我干吗要把手机放下！你自己不也常常拿着手机吗？”

他们之间既没有共同话题，也没有任何麻烦需要共同处理，闲得只好吵架。

以上过程走完后假如还有个人没有熄火，那就可以继续下面的：

“哪个老婆像你这样啊？不都是亲亲热热，一起看电视，一起出去玩……”

“你认识谁的老婆啊？谁的老婆好你就找谁好了。”

徐立栋朋友不多，还真的不太认识别人的老婆。

“你对我是冷暴力你知道吗，他妈的过这种日子还不如离婚。”

王欣淳怎么能输：“呵，那就离婚好了！反正我们也不是第一次离婚，轻车熟路。”

徐立栋被激得冷笑：“这次我们就彻底离了，你还不如上次结婚时呢！”他露出一个诡异的表情。

王欣淳立马炸了：“你什么意思？哦，是，我是跟别人在一起过，你没有？你和那些未婚妻们没睡？你有病吧！不想过算了——去你大爷的！”

吵架后的夜格外寂静，化妆品瓶落在化妆台上都发出砰的一声。王欣淳做完水乳精华眼霜晚霜颈霜手霜全套功课，在床头黄光中直挺挺地躺下。

她好像被定住了，动弹不得。生活渐渐化作万千丝缕，细细的，慢条斯理地捆住她。这样的生活不可抱怨——看看，多少人买不起房，买不起车，担心被辞退，早晨沙丁鱼一样的公交车里多少人面色苍黄？

第二天醒来，王欣淳抱腿缩在餐椅上啃饼干。徐立栋已经收拾好准备上班去。

“你……”

“没掉渣！”王欣淳恶狠狠道。

徐立栋叹口气：“我走了。”

门响后，王欣淳对空气说：“真不如离婚算了。”

但她也只是说说罢了。

远雪预备回加拿大前，忽然又决定去趟日本。“刚好赶上看红叶。”她说。

王欣淳想一起去，但这段儿工作正忙乱，不好意思张口要休年假，只得算了。

送机时，远雪拍拍少得奇怪的行李：“里头还有仙姑的画，跟画廊说好了，我人肉背去。”

“去吧去吧，”王欣淳嫉妒地说，“拍照片给我看，讲故事给我听。”

没想到远雪一去就没有回来。她到京都后，非常喜欢。

“人都说在京都住超不过一个月，因为太饿（吃的没油，冷且淡），又太寂寞。但我很喜欢。”远雪发图给王欣淳，那小小建筑的街道，很有古意，仿佛另外一个世界。那里已有零星的枫叶红了。

“你留在那做什么？”王欣淳已不再惊诧。也许是因为远雪永不走寻常路，也许因为她自己已经固定在一份生活里，别人的生活再撼她不动。

“就租了一间便宜的民宿住着，”远雪顺手发个小视频，是一间很小很小的榻榻米房间，站也站不直似的，一个老妪从门口弯腰哈背地过去，伸手笑眯眯羞涩地打个招呼。

“还有猫！”远雪嘿嘿笑。镜头里果然出现一只猫，和老妪很像，也弯腰哈背悄无声息地走过去。

“你预备待多久？”王欣淳问。

“可能申请个大学吧，好留得久一点。”远雪说，“我也不知道。”

王欣淳放下手机。第二天，上班，下班，在外面吃饭，回家和徐立栋说两句话，洗澡，睡觉。第三天，上班，下班，到元主任处吃饭，和徐立栋一起回家，说两句话，吵架，洗澡，睡觉。第四天，上班，下班，在外面吃饭，回家和徐立栋说两句话，洗澡，睡觉。第五天……

我做着份不喜欢的工作，还嫁了个不爱的人。王欣淳心里轰然，有一瞬塌陷。

她给远雪发个哭着笑的表情，又马上全都撤回。

远雪："？"

离婚也不能解决一切。王欣淳想，她的生活整个错了……而且错得坚不可摧。是怎么一步一步走到这儿的？

王欣淳感到自己可能病了，一阵发晕。

"你怎么了？"徐立栋问。

"头晕。"

"没事，你一天能吃能睡的，感冒都不得一回。"徐立栋看着电视说。

但第二天开车时，王欣淳忽然又一阵发晕，踩油门的脚虚了一下，恍惚听见后面一声尖锐的鸣笛。鸣笛车"呼"从右边超过去，车内人骂："女司机！"

王欣淳谨慎地靠边歇一会儿，又吃颗巧克力才重新上路。

她只知道自己已经很被动，但不知道更被动的事又已经发生。

她怀孕了。

# 第十一章　妈妈的女儿的女儿

这事让王欣淳和徐立栋都不敢相信。一个月一次都没有，孩子从哪儿来的？要不是王欣淳那一脸孩子样的空白和不知所措，徐立栋差点怀疑自己头顶草原。

她不知道健康肥沃的身体是那样渴望繁殖，简直经不住一点播撒。

身体的变化是那样奇异，微不可见又清楚明白，心情也奇怪地变了，有些触底反弹的意思。

领导从她头上撤走了一部分工作，家里所有人都小心翼翼地呵护着她。十月皇后，理应如此。

就这么一颗小小的种子——王欣淳看着自己平坦的肚皮——忽然就把她海洋文明的心牵至大陆文明，要她沉实稳重，安分等待春播秋收。

“呀，真好！”视频里远雪好像比她还激动，“我要当干妈了！”

王欣淳腼腆地笑。

“我这辈子应该不会生孩子。”远雪说，“还好你生了。”

小种子开始发威，很快开始宣告自己的影响力。有天早晨，王欣淳正照料自己秋播的雏菊新芽，忽然看到那绿色就一阵恶心眩晕。

王欣淳非常生气。她开始厌恶花草，厌恶火锅，厌恶生姜，厌恶西蓝花等一切“像乳头瘤”的蔬菜，喜欢吃面，喜欢吃豆类，甚至喜欢熬夜。

总之把她的爱好全反过来了。

至于昏天黑地，吃一口呕两口的孕吐，当然是一种排异反应。不是你的，偏塞给你，身体怎么受得了？

像一切茫然无措的新手，许许多多“过来人”涌现过来。亲戚朋友，孕妇理论课瑜伽课生育课催奶师的商家，各种育儿公众号，带着繁如乱麻的各项说教，让她更茫然无措。

更不要说九九八十一关的孕检。验血单，B超单，唐筛单，糖筛单，三维超单，彩超单，心率单……医生的眼睛在那些数据、线条、阴影上略作停留，你心里小鹿乱蹦，像回到儿时，等老师唱成绩。

唱出来后，成绩优秀的，面露喜色；将将过关的，长舒口气；不及格的，满脸惶恐。

有次王欣淳在候诊室，看到一个被筛查出脊柱畸形高危的妈妈失声痛哭。其余满屋虚胖的肥月样的圆脸先是一惊，随即漂浮在闷浊空气里，有不忍，有恐惧，有麻木。

忍耐过最后的尿频、压迫痛，最终到临产这一关。王欣淳被推进候产室打催产针，元主任坐在走廊椅子上心神俱乱。徐局长、徐太喜气洋洋，聊着天，或到产科楼下小花园逛逛。直等到下午还没有消息，徐太怕饿着儿子，催徐立栋去吃饭：“顺便给你妈带一份。”

元主任把涵养功夫全扔了，冷冷道：“这会儿我吃不下！”

到六点钟，护士把王欣淳推出来了：“开了两指，太慢了，等明天吧。”

王欣淳已经被宫缩折磨得满头大汗，元主任扭头就去找产科主任。

产科主任比元主任小七八岁，白皙精巧的样子，管元主任喊“元师姐”。她检查了一下说：“再等等也可以。”就叫护士，“羊水早破，今晚每四十分钟监测一次胎心，有问题马上给我打电话。”又对众人说，“要不，现在剖了也行，麻醉还在。”

徐太忙说：“再等等，再等等！”

元主任了然亲家已经开始考虑二胎的想法，面如秋霜，断然道：“现在剖！怎么安全怎么来。”

徐立栋不敢违拗丈母娘，签字画押，王欣淳就给推进手术室去。元主任继续在外面心神俱乱。

生育的时候，一切文明的教养都不作数了，整个人动物般光溜溜，等待天定的惩罚和赐予。

麻醉渐渐上来，王欣淳感到鼻腔失去知觉，头一次真实感到死亡的恐惧。

“医生，我，我不能呼吸了。”她艰难地说。

“哦，没事儿。”医生的声音十分轻松，似乎还带着笑意。

之后意识渐渐堕入黑暗。似乎只是一转瞬的工夫王欣淳醒了，像溺毙的人从黑水里猛然浮出，她大吞一口气，清晰地看到无影灯，听见医生们在聊天，然后肚子里什么东西被很大力地拽走。一阵水声后，护士拿着一个婴儿举到她脸前问她：“男孩女孩？”

“女孩儿。”

“亲一下。”

王欣淳在她额头亲一下。

麻醉后整个人无法控制地发抖，护士拿个纱布塞到她嘴里。

回到病房，那皱巴巴的小小婴儿就放在她床边的小床里。新来乍到，她很怕吧，浑身都是被曝露在陌生世界的紧张和惶恐：什么东西？什么声音？

王欣淳勉力抬起胳膊，把手指塞进她小小的拳头里。

元主任打水回来看到这一幕，扭头湿了眼眶。

当一个小种子变成一团活物降临到你身边，她的影响力就以核爆的速度增长了，控制你的爱好算什么，她将控制你的全部生活。

“我现在总算知道为什么坐牢是一种惩罚了。真的，憋死人。”坐月子的王欣淳跟远雪说。

远雪不远万里回来，看王欣淳干干净净躺在床上，放下心："我真怕国内不让产妇洗澡。"

"我剖完四天就洗了，我妈说不着凉就行。"王欣淳看远雪，她的衣着、皮肤更有磨损之感，大约是经济又困窘了。不知这阵子机票贵不贵，王欣淳感动地想。

远雪坐在王欣淳身边，两人一起对着摇篮和一面窗。窗外是个夏末黄昏，天上琐琐屑屑的云都沉淀下去了，灰蓝灰紫灰黄灰褐，城市大地苍茫似的。

季节正盛极而衰，树丛缭乱着，但那悄然的枯萎也是一种静态的宁和。

"没有比婴儿的眠床边更安宁的地方了。"远雪忽然说。她深深吸一口气，吸进甜甜的奶香，婴儿抚触油的柚子味，王欣淳头发里的香波香。

"睡着的婴儿的眠床边。"王欣淳更正。

"经此一役，我还没怎么，我妈倒把几万年的委屈都勾起来了，也不知道她委屈什么。骂公婆冷血，骂徐立栋没有人心，她平时怎么对女婿的，公婆对得起她吗？这都什么跟什么啊。"王欣淳乱七八糟地说。

远雪看着她说："行了，你有这样一个妈，不要太幸运。你记得咱们同学李蕾蕾吗？也刚生，二胎，又是个女儿，她公公马上说明年再生一个。我去的时候，她刚大哭大闹完，跟我说，只怨自己生不出儿子。那也是坐月子呢。"

"什么年代了，可笑，她干吗怨自己？"王欣淳愤愤不平。

"人到了没办法的时候，怨自己还心平些。"远雪平静地说。

王欣淳想象一下如果是自己。她看看她的婴儿。小东西听见一点响动就马上举起双拳挥舞一阵，连睡梦里也是，好像这点儿可怜的力气能阻挡什么似的。

这样的小东西你是不能离开她的。

“带走孩子离婚不行吗？”王欣淳问。

远雪微微一笑：“她怀孕后工作都辞了，带走孩子，带一个还是两个？以后怎么生活？就算找到工作，孩子这么小，谁来抚养？不是所有娘家都愿意接受出嫁的女儿的。”又安慰她，“你这样最好了，嫁个普通殷实人家，娘家管用。真的，最好了。”

“好吧。那你准备再在日本待多久？”王欣淳问。

“待几年吧。”远雪笑说，“京都那家画廊有个女职员结婚，不再出来工作了，老板愿意让我做。”

王欣淳静了一会儿点点头：“你喜欢的。”又说，“你可以的。”随即她怀疑远雪这次回来，也许不单为了她，还为李蕾蕾。看样子李蕾蕾也是把远雪当知心人的，王欣淳有点嫉妒。

“有苗不愁长”，时间在婴儿身上是快进的，一个月一个模样。

徐太因为要带徐立磊的孩子走不开，也是怕看元主任的脸，干脆偶尔点卯，不大上王欣淳的门。

元主任早已退休，这次彻底辞掉返聘职位，专心带领育儿嫂照顾王欣淳母女，把一切管得井井有条。因怕王欣淳失血太多伤了元气，海参燕窝，各种补血的药一起上，加上孩子不停点儿的各类需求，把管采买的徐立栋支使得团团转。

王欣淳奶水很好，但到孩子半岁的时候，元主任做主：“给她把奶断了吧，以后奶粉辅食喂养。”

“现在不都倡导母乳喂养吗？”王欣淳诧异。

元主任冷笑：“母乳喂养是好，那是在母亲不用上班的时候。你马上就上班了，一夜几次哺乳，白天上班背奶，不消两年，就累成个虚胖子！你生得又晚，真急着做黄脸婆啊？”

此事过后，元主任和徐太就彻底掰了，各自表面还能笑，心里都恨恨的。徐太恨自己完全失去话语权，元主任恨她又不出力还妄想争夺话语权。

王欣淳断奶后报了个健身班，等回去上班时，有一多半人说她生完孩子倒漂亮了。

大半年的一耽搁，王欣淳被调至另外一个处室。像基层当个科长都不易一样，市里当个处长也要论资排辈，一个字——等。她现在等于是重新开始表现，重新开始等。领导的喜爱、同事的认可、工作的成效，要升职，这三项缺一不可。时时刻刻，都要窥伺着，窥伺着环境，窥伺着机遇。

然而她的新直接领导，一个女处长，并不喜欢她。这是个非常精明强干的女人，比王欣淳也大不了几岁，但很轻易就看出王欣淳的娇气和软气（全属不靠谱的气质），重要工作从不倚重。

王欣淳几次表现受挫，不免懊丧，便有有心人来八卦。这位女处长是远嫁来的，家里房子、车子全没女处长的名字。

“所以她工作才那么拼命，要不这样，婆家人更骑在她头上呀！工作就是她最大的荣耀，除了工作，她真没别的可靠。”

有心人的话可以说很刻薄了。女处长平时雷厉风行，看来也得罪不少人。

王欣淳按元主任教的，逢年过节、出去旅行给女处长带点小礼物，平时工作谨慎些，从不闲话家庭等话题。一两年下来，关系才渐渐融洽。

这天王欣淳加班回家迟，女儿犀犀跪在地毯上扒着小桌子，不知在干什么。

徐立栋在旁边沙发上玩手机，正想抱怨“怎么又回来这么晚”，看见元主任从厨房出来，就没敢说。

王欣淳洗手过去抱女儿，只见犀犀刚把一颗葡萄放进嘴巴，又掏出来放回小碗里。

“你在干什么啊？”王欣淳蹲下问。

犀犀答：“外婆说小孩吃小点，不然会噎着。”她又拿起一颗放到嘴里量了量，可能这次大小满意，用小牙齿咬破吃了。

王欣淳看碗里一半葡萄都亮晶晶的沾着口水，想必都给她量过了，就喊元主任：“妈，你看她，多不卫生！”

因为育儿嫂又请假了，元主任正在厨房给王欣淳热饭，就没听见。

王欣淳到厨房，看见元主任微佝的背影，挨过去问：“怎么不理我？不高兴啊？”

元主任头也不抬：“不高兴什么！”却又酸酸地道，“今天她奶奶来了，你女儿亲热的，抱着要跟奶奶走。真是跟人家姓的，养不熟。”

王欣淳笑：“犀犀那是怕你，谁让你成天叫她学这学那。”

犀犀两岁多，在元主任的教育下，已经能自己穿外套、吃饭，能认识近百个字、背几十首唐诗，会数数，还能完整流利地讲长达数百字的故事。

元主任不悦：“我不管，要靠你们，把孩子就带成傻子了！就知道把她当成玩具玩，不然就是带出去疯跑。”

“早早地填鸭也不好。”王欣淳笑说。

“那怎样教育好，你说出来按你说的教。”

王欣淳不响了，她对儿童教育才是一知半解（其实是一无所知）。

犀犀上幼儿园后，元主任就把育儿嫂辞了。每天在王局长和王欣淳两处之间跑着，不是照顾王局长的吃饭，就是照顾王欣淳一家的吃饭，还要接犀犀，还要抽空去看望王欣淳的外公。

这一阵元主任常常头痛，其实她头痛由来已久，不知怎么忽然痛得有些太厉害了。王欣淳忙陪她去看，因为隐隐知道从来不说自己哪儿不舒服的元主任，说出来就一定已经很严重。

坐在 CT 室外面，换王欣淳心神俱乱。

几个科室走下来，高血压、高血脂这些老年常见病是免不了的，心率也不齐，但从医生嘴里说出来最多的两个字还是：劳损。关节、脏器，各个方面的劳损。

王欣淳松口气，取了药把元主任送回王局长处，从此开始“独立育儿”。每天下午给犀犀报托管班延长两个小时，她下班再把她接回家，然后草草给自己跟徐立栋做饭，饭后跟犀犀胡混一会儿，刷牙、洗脸、洗澡、哄睡，再给自己随便洗漱一下，也就快十一点了，等躺到床上都是筋疲力尽。早晨起来送孩子上班，又是打仗一样的新一天。

徐立栋现在最大的爱好则是看房，房价已经高到让人买不起，但他仍然见缝插针地在犀犀刚出生时的小小低谷购进两座公寓，等犀犀上幼儿园时卖掉，赚回不少，是他们全家这三年的工资的两倍。他现在就想怎么用这些钱再买一套大房子。

元主任回去后徐立栋十分愉快，而王欣淳则因为累，开始常处暴怒边缘。

有天犀犀睡了，徐立栋过来拉她：“陪我看会儿电视嘛。”

王欣淳冷笑：“你倒是帮我带带孩子啊，累成狗还要陪你？”

“你也没把她带得多好啊。你看她今天衣服脏的，从幼儿园出来，跟个小要饭一样。”徐立栋不悦。这天徐立栋单位年会后走得早，是他接的犀犀。

王欣淳立刻怒了：“又不是我一个人的孩子！嫌脏，你不会给她洗洗吗？”

徐立栋没想到随口一说又激怒了她，连连告饶：“行行行。”

“行什么行？”

“那你想怎么样？”

“不想跟你说话！不要跟我说话！”王欣淳大声咆哮。

第二天下雪，王欣淳在办公室磨洋工，她现在觉得还是上班比较轻松。靠在窗边，外头雪飞散着，那种氛围久违了。她拿出手机跟远雪聊天，聊着聊着又诉起了苦：现在我所有业余时间都奉献给徐立栋和犀犀了，但一个讨厌，一个烦人。徐立栋无所谓，关键是犀犀。犀犀好像跟我不怎么亲。

“以前你管她少，小孩子嘛，慢慢就好了。”远雪安慰她。

下雪还遇上限行，王欣淳挨到下班把未完成的工作一推，叫个滴滴回家。雪天拥堵，待接上犀犀，天早黑了两个小时。托管班的老师脸色不好看，孩子情绪也不佳，上车就睡着了。等到了小区门口，王欣淳叫她起来，犀犀睡熟了，耍赖不肯起来。

叫了半天，司机等着，王欣淳有点尴尬，就笑着说：“这儿有个小孩不肯回家，司机叔叔要她吗？”

犀犀听见一骨碌翻起来，立刻在车里撒起了泼，两脚扑腾乱蹬：“你说什么，你又不要我了？你说什么，谁让你这么说？”

王欣淳倒呆了一呆，一边跟司机道歉一边死力把女儿扯出来，拉到路边站好：“你发什么疯？乖乖跟我回家！”

“我不回去！我不回去！”

“给你买鸡腿。”王欣淳还哄。

“不要！不要！”

“再作我揍你啊！”王欣淳怒了呵斥。

犀犀愣了一瞬，忽然捂住耳朵大喊：“不想跟你说话！不要跟我说话！”接着一阵鬼哭狼嚎。

急雪滔滔的，路过行人被犀犀的尖叫惊着，纷纷看王欣淳。

“不想跟你说话！不要跟我说话！”这是王欣淳常拿来对付徐立栋的话。她给犀犀把帽子、围巾戴好，空着手站在雪里愣了半天，硬把她拖将回去。

“不想跟你说话！不要跟我说话！”犀犀还在喊。

大概从那晚起，王欣淳进化成一个更“合格”的母亲。凡事耐心有商量，不好的事又要有原则，还有很多时候，她还像赔着小心似的。

因为她有点惶恐——这个从她肚子里出来的小玩意，这么快就已经是另外一个“人”了——这么快就不再遇见响动只会挥舞软拳头，而她用一根手指就能安抚。

她简直聪明得有点让她害怕。

徐立栋慢悠悠从单位回来，饭已经做好，而且王欣淳已经吃过了。餐厅暖黄的余光里，能看见宜家小黑板上的新字。王欣淳已经在给犀犀教古诗，王欣淳已经在跟犀犀玩童话角色扮演，王欣淳已经在和犀犀唱歌跳舞，王欣淳已经在和犀犀做手工。

而且王欣淳现在的情绪非常克制。她还反过来劝他，绝对不可以在孩子面前争吵。

徐立栋觉得丈母娘不在的日子真是岁月静好。而妻子的性冷淡，只要是里外如一的冷淡，倒也不失为一种贞静，一月一次就一月一次。徐立栋简直想再要一个孩子了。

但元主任又卷土重来了。

按说元主任并非不通人情之人，辅佐王欣淳婚姻的小舟上了正规航线后，她就要功成名就身退的，怎会再掺和进来？

这要从王欣淳外公忽然去世说起。

那天是周末，徐立栋睡到十二点起床，王欣淳已经带犀犀上过音乐课回来，正在炒从超市买的半成品。

大家刚上桌，王欣淳手机忽然响了，是元主任。

“淳淳你快过来，你外公不在了。”元主任哽咽道。

王欣淳挂了电话，抬起筷子夹了一筷米饭。米饭没咽下去，倒把眼泪逼出来了。

徐立栋看了不忍，把她筷子收了：“吃不下就算了，我送你过去。”

犀犀在旁边眨巴着眼睛，难得给她换掉心爱的小红裙时没有抗议。

王欣淳想不到外公会自杀。

外公已经八十多岁了，在王欣淳的幻想里，老人都是知天命的，甚至“贪生怕死没瞌睡”，何况外公——外公还是个爱开玩笑的老人。

元主任上研究生时，常把王欣淳丢给外公。当时王欣淳恰和犀犀差不多大，外公见面就笑嘻嘻地说：“‘小黑五类’又来了。”又说，“外孙是外公的狗，吃够了就走。”王欣淳直觉不是好话，气得就要走。

到了犀犀这里，外公还是照旧，逗得犀犀又哭又笑。但王欣淳因为太忙，虽然在一个城市，也难得去看一次，上次去犀犀裙子外面还套着毛衣呢。外公那天像是心情不太好，坐在阳台上，太阳走过去了都不知道。

王欣淳跟舅舅、舅妈闲话一会儿，过去看见外公坐在阴影里睡着了，一本书掉在地上。王欣淳捡起来，是一本《金秋》杂志。他正翻着的那页是一篇《陈毅旧事》，王欣淳不耐烦看，但有一行下面重重画着线，内容大概是什么“不能自绝于人民，否则……”

王欣淳后来很后悔没有仔细看看那篇文章，连画线的部分都记不清了。

她刚合上书，外公忽然醒了。那是非常警觉地一醒，外公的眼神是她从未见过的，像含着惊骇，冷冰冰的。随即外公认出她，冰冷消释，恢复正常：“要走了？”

王欣淳抱歉地笑：“早点回去犀犀要上课。”

外公点点头，像是心绪不好，脸上没有笑容。王欣淳起身走了，走进窗帘低垂的室内，走到满满的书架旁，里面大多是医学专著与古典文学，忽然听见外公又说：“过两年我就回来，你们不要担心。”

“啊？”王欣淳回头。

外公的脸对着空气，王欣淳就走了。

第二天王欣淳才想起来把这事告诉元主任，元主任正在医院给王局长买高血压等中老年人的药，听了沉默一下说：“我回去看看。你外公一辈子脑子清楚，八十多了还不糊涂，现在可能有点儿糊涂了。”

谁知道三个月后，外公在浴室用隔帘的拉绳自缢。

这时大家才开始回忆，你一言我一语，说老头子最近就怪怪的。有一次他忽然收拾起旧衣服，“把坏的留到里面穿”。又有一次，半夜起来说“他们来叫我了”，并且让大家放心，因为“关不了太久，总会放出来的”。

可惜大家对老人常像对小孩那么敷衍，听过也就算了。

在家里的小型奠台前，香火明灭，亲人围坐，听着“他们来叫”这样的话，却并不恐怖，倒有些亲切似的。外公的遗容挂在中间，也好像听得津津有味。

“说到底，老头子还是对那段事儿过不去啊。”一个表舅叹息。

“嗐，你记得当时……”另一个“表表舅”说。

从几乎陌生的远房亲戚嘴里，王欣淳才震惊地探悉到家族旧事。元主任从没提起过。

外公的青年形象，大概是一个穿白色西装，风流倜傥，上学还带着书童的大学生，直到土改时他的父亲作为土豪劣绅被枪毙。有这样一个父亲，外公在各次政治风潮中被吹得东倒西歪，也是在所难免。

“文革”一开始，外公被迫脱下白大褂，下放到故乡农村劳改，后来又调回城内“控制使用”。

这一段，外公倒是笑嘻嘻地跟王欣淳说过：“医院的人都批斗我，批完了，下来说‘老元啊，对不住啊！’‘老元啊，没办法啊！’”

他就去掉尖帽子拱拱手：“理解理解！不怕不怕！”

但他没有告诉王欣淳，在故乡农村的某个寒夜，他差点自杀成功。

那晚刚受完批斗，批得很仔细，灯都没油了。他就跑到水库上，捡了块石头。

那天，夜风割脸吧。他砸啊砸，在冰上砸了半天，才砸出一个窟窿，正要往里跳，同族表表舅的父亲忽然出现把他拉住了：“哥啊，你干啥？”

外公说：“不干啥，不活啦。”

表表舅的父亲，一个故乡农民，就说：“以后砍柴，我给你砍好；拉冰粪，我帮你上绳子。不就这点事吗？”

外公一想，批斗也只是一会儿；活下来，一辈子无非砍柴担粪，难道比治病救人还难？算了，不死了。

那个寒夜已将过去半个世纪，年近耄耋的外公，怎么还是走上这条不归路呢？王欣淳怎么也想不通。

“也许一个人生出了向死之心，就总有一天要实践它。”远雪说。

“你不会有这种心吧？”

“我当然有。”远雪说，“你呢？”

一时之间，王欣淳没有回话。她晚熟，二十五岁前都没想过死亡的事，等发现自己难逃一死，就开始贪生怕死。但现在，她偶尔觉得，也许死亡也是一种休息。

“我有犀犀呢。”最后她说。

现在殡葬服务都是一条龙，烧化后骨灰寄存在殡仪馆。

头七二七三七四七，来的亲戚渐渐变少，最后只剩下王欣淳和舅舅、二姨、小姨四家，还有舅妈的娘家大哥。舅舅带着舅妈、表弟拈香烧纸磕头罢，元主任才带着姨妈们磕头，下来是王欣淳们。

表妹就问王欣淳：“大陆不是很讲究礼数吗？怎么表弟磕完才该大姨？大姨不是长姐吗？”这表妹是二姨的女儿，上世纪九十年代跟二姨去了香港。

王欣淳说：“大概因为他是长孙，是男的吧。”

表妹仍不解：“那我弟弟也是男的啊。”

“你们不姓元。”王欣淳低声说。表妹耸耸肩。

有资格抱骨灰盒的也是舅舅的儿子。

每到这种时候，王欣淳就有种自己不配这么悲痛的感觉。你这么悲痛，却原来并非核心人物，好像一个配角过分入戏，叫观众都尴尬了。

外公的七七做完后，外婆紧跟着也去世了。外婆去世没有再引起王欣淳太多悲痛。也许因为那时候的女人总是不太要紧的，像个影子，跟着男人起落，没太多让人怀恋的人格魅力。也许因为外公骤然去世的刺激，在生死问题上，王欣淳已经有些习惯。

舅舅按遗嘱继承了外公所有房产和积蓄，舅妈大概担心几个姑子有意见，始终叫娘家大哥主持一切丧仪。

二姨很快带表妹回了香港，小姨也回了新疆。王欣淳知道，这大概是老人最后一次把亲戚们聚在一起。

王欣淳重新返回“公务员＋保育员”的岗位，忙得非常充实。她的生活现状，颇获元主任的肯定，但元主任的生活，却开始让王欣淳不满了。

有天王欣淳带犀犀回娘家，发现洗手间的盥洗盆裂缝了。

“妈，你也不叫人修修，要不换一个啊，多难看。”

元主任跑过来觑眼瞧瞧，“哦哦”直点头。

过一阵王欣淳再来，裂缝又大了些，还积存着许多黑垢。

王欣淳稍加注意，就发现她的旧家几乎在以飞的速度折旧变污。油烟机没有定时清理，灶台摸着黏手；木地板许久不打蜡，走过去刺刺啦啦的。还有一次，她发现元主任洗碗竟不用洗洁精，就拿温水冲冲，而那天他们吃的是狮子头，大油。

“妈，你现在怎么这么凑合啊？”

水流哗哗中，元主任闻声惊抬头，像是心虚了一下：“能洗干净，能洗干净。”

她擦擦手快步走出厨房，简直有些逃避的意思。王欣淳把擦手的厨房毛巾拎起来闻闻，赶紧扔到水池里。

到客厅，元主任正捧着玻璃杯喝热水，那玻璃杯王欣淳觉得也乌突突的。

王局长吃饱了饭，昂着脸回书房，也不理人。

王欣淳奇怪问："我爸怎么啦？"

元主任冷哼："管逑他。"

王欣淳震了一震，元主任什么时候这么粗俗了？

王欣淳就去书房找王局长，王局长最近在帮忙写市志，一个月多赚四千五百块钱。

一听王欣淳问，王局长迫不及待地诉苦说："你妈妈现在疯啦，自从你外公外婆去世后，她就不好好过日子了。前天我说我感冒不舒服，她竟然叫我自己去医院。"

王欣淳翻个白眼："那你就自己去一下怎么啦？再说感冒也不用去医院，你就吃点药忍一星期吧，别老一天到晚哼哼的。"

王局长气得直摇头："你个不肖子孙！"

"你到底怎么惹我妈啦？"

"我惹她？"王局长一梗脖子，"我什么时候惹她啦？你外公外婆去世弄得大家人仰马翻，我说了两句人要厚养薄葬，她就急了。怎么，我说的不对呀？"

王欣淳又翻白眼："我妈心里正难受，你还说这话，你管人家厚葬薄葬？"

王局长冷哼一声："我不管，人家也不让我管。主事儿的不是你舅妈的大哥吗？还有你外公，哼，活着的时候跟我亲得不得了，死后，什么都给儿子！你爷爷奶奶去世早，这些年，我何止顶他半个儿？老两口一有不舒服，哪次不是你妈前前后后伺候？到了，一个子儿都不给我们。其实给我，我也不要，我都给你舅。可他连发扬风格的机会都不给我！"

"那还不是因为我舅这两年生意不顺？咱们家又不缺外公的

钱——外公能有几个钱啊。反正我妈照顾你半辈子了，这时候不管怎样你也该安慰她。”

王局长摆摆手：“你妈现在已经神经了，她不理我，我也不理她。”

那她做的饭你倒还吃，王欣淳气得转身走了。

出来见元主任已经躺在沙发上，盖着一条赭黄色花毯，那脸色便和毯子差不多黯淡。最让王欣淳吃惊的是她的神态，松弛萎靡，这是元主任从来没有过的。

“妈，你怎么了？”

“没怎么。”元主任把脸往靠枕里偏一偏，鼻音浓重，好像在遮掩什么。

这时电视里马尔泰·若曦正演到油尽灯枯，等四爷来，四爷没看见她的信，偏偏不来。等来了，她已经成了一瓶灰。

王欣淳蓦然明白，元主任是看言情剧看得哭呢。这么老的剧！

一集结束后，元主任眯着了。王欣淳翻翻观看记录，全是言情剧，大多是韩剧，什么《蓝色大海的传说》啊，《孤单又灿烂的神：鬼怪》啊，《当你沉睡时》啊；竟然还有《流星花园》。

元主任一觉醒来后，看见面前杵着一只行李箱。

“干吗？”

“不干吗，跟我走。”王欣淳说。

“胡说什么呢！”

王欣淳把王局长的药一份一份分好装在药盒里，让元主任过目后交给王局长：“我把我妈带走了，你自己消停几天啊。”

回到家，王欣淳列了个犀犀作息时间表给徐立栋：“等我回来，只要娃还活着就行。”

徐立栋一看，炸了：“有孩子呢你还乱跑什么啊？”

王欣淳看着他说：“我已经独立带她一年了，你带一星期都不行吗？”

直到上飞机的时候，元主任还在担心：“你爸也不知道按时吃药没有，吃饭还不知道怎么胡凑合呢。”又说，“你这样瞎跑出来，人家小徐没意见吗？回头又吵架，那可不划算。你像犀犀这么大的时候，我除了上导师家，最远就到菜市场。”

“嗯，你说。”

你说，你说。这趟日本之旅，王欣淳说得最多就是这两个字。你说。说我也行，最好是说你，说什么都行。

泡温泉，元主任脱衣服时背过身去。

我是从这具身体里产生出来的，王欣淳奇异地想。现在这具身体到处都松垮垮了，特别是肚皮，当时剖腹产是竖切，把肚皮分作两半，现在它就像一幅中间提起的窗帘。

脱好下水，母女俩下半身泡在汤池里，上半身都趴在池沿上看手机。

王欣淳凑过去，屏幕里一张同学聚会相片，问：“这都是你同学？”

“啊。”元主任放大照片端详，“都老成什么了。”

“有没有年轻时候的？给我看一看。”

“喏，这张是高中专毕业照。”

王欣淳仔细看那翻拍的发黄照片，其中一个大眼睛、两条大辫子的，正是元主任：“哇，比我好看。”

“你是被你爸影响了——颜值。”元主任用了个新词。

王欣淳撇撇嘴，忽然搂住元主任，皮肤和皮肤贴着：“妈，你谈过恋爱没有？”

“我没有。”元主任正色推开她，又小声说，“我们那时候上学体检直接查处女呢，谁敢乱来？那时候也不懂。男生女生在一起说个话都不得了了。”

“那跟我爸结婚前，你就谁也没有爱过？”

“没有！”元主任溅起一小片波浪，但她想一想又低声说，“那时候不是下乡嘛，有一个北京来的知青，个子高高的，嘴很能说，长得比你爸强多了……”

王欣淳睁大眼：“然后呢？”

元主任转身溜下去闭上眼：“然后什么啊，都各自回城了。”

王欣淳点点头：“我说呢，我花痴颜控都是遗传你啊。”

“胡说！你要有我的劲儿，现在早就……”

“早就上北大，当处长了吗？”王欣淳撕开面膜袋子，微笑说，“妈，我有时候也觉得自己挺无能的，上学考不上北大，工作当不上处长。将来嘛，可能既不能做王局长，也不能当王主任。你们嫌弃我吗？”

你不努力怎么知道？元主任把嘴边的话咽下去，改为：“我从不逼孩子怎么怎么样……”

话犹未完，母女两个都笑了。

元主任有点不好意思地笑说：“随你吧，健康快乐就好。”退休后她也觉得，局长不局长，主任不主任，到了也就那么回事。

到京都时远雪来接，虽然也有近三年未见，但因为两人几乎天天微信，天涯若比邻，倒也不生分。

远雪又是那么不着痕迹地周到贴心，让王欣淳母女迎来旅途最放松的一段。

远雪提过元主任手内的行李，见王欣淳眼光灼灼地看着自己，便问：“怎么？”

王欣淳点点头：“说不出来，你现在身上有一股日本味儿。”

“什么是日本味儿？”

“看着更神经质了。”

元主任推王欣淳一把，远雪哈哈大笑：“你说对了。我为什么留在日本呢？因为这儿的人，比我还神经质！”笑完她接着说，“好久没这么大笑过了。你们来了也知道——不管人再多，到处都是静悄悄的，是不是简直害怕？”

元主任和王欣淳同时猛点头：“就是啊！”

在电影一样的街巷里走啊走，走到远雪推荐的民宿放下行李，大家就近吃饭。是在电影里那种古旧、清洁、局促的日式小店，好像后堂随时会走出一个旧时艺妓，细细笑着说：“妈妈，我要去上班了。”

有两个老人在小店一隅沉默地吃着汤面。服务生却是个日式杀马特，像顶着一头钢针，一见远雪就凑过来，笑得吃小孩似的嘴张老大：“Yuki，Yuki”，叽里咕噜一长串。他还比较有实感。

远雪像个日本女孩一样微微偏着头，眼睛碎光闪烁，认真听完，一边回答一边点头，杀马特摸着后脑勺又笑了。

饭菜出人意料地清淡美味，吃完就赶着去金阁寺。元主任做什么都计划得满满当当，从到日本起，路上催，到了催，进景点还催。

“妈，你要不拍个到此一游照片咱们马上坐飞机回？”王欣淳终于忍不了了。

元主任讪讪的：“好嘛，好嘛，不催，不催。”

但没过一会儿又是：“差不多了吧？走快点，待会儿不还要去岚山公园？”

远雪柔柔笑道：“阿姨，岚山公园不近呢，要不今天就好好在附近逛逛吧，明天我带您去。”

“对啊，你就踏踏实实的吧！”王欣淳说。

元主任嘿嘿笑：“行吧，行吧，我不管了。”

三人果然慢悠悠地逛了金阁寺，又到下午饭时候。这次远雪带她们去了一家米其林三星日料，元主任一坐下就不安地说：“这地方很贵吧？”

远雪笑道：“不要紧阿姨，你们难得来一次。”

但待远雪去上洗手间，元主任连忙从包里拿出卡来塞给王欣淳："别叫人家又花钱，又花时间，欠这么大的人情。"

王欣淳烦躁地给她装回包里："你别管了，就不能光吃光玩，不操心？"

吃饱人更加觉得乏，而且这地方更不能放开说话，僵得慌，王欣淳就要回民宿。

远雪推荐的町屋民宿价格不高却还带着小庭院，十分舒适。华灯初上时分，那风里摇摇的灯影都带着异国情调。大家刚松散坐下，王欣淳又感叹："要是有酒就好了。"

远雪马上出去买了酒和柿种子花生，三个女人就面对庭院喝起来。庭院里尽是修剪得精致可爱的冬青。

元主任从未过过悠闲生活，一时不习惯，谨慎地两手抱着小酒杯，眼睛骨碌碌地四下乱转。王欣淳觉得母亲这样好像一只鼹鼠，心里油然生出爱和可怜。

元主任听着两个年轻人在旁有一搭没一搭地说话，渐渐松弛下来，感到非常满足和宁静。

夜里，远雪走了，旅人们在榻榻米上睡下。王欣淳想，一定要在元主任打呼噜前睡着，谁知越是这么想，越是睡不着。

而元主任也一直没有打呼噜。

"妈？"

"嗯？"

"你也睡不着啊。"

"嗯。"元主任沉重地翻个身，"年纪大了，跑不动了，稍微跑跑就累得睡不着。"

"妈，你知道我为啥从小就让你这么操心不？"

元主任撇嘴："为啥？"

“因为我想，绝不要做你这样的女人。”

元主任沉默着，王欣淳继续说：“这么辛苦，这么实在。那句话怎么说的来着——‘我想做蝴蝶，不想做蜜蜂’。”

元主任嗤地一笑：“不就是好逸恶劳嘛。”

“也不是，而是我总觉得，生活还有些超于生活的东西……”然而王欣淳随即笑了，“但是现在看来，我好像难以避免地要变成你这样的女人了。”

过了许久，元主任刚蒙眬着，又听王欣淳低声喊：“妈。”

“赶紧睡觉。”

“妈，”王欣淳仍说，“你是不是和我爸分居了？我看见我爸的被子在书房来着。”

“唔。”元主任困倦地答，“两个人都打呼噜，分开睡谁也不打扰谁。”

“你们这一辈人老了分居的不少吧，也不睡一起，也不交流。”

“嗯，”元主任轻声说，“应该真不少。我们这代人跟你们不一样……”

王欣淳心里紧了一紧，想起一句熟语：“日光之下，并无新事。”

她需要一点无耻来赶走自己内心关于未来的不祥预感，故意忽然说：“妈，那你多久没有性生活了？你知不知道日本有一种酒馆，里面都是年轻男人……要不要远雪带你去看？”

黑暗里，元主任先是愣了一会儿，随后扑哧笑了，回过身狠狠给了她一下子。

“你，你这……瞎说八道，”元主任强忍着笑又忍不住地笑，“那成什么了？真是没大没小！”

王欣淳咝咝揉着头：“拜托！这个在日本一点也不奇怪，你才是少见多稀奇呢……”

过了一会儿。

“妈。”

“又怎么了？”这次元主任倒是清清醒醒的。

“外公外婆去世，你很伤心吧？”

“唉……”元主任慢慢说，“我就是伤心还没怎么在床前伺候，二老就都去世了，叫我心里下不去。”

“嗯，照你这意思，非得老人躺在床上受苦，全你的孝心？还是学医的呢。”

元主任忍不住又笑了：“好，你说得也有道理。”

王欣淳伏在枕上支着腮帮子，忽然说：“外婆可怜你来着。就送完外公那天，外婆忽然跟我说：‘你要疼你妈噢，你看你妈的手，伸出来哪儿像个眼科大夫的手？十个指头，短宽短宽的——在哪儿都是做哦！在你家给你们做，过来了给我们做。小时候管你小舅和两个小姨，那会儿你外公情况又不好，她十岁开始担煤，从二三十斤担到九十多斤，压成个低拐拐的小个子……’”

黑暗里，元主任的笑里有了点鼻音：“你外婆还知道呀，小时候把我用得狠的哦，弄得我一辈子不漂亮。”

“漂亮着呢。”王欣淳说，“不漂亮都是局长夫人，再漂亮还得了？”

元主任还纠结：“我这辈子只除了长得不够漂亮……”

“你再给我讲讲你小时候的事呗。”王欣淳打断说。

“担煤，糊鞋底，做家务——就累得那样，还要读书呢。‘黑五类’，更要力争上游。那时候学习也好，唱京剧、表演也好，都不想落在后头。我记得有个班主任就坏透了，明知道你外公那会儿天天给人批斗，我吓得要命，有天学校斗一个人，她也不知出于什么心理，偏叫我去主持。简直就是噩梦！”元主任有点激动，“后来这个老师去世我都没去。”

王欣淳炸了：“这也太坏了！”她很气，搂搂元主任的肩安慰她。

气大概是很费力的，王欣淳气了一会儿，忽然就跌进黑暗里睡着了。

外面纸灯笼的灯影在风里晃着，一漾一漾，弄得榻榻米上水纹一样。元主任彻底失眠，在那水纹里看王欣淳，王欣淳好像躺在水底，睡得非常安详。

元主任想起在王欣淳十三岁的时候，忽然开始发育。有天她在床头看着，这么大的脸盘儿，这真是我生的孩子吗？她简直不敢相信。

现在孩子都生孩子了。

临走前，王欣淳才到远雪现在的住处参观。太小了，对在大陆住惯大房子的王欣淳来说，这种局促，这种密集，真是太小了。小，而且东西十分多。远雪给她端出茶杯的时候，王欣淳发现每个茶杯都是不一样的。每个茶杯都有性格，分属不同的艺术家或业余手作人，应该还附带着遇见它们当日的天气和心情。然后她发现这屋子里的每个东西都如此倾注着居住者的心意。

每样东西都值得“专一凝视”。

远雪在其中坐着，有种乖巧的喜悦。

加拿大的冷和空不能给她这种喜悦，王欣淳忽然明白了，远雪是在这东瀛小岛上，在小而密的空间里，找到了安放她无根无系之心的所在。

从日本回来，元主任累虽累，精神却好了很多。一回家，她就略带抱歉地把家里全都洗刷了一遍，枕巾、被套、床单、沙发套晾得遮天蔽日，又出去采买一堆菜、肉、水果，回来又给王局长量血压。总之忙了一整天。

王欣淳本想再陪陪她，却被赶回去看孩子。地铁快到站时，上来一个穿黑色条绒大口袋样的奇异衣服的女人：底下喇叭裤，还戴着黑色丝绒蝴蝶结发箍。这身装扮要放在一个古灵精怪的少女身上，还挺复古时髦。

有人下车，女人回过头，原来是一张可爱的“小狗脸”，大眼睛，短下巴。她坐到王欣淳旁边。王欣淳恍然大悟：少女老了，装扮还没老。喇叭裤，条绒，昔日少女撞见了时尚圈二轮流行（喇叭裤上回流行时王欣淳还在上大学），于是二次时髦。只可惜人与衣服都旧了。

地铁里的白灯有一种半夜的亮，人影子映在漆黑的、迅速移动的窗玻璃上，更像梦影。

王欣淳看着那梦的镜子，里面坐着的老去少女，不止她，还有她自己。

两个真少女挤了过来，看样子还是学生。不知从什么时候开始，王欣淳眼中的大学生有了孩子般的稚嫩相。

她们冷冷斜睨王欣淳和她身边的女人，在少女眼中，三十岁以上的女人都可斥为老女人。不打扮当然可以忽略不计，过于打扮又是装嫩。

王欣淳在心里颓然叹了一口气。

回到家十点钟，犀犀因为知道妈妈要回来，兴奋地还没睡。王欣淳闻闻她头发，至少三天没洗了，马上给她洗澡，再唱歌、讲故事费九牛二虎之力把她哄睡。然后立刻坐到妆台前，洗脸仪、美容仪、面膜、保湿水、精华水、乳液、精油、面霜、颈霜、手霜，全部履行一遍。

等她履行完，徐立栋看表已凌晨一点半，不由嗤笑：“费这劲，还不如早点睡呢。”又指她妆台上那一大摊子，“这起码值两平米！”

王欣淳拍着脸颊嗤笑回去：“你心里除了水泥窟窿，就不能存点别的？”

“那我也是给家里赚钱呀！现在干什么有倒房赚钱？就南郊那片儿，三个月，涨多少你知道吗？早知道就不该卖那套，不然卖了再多买几套，按揭都划算……”他一说到房子就没完没了。

王欣淳刚玩回来，不好意思和他吵，就笑着打断说：“好，好，你辛苦了。”又说，“我看我妈状态不太好，过两天周末，再让她过来和犀犀玩两天。我爸肯定不来，还忙他自己的事呢。”

徐立栋一听元主任又要介入自己生活，有些发怵，不由说：“又来？”

王欣淳马上脸一放。

徐立栋闷了一会儿说：“我可能是嫉妒吧。”

王欣淳扑哧笑了：“嗯，远雪在的时候嫉妒远雪，现在连我妈都嫉妒上了，你无聊不无聊？”

徐立栋没说话。他其实是宁愿王欣淳冷，对谁都冷，那他可以认为她就是个自私自利的独生女。可她偏偏并不，对朋友、对母亲，她又可以那么活泼俏丽。

他把手按在王欣淳肩上，微微使力，果然王欣淳立刻扭开说：“累死了，都早点睡吧。”又说，“家里什么都没有，明早你去单位吃。晚饭想吃什么微信告诉我，下午我接了犀犀去超市。”

徐立栋松开手，觉得元主任虽还没来，但面前俨然已有了个元主任。

不好吗？也不是不好，然而……

第二天下班，车缓缓开下地库前，他先打开天窗望向自己的家。那明黄的餐厅灯已经亮了。旁边是厨房，乳白的灯光也亮着，王欣淳一定在里面忙碌。

他心里有些说不出的感觉，这感觉让他在地库的车里多待了半个小时。那样幽闭的空间，空气也不好，却真正让他感觉放松。没有领导，没有同事，没有竞争，没有强笑……也没有犀犀跟王欣淳。

打开门犀犀冲上来给他拿鞋：“爸爸！”

徐立栋不由乐了：“行啊，会照顾爸爸了！”

犀犀还把他脱掉的鞋摆摆整齐，徐立栋忙拦住她的小手：“脏死了外面全是细菌，快去洗手。”

王欣淳的声音混着抽油烟机的轰隆声传来:“都洗手吃饭!”

徐立栋洗过手去卧室换衣服，洗脚换袜子，取干净袜子时看见床头柜上静静放着一瓶润滑剂。

这是……对他放她出去旅行的谢礼吗？徐立栋有些感动和高兴，又有些说不出的消沉。

# 第十二章　乌托邦时间

这次远雪回国，先由徐立栋做东，请大家一起吃大餐。

远雪很快吸引了犀犀，弄得她一直巴巴跟在她后头喊“干妈”，亲妈都退居其次。

吃完饭王欣淳叫徐立栋先带犀犀回家，犀犀赖了一会儿无果，只好给带走了。

父女俩的身影刚消失在拐角处，王欣淳就像泄了气的皮球一样往后一瘫：“终于走了！”又说，“累死了，一老一小！”

不等远雪说话，她又像开了锁的猴子一样蹦起来：“走啊走啊，上哪儿玩儿去啊，你说你说！”

远雪忍不住笑了：“你说啊，我现在哪儿都不认识了。”

王欣淳就使劲想（又翻起了白眼）。

远雪看着她。王欣淳略微胖了一点点，可以说身材、皮肤都保持得很好，但无论如何也能看出是个母亲了。

王欣淳生完犀犀的第一年，还有人问她结婚了没；第二年，还有人问她有没有小孩。每到这时她都会非常得意。可惜现在没有人那样问了，别人只会问：“你小孩几岁了？”这时王欣淳就很失望。

王欣淳对着远雪的目光憋了半天，忽然松下劲来，沮丧地说：“别说你，连我也不知道哪儿有什么好玩了。”

两个女人就开车在夜里的城市里游荡，哦，这儿又开了新商场啊，还带影院，那儿的书店倒闭了，变成餐馆了，咦这是什么？哦，手作馆……什么是手作馆？做陶瓷绘画之类的吧。

越游越萧条，已经从市中心游到南郊尽头，快要到临县了。

“我记得这附近有个古寺，很有名的。”远雪忽然说。

王欣淳不禁笑了：“好不容易放松一下，放松到古寺去了。也好，说不定我们就地皈依，以后彻底轻松了。”

“我倒有可能，你才不会。”远雪笑道。

定好导航，车越开越偏僻，走了许多狭窄的小县城国道，穿过两个村子，才到寺院附近。寺院建在原上（北方的大片高地），又加足马力上原。待停到山门外，王欣淳迈下车，一脚踩进冰凉幽白里，不禁喝一声：“好月亮！”

关上车门，两个人整个浸在月色里。

扶上白石栏杆，前方是黝蓝群山，山下深幽浮光点点，正是寺院所在的小县城。

风极其清冷。远雪拉上王欣淳的手，两人辨着月色回身进门，还好门尚未上锁。

竟是一座很宏大的梵越，右手苍柏下摆着一张大案，案上放置着数种香烟和一只木箱：随喜功德。

王欣淳掏出钱包放了一张进去，捻起一袋红色的香：“我们分这一束。”

远远的，大殿里没有明火，幽幽电烛仿佛烛光，万籁俱寂也俱黑，整间寺院真仿佛仍在古代。

她两人走过累累碑文，远雪一座一座借手机光读着，王欣淳跟在她身后，立到一面碎裂又补好的碑前。

“民国辛未秋倭人陷辽东嗣又侵沪寖及首都于是中枢建议……”繁体又不断句，王欣淳直接跳到最后，“国运复兴之先声世界大同之基础……不可不记也”，然后是“功德芳名”，张溥泉捐一百元，戴季陶捐一百元，等等。

前两天刚下过雪，还没全消，王欣淳穿着单皮靴，渐渐觉得脚下的青砖凛气直上，不禁拢紧了大衣。

远雪却细细读完了，偏头笑道：“这寺院是民国重建的。”又说，“日本寺院虽是真古迹，但总不及我们的气势宏大淳厚。”

王欣淳打着哆嗦笑说：“这边寺院都是这个祖庭那个祖庭的，底蕴肯定更深嘛。”

两人走到大殿前，拈香跪拜。王欣淳念念有词：“全家身体健康，特别是妈妈和犀犀。”然后看着远雪的侧颜问，“你许什么愿？”

远雪回头，在幽光里，她那一瞬美得惊心动魄，至少王欣淳是这样觉得，连那细淡的眼纹都美。原来女人的美绝不止于少女气味，更在于丰茂与神秘。

远雪对她微微一笑。

王欣淳回过神：“快说，你怎么听了我的愿呢！”

“我什么愿也没有许。”远雪坦白。

两人手挽手在寺院里走着。绕过大殿，左拐进一月亮门，里面影影绰绰矗立着两座唐塔。

“真不敢相信这塔有一千多年了。”王欣淳走过去，把手放在那冰一样的砖块上。

远雪仰面眯眼看月光中的塔：“看，这才是大唐气象……你看这造型多美，多端方大气，多自信。”

出了国，远雪方觉得她这没有家的人，还有个国。她在京都的画廊，专负责与中国国画艺术家的交接。她未必喜欢他们的人，但往往喜欢他们的画，在那画里，她看到一个古国，可以上溯到魏晋南北朝、唐、宋、元、明的各色绘画流派，对那些已经逝去的灵魂，她有种认祖归宗的亲切感。她英文、日文、中文都好，又懂艺术和艺术史，这份工作才久久做下去。

“我们绕塔祈福吧。”远雪建议。

两人挽着，就在月色里绕塔三匝。忽然王欣淳吸吸鼻子：“好香……你闻到没有？”

远雪也吸吸鼻子：“嗯，腊梅吧？”

两人就出了月洞门再往后头走，又是一进院落，开朗宽阔，台阶上面，二层佛堂门楣上依稀写着“贝叶阁”。佛前梅竹两植，梅香一阵一阵扑过来。

她们到梅花下仰头看，都说从没见过这么大的腊梅，被月光照得通透，像一树密密的小灯似的。灯下系着许许多多祈福的红飘带，模糊看出“全家身体健康”“顺利考上研究生”“和 ××× 天长地久”……

两人叽叽喳喳念了说了一阵，忽然都静默了，空气里只剩下风摇竹叶的飒飒。

王欣淳正要说话，忽然有什么从白石栏杆上跳下来，落在她背后。王欣淳不禁啊地喊一声，回头看却是只黄纹猫，也被她吓得一趔趄，扭头就跑了。

两人都笑了，这时有人从后院顺廊子走来。

“可能是寺里的和尚，肯定要赶我们出去。”王欣淳说，“不如咱们走吧，我也快冻死了。”

两人出门上车，车里也冻得像结了冰。王欣淳上牙打下牙地抖着，先打火把暖风开开：“一会儿就暖和了。”两人又笑了。

慢慢回到都市，因刚才领略了一番清静，两人都有些沉默。车里载了些古寺的气息，窗外姹紫嫣红的闪烁灯光隔着一层玻璃，仿佛也默默着。

王欣淳很久没有这样自由，就将车漫无目的地开下去。还是远雪说：“早点回去吧，晚了犀犀会闹的。”

“徐立栋会闹才是真。”王欣淳用开玩笑的语气说。

远雪一笑。

这回远雪回来住在酒店，到门口要下车时，她忽然说：“后天……

后天钟姐约我见面。你去吗？嗯……老木可能也去，你看你……”

王欣淳许久没听过这个名字，头脑先空白了一瞬，好像响着“滋……”那样的忙音。

远雪已经开车门下车了：“明天再联系。”

远雪回房间洗澡洗到一半，听见门响。她套上浴袍湿淋淋地往猫眼看，看见一个王欣淳。

“今晚不回去了。”打开门王欣淳赌气说。

刚才她已经给徐立栋打过电话，徐立栋果然很不高兴：“你都有孩子了还在外面过夜。”又说，“谁知道你在外面干什么啊。”

王欣淳一下火了：“我跟远雪在一起，能干什么啊？”

结果王欣淳还是在外面过夜，但是气鼓鼓的。

远雪只得把她让进来：“桌上有朋友送的红酒，你自己喝，我先洗澡。”

等她洗出来，只见王欣淳已经喝得半醉了，她一见远雪就走过来指着她的浴袍说：“脱了让我看看。”

远雪抓紧胸前门襟笑了：“你神经病啊。”

王欣淳的声音里带了鼻音：“我就想知道三十四岁生过孩子和没生过孩子有什么区别。”

“算了。”王欣淳站起来走向浴室，“我去洗澡了。”

刚脱了毛衣，门一开远雪走了进来，她很潇洒地褪掉浴袍走到热水下：“要不要我帮你搓澡？”

王欣淳噗地笑了：“不用了。”

十年前她们一起洗过澡的，连内衣还是远雪洗的。她本来就纤细，现在更瘦，再加上长期锻炼，连一点少女的圆肥都不存了，肌肉瘦长健美。

王欣淳啧啧说：“远雪你更没胸了！”

远雪站在水帘里：“是，你又赢了，你更美，好吧？”

“笑话人干吗？明明看见我的胸都掉到脚面了。”

洗完出来，两个人都穿着白浴袍，坐在落地窗下喝酒。两人的嘴都被红酒染得紫红的。

“一瓶根本不够，那一瓶也开了吧。”远雪说着就开瓶。

然后就絮絮说些闲话八卦，日本的生活，中国的生活，最后都说醉了，简直头昏。

王欣淳累了，往床上一趴，感觉想大哭一场，却只是有点鼻酸。

“我是被生活睡了。”

远雪：“你又没有睾丸。”

“哎，你知道我现在觉得最性感的时候是什么时候吗？”

“什么时候？”

“坐地铁的时候。”王欣淳猛地坐起来：“我平时开车，只有坐地铁的时候，才会碰见陌生人。”有一次她身边坐着个穿迷彩服的男人，大概是特种兵，非常年轻，也非常魁梧，一个人占两人座似的。这都不算什么，算什么的是他站起来给老人让了个座。等老人下车他再坐到王欣淳身边时，她感到自己胳膊隔着薄薄衬衣贴着他的肌肉，竟然一阵意荡神驰。然后她就站起来下车了。

还有一次，一个很俊秀很年轻的男孩子坐在她对面，她竟然感到一阵心跳。

远雪抿嘴直笑，终于忍不住：“哈哈哈哈哈哈。”

王欣淳盯住她：“我的天，所以我是电车痴汉——痴妇？”王欣淳捂住醉酒发红的脸，“我是不是太不要脸了？”

远雪不笑了：“女人有欲望也很正常啊，难道只准男人有欲望？”又忍不住吃吃笑问，“嗯，那如果真的有个‘小鲜肉’，你想跟他干吗？”

“接吻。”王欣淳马上说，又肯定地点点头，“就是接吻。”

远雪也躺下了，望着天花板：“你想要的是爱的感觉。”

“你呢？”

远雪侧过身用一只手撑着头："我？我刚才说了我老板对我很好吧？"

"嗯。"

"他啊，他追过我的，五十多岁快六十岁的老男人，孩子已经工作了。"

"啊？那你会不会喜欢他？"

"如果他没有家庭，我真的愿意跟他结婚。"远雪说。

王欣淳吐了口气："我总觉得，你好像在找爹似的。"

远雪扑哧笑了，拍她一下。

两人静了一会儿。

"远雪。"

"嗯。"

"就算是你，有时候，也会觉得孤单吗？"王欣淳轻声问。

"当然会啊。"远雪不假思索。

"哦……"

"你知道我为什么坚持上健身房？"远雪笑着说，"因为我怕一个人生病，死在屋里没人知道。"

"哎呀！"王欣淳拉住她的手摸木头，四下看了半天找不到，就拿木纹纸巾盒碰碰她的手，"呸呸呸。"

远雪顺从地笑："嗯，你猜我昨天遇见谁？"

"谁？"

"胡梵。"在一个神仙会饭局上，一大半人互相都不认识。

王欣淳倒吸一口冷气："他现在变成什么样了？你昨天穿的什么衣服？"

"老了，胖了。"远雪说。

王欣淳等了半天："就这样？"

远雪点点头，又说："听说他现在过得不错，女方家里刚拆迁，很有钱。他靠卖字和写公众号也不少挣，不过估计写的内容挺不和谐，好像常常被封，前几天还被请去喝茶。”

王欣淳小心翼翼地看着远雪：“你没事吧？”

远雪倒笑了：“我有什么事？”

两人沉默了一会儿，远雪拿出手机回微信，忽然凝神看着什么。

王欣淳也凑过去一起看，却是一首老诗。

我的小房间
零乱又温暖
她就紧靠在
厅房的右边

深褐色的立柜里面
旧衣物挂得满满
暗红色书桌的抽屉中
锁满了浪漫的诗篇

床上没有洗过的脏衣服
压着聂鲁达厚厚的诗卷
枕边堆放着散落的稿纸
上面写着些片语只言

朋友们常在这里相会
聚在一起议论争辩
点燃支香烟乘着酒兴
谈诗歌、艺术、昨天、明天……

王欣淳微笑了一下："好想过这样的生活，穷也无所谓，好想回到二十岁的时候。"

远雪把那个页面退出的时候，王欣淳眼尖地看到"老木"二字。应该是他的公众号，她感觉心一下被紧紧勒住了一样。

她几年没敢点进去看了，她也不敢跟他联系。说什么？她偶尔会在心里演练。

——"你好吗？"

——"很好。"或者："不太好。"更或者：什么也不回。

——"我会想起你。"

——会不会太不要脸了？人家早就已经把你忘了。

——"我今天很难过。"

——拜托，你难过关人家什么事？

"后天去钟仙姑那儿吗？"王欣淳忽然说，"那我得赶快睡了。"

远雪："为什么？"

王欣淳张嘴又闭上，因为她下意识想这两天都要好好睡美容觉，万一去钟仙姑处见到他，会比较漂亮。

远雪没再问下去。

"哦，对……老木现在怎么样？"王欣淳垂下眼，装作不经意找话似的问，但她屏息听着。

"好像还不错吧……现在自媒体这么发达。他还住在湖边，跟一些独立艺术家走得挺近。应该不错吧。"远雪想着说，"当然，他从事的行业也不会太宽裕。"

远雪没有说他是否结婚，是否有了小孩。王欣淳当然不敢问。

可能是跑累了又喝了酒，夜里王欣淳感觉自己好像还在开车。

开过熙熙攘攘的人群车流，外面越来越宁静，心也越来越宁静。她一抬头，原来到了湘子门的牌楼，她继续把车开进去，不由自主地，直到钟仙姑的门前才忽然刹住。

老木。她是来见老木的！王欣淳慌忙翻出小镜子。恍惚记得自己前夜睡得很晚，她现在是熬不得夜的，再贵的粉底都会卡粉。她最近是不是又吃多了？脸会胖。

她照照镜子。不幸，又卡粉又胖。她马上回转方向盘退出湘子门，心像要炸裂一样跳着。车被她开得太急，猛地一掉尾，却轰地陷进了什么软软的东西里。

一回头，一片湖水。波澜壮阔。远山如画。

车陷进湖畔的淤泥里。王欣淳忙熄火跳下车，感到鞋子湿了。她慌忙走上岸，岸上生着软草。她低头看裤子湿了没有——哪有什么裤子？没有白衬衣、黑裤子、黑西装，她穿着一条半旧的碎花裙。

一只大狗远远朝她跑过来，还有一个小孩，跳着，笑着。

王欣淳感到一阵无法呼吸，这是——她的眼睛像镜头一样，推过湛湛湖水，软草平莎，推到一座木房前，拾级而上，门内书画磊磊，瓶缶朴实，那人回头对她一笑。

原来是这样！王欣淳眼泪一下奔涌出来。

原来是这样！那些错过的亲吻都没有错过，原来她并没有和老木分手，他们结婚了。她还顾得上四处打量这座屋子，算算需要多少钱；随即又想到孩子的教育，附近没有像样的学校怎么办？

去他的——随即她想，朝前奔去。

王欣淳在半梦半醒间睁开眼，面前是酒店的天花板。她迟疑半晌坐起来，对面恰好有一面镜子，镜子里的她双脸晕红在笑着。

远雪也醒了："王欣淳——你怎么——"她默默从床头抽出纸巾给她。

王欣淳拿纸巾捂住眼睛，她的眼泪像唾出来的，纸巾迅速湿透变形。

远雪梳洗好化妆时王欣淳已经恢复了，白日阳光唤回正常的心态与秩序。

“后天……不，明天，”王欣淳说，“钟仙姑那儿我就不去了。”

远雪点点头：“也好。可能我不该告诉你……”

“没事。”王欣淳笑笑，也起身穿衣服、化妆。

“远雪。”

远雪手里拿着睫毛膏：“怎么？”

“以后我们每年一起出去旅行好不好？用属于我自己的时间。”

远雪笑：“好啊。”

“一直到老。等老了，我们一起住养老院，赏花，读书，看小鲜肉……”

远雪抿抿嘴忍不住露出牙齿笑：“好啊。”

“好啊。”王欣淳也笑。